베니스의 상인

홍신
세계문학
0 1 4

베니스의 상인
The Merchant of Venice

W. 셰익스피어 지음
정성국 옮김

홍신문화사

차례

베니스의 상인　7
안토니우스와 클레오파트라　121
작품 해설　280
셰익스피어 연보　285

베니스의 상인
The Merchant of Venice

장소

베니스 그리고 벨몬트에 있는 포샤의 집

주요 등장인물

안토니오	베니스의 상인
바사니오	안토니오의 친구. 포샤의 구혼자
포샤	부유한 상속녀
살레니오 | 샐러리노	안토니오와 바사니오의 친구
그라티아노 | 살리리오	안토니오와 바사니오의 친구
네리사	포샤의 시녀
샤일록	돈 많은 유대인
제시카	샤일록의 딸
로렌조	제시카의 연인
베니스 공작	
모로코 왕 | 아라곤 왕	포샤의 구혼자
란슬롯 고보	어릿광대. 샤일록의 하인
고보 영감	란슬롯의 아버지
리오나도	바사니오의 하인
발타자르 | 스테파노	포샤의 하인
투발	유대인. 샤일록의 친구

기타 _ 베니스의 귀족들, 재판소의 관리들, 간수, 포샤의 하인들, 기타 시종들

제1막

제1장
베니스, 어느 거리

안토니오, 샐러리노, 살레니오 등장.

안토니오 정말이지 왜 이렇게 울적한지 모르겠어. 무척이나 우울한 걸. 자네들도 우울하다고 그랬지. 그런데 어쩌다가 이런 기분이 들게 되었는지, 가다가 주웠는지, 아니 어떻게 얻게 되었으며, 왜 그랬는지, 어디서 생겼는지도 아직 모르고 있다네. 난 우울증 때문에 얼이 빠진 사람처럼 되어 나 자신도 통 알아보지 못할 지경일세.

샐러리노 자네 마음은 대양에서 출렁거리고 있는 거야. 그곳에서 거창한 돛을 단 자네 상선들이 바다의 귀족이나 부호처럼 혹은 바다의 꽃수레인 것처럼, 그 튼튼한 날개로 쏜살같이 지나치면서 작은 상선들을 내려다볼 때면 그 작은 상선들은 굽실대며 경의를 표하지 않겠나.

살레니오 정말이지 내가 만약 그런 투자를 했다면 내 마음은 거의 희망의 바다로 가 있을 거야. 끊임없이 풀을 뜯어 날려서는 풍향을 알아보고, 해도를 펼쳐놓고는 항구와 부두와 정박지를 살펴보겠지. 만약 배에 관해 불길한 예감이 들게 되면 난 무척 우울해질 거야.

샐러리노 바다에서 심한 폭풍우가 일어 배에 큰 손해를 입힐 거라고 생각하면 수프를 식히려고 부는 입김도 날 서늘하게 만들 거야. 모래시계가 움직이는 것만 보아도 곧 여울과 모래톱을 생각하고 값진 물건을 가득 실은 내 앤드루호가 모래 속에 빠져 돛 꼭대기가 늑재肋材보다 낮게 가라앉아 결국에는 무덤에 입을 맞추는 모습을 상상하게 되겠지. 교회당에 가서 커다란 석조 건물만 봐도 당장에 위험한 바윗돌이 생각나고, 그 바윗돌에 배 옆구리가 약간 닿기만 해도 연약한 배는 산산이 부서져 싣고 있던 향료는 온통 바다 위에 마구 흩어져버릴 것이고, 성난 물결은 비단으로 옷을 입게 되겠지. 간단히 말해서 값진 것이 순식간에 사라져버린다는 게 이런 것 아니겠어? 이런 생각이 들거나 그런 일이 일어날 경우, 우울해지겠지 하는 생각을 어찌 못하겠어? 말을 하지 않아도 알아. 안토니오는 상품을 생각하고 울적한 거라니까.

안토니오 그런 건 아니야. 다행히 내 상품은 한 배에만 실려 있는 게 아니고, 또 한 곳에만 위탁한 것도 아니야. 그리고 내 전 재산이 금년 운수에만 달려 있는 것도 아니니까 날 울적하게 하는 것은 내 상품이 아니지.

샐러리노 그래? 그럼 사랑 때문이로군.

안토니오 말도 안 돼!

샐러리노 사랑 때문도 아니라? 그렇다면 즐겁지 않아서 울적하다고나 해둘까. 그럼 우울하지 않으니까 웃고 뛰면서, 즐겁다고 말할 수도 있겠군. 정말이지 조물주는 괴이한 인간들을 만들었네. 어떤 사람은 항상 눈을 반쯤 감고 쳐다보면서 우습지도 않은 피리 소리에도 앵무새처럼 웃어대고, 어떤 사람은 몹시 언짢은 표정을 지으며 네스토르가 우습다고 장담하는 농담에도 이조차 드러내지 않으니.

바사니오, 로렌조, 그라티아노 등장.

살레니오 자네의 귀한 친구 바사니오가 그라티아노, 로렌조와 함께 저기 오는군. 더 좋은 친구들이 왔으니 우린 이제 가야겠네. 그럼 잘 있게.

샐러리노 곁에 있으면서 자네 기분을 명랑하게 바꿔줄 생각이었네만 이제 더 좋은 친구들이 왔으니……

안토니오 자네들이야말로 나에게는 아주 귀한 친구들이지. 볼일이 있으니까 이 기회를 이용해 가려는 거겠지.

샐러리노 그럼, 안녕히들.

바사니오 여보게, 언제 또 만나서 즐겁게 이야기하며 웃어보겠나. 너무 무정하군. 그래 꼭 가야겠나?

샐러리노 시간이 생기는 대로 한번 찾아가지. (샐러리노와 살레니오 퇴장)

로렌조 바사니오 씨. 친구분들을 만나셨으니 저희들은 이만 갑니다. 저녁식사 때 만나기로 한 장소, 잊지 마십시오.

바사니오 염려 마시게.

그라티아노 안토니오, 안색이 좋지 않군그래. 세상일을 너무 신중히 생각하는 모양인데 그런 식으로 노심초사하면 손해 보기 마련이지. 정말이지 안색이 몹시 안됐어.

안토니오 그라티아노, 난 세상을 현실세계 이상으로 생각하지는 않아. 일종의 무대, 누구나 한 가지 역을 맡아야 하는 무대란 말이야. 그런데 내가 맡은 역이 슬픈 역일 뿐이지.

그라티아노 그러면 난 어릿광대 역이나 맡아볼까. 즐거움과 웃음으로 주름살을 많이 만들고, 술로 간장을 데워주는 것이 고통스러운 신음으로 심장을 차갑게 하는 것보다는 낫겠지. 따뜻한 피가 체내에서 흐르고 있는 사람이 할아버지 석고상처럼 앉아 있어야 할 이유가 있나? 잠에서 깨어나 있으면서도 자는 것처럼 할 이유가 어디 있겠나? 초조한 마음 때문에 황달병에 걸려야 할 이유가 어디 있겠나? 안토니오, 내 이야기 하나 하지. 내가 자네를 사랑하고 또 사랑하기 때문에 하는 말이야. 이 세상 어떤 사람들은 흐르지 않는 연못처럼 불결한 덮개가 생긴 얼굴을 하고 있으면서도 침묵만 지키며 현명하다든지, 신중하다든지 하는 평을 받으려고 하지. 마치 "난 예언자니까 내가 입을 열 때 개 한 마리라도 짖어서는 안 된다"고 말하는 자와 같은 거야. 오! 안토니오, 이런 사람들은 단지 아무 말도 하지 않는다는 사실, 그 사실 때문에 현명하다는 평을 듣고 있다는 걸 잘 알고 있겠지. 그들이 입을 열기만 하면 듣는 사람들은 틀림없이 바보 같은 소리라고 할 거야. 듣는 사람들이 지옥으로 떨어질 위험에 빠지게 될 문제에 대해서는 다음 기회에 더 이야기하겠지만, 이 우울이라는 미끼로 그 신통하지도 않은 잉어 새끼, 즉 세간의 평은 낚지 말게. 로렌조, 가세. 그럼 잘들 있게. 내 설교는 만찬 후에 끝내기로 하지.

로렌조 그러면 만찬 때 다시 보기로 합시다. 그라티아노가 말할 기회를 주지 않으니 나는 아까 얘기한 대로 침묵만 지키는 현명한 사람이 될 수밖에 없군요.

그라티아노 이 년만 더 나를 따라다녀. 그러면 자네는 자기 목소리조차 구별할 수 없게 될 테니.

안토니오 잘들 가. 그렇다면 나도 얘기를 좀 해야겠는걸.

그라티아노 고마운 생각이야. 침묵이 칭찬을 받을 수 있는 것은 말라빠진 황소 혓바닥이나 팔리지 않는 처녀한테나 해당될 뿐이니까.

(그라티아노와 로렌조 퇴장)

안토니오 무슨 소리야?

바사니오 그라티아노는 베니스에서 허튼소리를 끊임없이 지껄이는 사람으로 누구보다도 유명하지. 이치에 닿는 말은 네 말도 더 되는 겨 속에 섞인 밀 두 알갱이 정도라고나 할까. 하루 종일 찾아보면 찾을 수 있겠지만 찾고 보면 찾은 보람이 없는 것들이네.

안토니오 그건 그렇고, 자네가 은밀히 찾아가보겠다고 다짐한 그 여자 얘기나 해주게. 오늘 얘기해주겠다고 하지 않았었나?

바사니오 안토니오, 내 보잘것없는 재산이 허락하는 이상으로 내가 사치스러운 생활을 하는 바람에 그 재산도 거의 다 날려버렸다는 사실은 자네도 잘 알 거야. 내가 지금 그런 호화로운 생활을 계속할 수 없다고 해서 마음 아픈 건 아니네. 그래서 요즘 나의 최대 관심사는 지나치게 문란하게 생활한 나의 과거 때문에 생긴 큰 빚을 어떻게 하면 명예롭게 청산하느냐 하는 것일세. 안토니오, 나는 자네에게 돈과 사랑, 두 가지를 가장 크게 빚지고 있네. 그래서 자네 우정을 믿고 내가 진 빚을 청산하려는 계획과 의도를 털어놓고 얘기하려고 하는 거였네.

안토니오 바사니오, 어서 얘기해봐. 자네야 항상 그랬지만, 만약 그 계획이 불명예스러운 방법만 아니라면 내 돈 주머니나 내 몸이나 재산까지도 전부 자네 맘대로 써도 좋다는 걸 믿어주게나.

바사니오 학창 시절 화살을 하나 쏘아서 잃어버리게 되면 나는 그 화살을 찾기 위해 같은 종류의 화살 또 하나를 같은 방향으로 좀 더 주의해서 쏘았다네. 그렇게 투자를 해서 두 개의 화살을 찾아낸 적이 많았지. 내가 이렇게 어린 시절의 경험을 굳이 얘기하는 건 이제부터 내가 하려는 얘기가 아주 유치하기 때문일세. 나는 이미 자네에게 많은 빚을 지고 있는데 경솔한 애들처럼 갚아야 할 돈을 잃어버리고 말았네. 그러니 만약 자네가 먼저 쏜 것과 같은 방향으로 화살을 하나 더 쏘아준다면 과녁은 내가 잘 볼 테니 틀림없이 두 개를 다 찾아내거나 아니면 적어도 모험으로 쏜 두 번째 것은 찾아와, 미안한 일이네만, 첫 번째 것에 대해서만 채무자로 남게 될 걸세.

안토니오 자네는 날 잘 알면서도 그런 완곡한 방법으로 내 우정을 시험해보다니, 쓸데없이 시간만 낭비하고 있군. 내가 최선을 다해서 자네를 도와줄지 의심하는 것은 내 재산 전부를 자네가 낭비한 것보다 더 그릇된 일임에 틀림없네. 내가 할 수 있는 일이 무엇인지 알고 있다면 이야기해보게. 그러면 지체 없이 도와주겠네. 어서 말해보게나.

바사니오 벨몬트에 거액의 유산을 상속받은 여인이 살고 있네. 그녀는 매우 아름다운데 그 '아름다움'보다도 더 좋은 점은 훌륭한 미덕을 지녔다는 것일세. 그녀의 눈에서 나는 가끔씩 무언의 아름다운 편지를 받기도 하네. 이름은 포샤라고 하는데, 포샤 케이토의 딸 브루투스 포샤에 비교해도 전혀 손색이 없다네. 또 그녀의 진가는 세상에 널리 알려져 있지. 사방에서 불어오는 바람 따라 여러 나라에서 구혼자들이 몰려들고 있어. 그녀의 머리칼은 마치 황금빛 양털처럼 관자놀이로 흘러내려 벨몬트에 있는 그녀의 저택은 콜키스의 해변이 되었고 수없이 많은 사람들이 그녀를 찾아오고 있네. 오! 안토니오, 만일 내게 재력이 있어서 그 경쟁자들 속에 낄 수만 있다면 꼭 성공해서 부자가 될 수 있을 거라는 예감이 들기도 하네만!

안토니오 자네도 알다시피 내 전 재산은 지금 바다 한가운데 있어서 돈도 없고 당장 돈을 마련할 상품도 없네. 그러니 가서 내 신용을 잡히고 베니스에서 할 수 있는 일이면 무엇이든지 해보게. 최선을 다해보면 벨몬트로, 아름다운 포샤에게로 갈 수 있는 방법이 있을 거야. 지금 가서 알아보게. 나도 알아볼 테니. 난 신용으로든 우정으로든 돈을 얻을 수 있을 거라는 걸 의심하지 않네. (두 사람 퇴장)

제2장
벨몬트, 포샤의 집

포샤, 시녀 네리사 등장.

포샤 네리사, 정말이지 내 조그만 몸이 이 큰 세상을 살아가려니 참 고달프구나.

네리사 아가씨도 참. 아가씨 불행이 행운만큼이나 크다면 모를까 당치도 않으세요. 아마 먹을 것이 많아서 포식하는 사람들도 먹을 것이 없어서 굶주리는 사람들하고 똑같이 병에 걸릴 거예요. 그러니 적당하게 중간에 속하는 것도 적잖은 복이지요. 분에 넘치는 생활은 머리털을 금방 백발로 만들지만 적당한 생활은 오래 살 수 있게 해준다잖아요.

포샤 참 좋은 격언이야. 말도 잘하는구나.

네리사 잘 따르기만 하면 더 좋은 격언이 되죠.

포샤 좋은 일을 한다는 것이 그것을 아는 것처럼 쉽다면 조그마한 예배실도 큰 교회당이 될 것이고, 가난한 사람들의 오막살이는 제후의 궁전이 될 거야. 자신의 설교를 그대로 실행하는 분이야말로 훌륭한 목사지. 나만 해도 실행하면 좋은 일들을 스무 사람에게 가르치는 것이 더 쉽지, 내가 가르치는 것을 실천하는 스무 명 중에 끼는 것은 어려워. 사람의 지혜는 격정을 억제하는 방법을 고안해

내지만 불타는 정열은 그 냉엄한 규제의 울타리를 뛰어넘는 법이거든. 젊음이란 미친 산토끼와 같아서 좋은 충고를 절름발이 정도로 생각하고 그 그물을 뛰어넘으려고만 하는 거야. 그러나 이런 소리로는 내가 남편을 선택할 수는 없어. 아, 선택은 고통스러운 단어야. 난 내가 원하는 사람을 맘대로 선택할 수도 없고, 싫은 자를 거절할 수도 없는 입장이야. 돌아가신 아버님 유언이 살아 있는 딸의 의사를 제한하기 때문이지. 네리사, 내가 선택할 수도 없고 거절할 수도 없다는 것은 정말 너무하지 않니?

네리사 아가씨 아버님은 덕이 많은 분이셨어요. 그런 분은 임종 때에 좋은 영감이 떠오른답니다. 따라서 그분께서 금과 은과 납, 이렇게 세 개의 상자 속에 마련하신 제비는 그분의 뜻을 파악한 사람이 아가씨와 이루어지게 돼 있는데, 틀림없이 아가씨가 사랑하게 될 분만 뽑을 수 있을 겁니다. 그런데 지금까지 찾아온 구혼자들 중에 아가씨께서 따뜻한 사랑의 정을 느낀 분이라도 계신가요?

포샤 이름을 한 분씩 말해봐. 부르는 대로 말을 할 테니. 그러면 내 말에 따라서 내 애정의 방향을 맞춰볼 수 있을 거야.

네리사 첫째, 나폴리 왕이에요.

포샤 아, 그이는 정말 망아지 같아. 줄곧 자기 이야기만 늘어놓았을 뿐이야. 자기가 직접 말에 편자를 박을 수 있다는 것을 대단한 재간으로 여기고 있어. 어머니가 대장장이와 놀아난 건 아닐까 싶을 정도였으니까.

네리사 다음에는 밸런타인 백작이요.

포샤 그는 얼굴을 잔뜩 찌푸리고만 있었는데 마치 "날 선택하지 않겠거든 마음대로 해봐" 하는 식이야. 우스운 얘기를 듣고도 웃지를 않아. 젊었을 때도 그렇게 격에 맞지 않게 우울하니 늙으면 아마 울보 철학자 같은 사람이 될 거야. 이 두 사람 중 한 사람과 결혼하느니 차라리 입에 뼈다귀를 물고 있는 해골과 결혼하는 편이 낫지. 오, 신이시여! 그들로부터 저를 보호해주시옵소서.

네리사　프랑스 귀족 르봉 씨는 어떻게 생각하세요?

포샤　하느님께서 그를 만드셨으니 그도 남자라고 해야겠지. 사실 난 조롱하는 것이 죄라는 걸 알고 있지만 그는, 아, 그는 말솜씨로 보아서는 나폴리의 왕보다 더 심하고 얼굴을 찡그리는 것은 밸런타인 백작보다 더 심해. 이것저것 모두 아는 체하지만 뛰어난 것이라곤 하나도 없어. 티티새의 울음소리가 들리면 금방 춤을 추고, 아마 자기 자신의 그림자와도 칼싸움을 할 거야. 그와 결혼하느니 스무 명이나 되는 남편과 결혼하는 것이 더 나을 거야. 그이가 나를 업신여긴다 해도 나는 용서할 수 있지만 그이가 미치도록 나를 사랑한다고 하면 보답할 방법이 없어.

네리사　그럼 영국에서 오신 젊은 포큰브리지 남작은 어떠세요?

포샤　그에게는 내가 아무 말도 하지 않은 걸 너도 알지 않니. 그는 내 말을 알아듣지 못하고 난 그의 말을 이해하지 못하니까 그래. 그이는 라틴어와 프랑스어도 못하지만 이탈리아어도 못해. 그리고 난 네가 증인으로 법정에 서도 될 정도로 영어라고는 한마디도 모르지. 그의 외모는 미남의 그림 바로 그거야. 그렇지만 무언극으로 통할 수는 없으니 딱하기도 하지. 그의 옷차림은 참 이상하기도 하더라. 윗도리는 이탈리아에서 샀고, 넓은 바지는 프랑스에서 샀고, 모자는 독일에서 샀고, 예절은 각처에서 사들인 모양이야.

네리사 그럼, 그의 이웃 나라인 스코틀랜드에서 오신 귀족 나리는 어떠세요?

포샤 그는 이웃에 대한 박애 정신이 대단한가 봐. 영국인으로부터 따귀 한 대를 얻어맞고는 실력이 있을 때 갚겠다고 하니 말이야. 그 프랑스인이 보증을 섰고 다음의 따귀는 자기가 갚겠다고 도장까지 찍었다니 말이다.

네리사 그 젊은 독일인은 어떠세요? 색소니 공작의 조카 되는 분 말이에요.

포샤 그는 술을 마시지 않아도 정신이 맑은 아침이면 성미가 매우 고약해진단다. 가장 좋을 때는 인간보다 약간 못하고, 가장 나쁠 때는 짐승과 다를 바가 없어. 최악의 경우라 해도 그 사람과는 절대로 결혼하지 않겠어.

네리사 만약에 그가 제비를 뽑겠다고 하고 맞는 상자를 선택할 경우, 아가씨가 그이를 맞아들이지 않는다면 아버님의 유언을 거역하는 것이 되는데요.

포샤 그러니까 최악의 경우에 대비해서 큼직한 라인산 포도주 한 병을 틀린 상자 위에 가져다 놓도록 해. 악마가 들어 있는 상자라 해도 유혹하는 물건이 곁에 있으면 그 상자를 택할 사람이야. 네리사, 나는 어떻게 해서라도 술꾼과는 결혼하지 않겠어.

네리사 아가씨, 그분들과 결혼하게 될까 봐 걱정할 필요는 없어요. 그들은 귀국하기로 결심했다고 저에게 알려왔어요. 제비뽑기로 결정하라는 아버님의 유언 이외의 방법으로 결혼할 수 없다면 곧 귀국해서 더 이상 청혼으로 아가씨를 괴롭히는 일은 그만두겠다는 거예요.

포샤 시빌라만큼 오래 산다 해도 아버지의 유언대로 배필이 정해지지 않는다면 나는 다이아나 여신처럼 끝까지 순결을 지키다가 죽을 거야. 그 청혼자들이 그처럼 사리에 밝으니 기쁘구나. 그들 중에는 내가 바라는 사람은 한 사람도 없어. 그들이 무사히 떠나도록 신께 기원할 뿐이야.

네리사 아가씨, 혹시 기억하세요? 아가씨 아버님께서 살아 계셨을 때 몽펠러스 후작님과 여기 동행하셨던 학자이며 군인이기도 한 베니스인 말이에요.

포샤 기억하고말고. 바사니오란 분이지. 아마 틀림없이 그런 이름이었어.

네리사 틀림없어요, 아가씨. 어리석은 제 눈에도 그분은 모든 남자들 중에서 아리따운 아가씨를 배필로 맞이하기에 가장 적당한 분인 것 같았어요.

포샤 나도 기억하고 있어. 그분은 정말 훌륭한 분이야.

하인 등장.

왜 그래. 무슨 일이라도?

하인 네 분 손님들께서 작별 인사를 드리려 합니다. 그리고 또 한 손님인 모로코 왕이 전갈을 보내왔는데 오늘 밤 이곳에 도착하시겠다고 합니다.

포샤 그 네 사람을 떠나보내는 것만큼 기쁜 마음으로 그 다섯 번째의 손님을 맞이할 수 있다면 얼마나 좋겠느냐. 그의 얼굴빛이 검고 아무리 성격이 원만해도 고해신부가 되어준다면 모를까 남편으로는 맞을 수가 없구나. 가자, 네리사. 넌 먼저 물러가거라. 청혼자 한 사람을 보내고 나면 또 다른 청혼자가 찾아드는구나. (모두 퇴장)

제3장
베니스, 어느 광장

바사니오가 유대인 샤일록과 함께 등장.

샤일록 3,000다카트라.
바사니오 그렇소. 삼 개월 동안.
샤일록 삼 개월 동안이라.
바사니오 거기에 대해서는 내가 말한 대로 안토니오가 보증을 설 거요.
샤일록 안토니오가 보증을 선다……
바사니오 도와줄 수 있겠소? 내 부탁을 들어줄 수 있겠느냔 말이오. 대답해보시오.

샤일록 3,000다카트를 삼 개월 동안, 그리고 안토니오가 보증을 선다는 말이죠.

바사니오 대답을 하시오.

샤일록 안토니오 씨라면 믿을 만한 분이지요.

바사니오 그렇지 않다는 평판이라도 들었단 말인가요?

샤일록 호호. 아니오, 오, 아니오, 아니오. 그가 믿을 만한 사람이라고 한 말은 지불 능력이 충분하다는 뜻이었소. 그의 상선 한 척은 트리폴리로 향했고, 한 척은 인도 제국으로 항해 중이니 말이오. 뿐만 아니라 상업 거래소에서 들은 이야기인데, 또 한 척은 멕시코에 있고, 또 한 척은 영국으로 항해 중이라더군요. 그리고 그의 상품들도 해외에 흩어져 있답니다. 그런데 그의 재산은 확실성이 없어요. 배란 그저 판자에 불과하고 선원들은 또 인간에 불과하단 말씀이야. 물 쥐도 있고 땅 쥐도 있고, 물 도둑도 있고 땅 도둑도 있고, 해적을 두고 하는 말입니다만, 여기에 또 파도와 폭풍과 암초의 위험이 추가됩니다. 그럼에도 불구하고 그분은 지불 능력이 충분합니다. 3,000다카트라. 그의 보증서를 받아볼까요, 그럼.

바사니오 꼭 그렇게 해주시오.

샤일록 꼭 그렇게 하지요. 필히 하도록 생각해보겠습니다. 안토니오 씨를 뵐 수 있었으면 좋겠는데요.

바사니오 우리와 같이 식사를 할 수 있겠소?

샤일록 그건 돼지고기 냄새를 같이 맡자는 얘기군요. 당신들의 예언자 나사렛 예수가 마술로 악마를 집어넣은 돼지고기를 같이 먹잔 말이에요. 나는 당신들과 같이 물건을 팔고, 사고, 이야기를 나누고

같이 걷는 등등의 일은 하겠지만 같이 먹고 마시고 기도하는 일은 할 수 없소이다. 상업 거래소에 특별한 소식이라도 있었던가? 저기 누가 오고 있는데?

안토니오 등장.

바사니오 안토니오요.

샤일록 (방백) 저자는 어쩌면 저렇게 아첨 떠는 새 떼 같은 꼴을 하고 있을까? 기독교도이기 때문에 미워하기도 하지만 그보다도 저자가 미련하게 잘난 체하면서 무이자로 돈을 꾸어주는 바람에 베니스에 있는 우리 대금업자들의 금리가 낮아져 더 밉단 말이야. 언젠가 내 손아귀에 걸려들게 되면 골수에 사무친 한을 시원스럽게 풀어봐야지. 성스러운 우리 민족을 미워하고, 많은 상인들이 모인 곳에서 나를 욕하고, 내가 정당하게 거래를 통해 벌어들이는 이윤을 이자라고 부르면서 못마땅해하지. 내가 저자를 용서한다면 내 민족이 저주받을 거야.

바사니오 샤일록, 뭘 하고 있소?

샤일록 수중의 현금을 따져보고 있소이다. 그런데 아무리 기억을 더듬어 짐작해보아도 3,000다카트 전액을 당장에 융통할 수는 없겠어요. 하지만 염려는 말아요. 투발이라고 하는 부유한 우리 히브리 동족이 나에게 대줄 겁니다. 가만있자, 몇 달 동안 원하신다고 했죠? (안토니오에게) 행운을 빕니다, 믿을 만한 분. 지금 우리는 선생 얘기를 하고 있었습니다.

안토니오   샤일록, 나는 이자를 주고받으며 금전 거래를 해본 적이 없지만 내 친구의 급한 처지 때문에 관례를 깨뜨리겠소. (바사니오에게) 그에게 필요한 액수를 얘기했나?

바사니오   삼 개월 동안.

샤일록   깜빡했군. 삼 개월 동안. 그런 말씀을 해주셨지. 자, 그러면 차용증서를. 그런데 말입니다. 당신께서 지금 이자를 받는 금전 거래를 안 하신다고 말씀하신 것 같은데?

안토니오   그런 짓은 안 합니다.

샤일록   야곱이 숙부인 라반의 양들에게 풀을 먹이던 시절, 이 야곱은 우리의 경건한 선조 아브라함의 자손인데, 현명한 어머니가 그를 위해서 꾸민 술책으로, 세 번째로 상속권을 가졌지요. 그렇지요. 세 번째예요.

안토니오   그래 그가 어떻다는 말이오? 이자를 받았단 말이오?

샤일록   아니, 이자를 받지 않았습니다. 당신이 말하듯 직접 이자를 받지는 않았단 말입니다. 야곱이 어떻게 했나 주의해서 들어보시오. 그와 라반은 양이 줄무늬가 지거나 얼룩진 새끼를 낳으면 그것들은 전부 야곱의 품삯으로 쳐준다는 합의를 하게 됐지요. 그해 가을이 저물어 발정 난 암양들이 암내를 내고 숫양이 찾아와 번식 활동이 한창일 무렵, 야곱은 나뭇가지 껍질을 벗겨 교미 중인 요염한 암양들 앞에 꽂아놓았습니다. 이때 새끼 밴 암양들이 달이 차서 얼룩무늬 진 양들을 낳았는데 이것들을 다 야곱이 차지했습니다. 그렇게 그는 돈을 벌었지요. 그리고 하느님의 축복을 받았지요. 훔친 것이 아니라면 부자가 되는 것은 축복입니다.

안토니오 그것은 야곱이 한번 해본 모험이었소. 그의 힘으로 그렇게 된 것이 아니라 하느님의 손에 조종되고 지배되어 된 일이오. 이 자놀이를 정당화하기 위해서 이 성경 이야기를 하는 거요? 아니면 당신의 금과 은과 보화가 다 암양과 숫양이라는 말이오?

샤일록 무어라 말할 수 없습니다만, 재산을 양같이 빨리 자라게 한답니다. 그런데 내 말 좀 들어보시오.

안토니오 (방백) 이봐, 바사니오, 악마도 제 이익을 위해서 성경을 인용할 수 있단 말이야. 성경을 증거로 내세우는 악한은 얼굴에 미소 짓고 있는 악당과 마찬가지지. 겉은 번지르르하지만 속은 썩은 사과와 같다네. 아, 허위에 찬 외모가 참 번지르르하기도 하군.

샤일록 (방백) 3,000다카트. 이건 거액이지. 연 이자에서 삼 개월 이자를 산출하면. 가만있자, 이자는……

안토니오 그래, 융통이 좀 되겠소?

샤일록 안토니오 선생, 당신은 상업 거래소에서 한두 번도 아니고 여러 번 제 이자에 대해 비난하셨습니다. 저는 항상 어깨만을 움츠렸을 뿐 끈기 있게 참아왔습니다. 끈기는 우리 민족의 표징이니까요. 당신은 이교도, 살인자라 부르면서 내 유대인 망토에 침을 뱉었지요. 그게 모두 내 것을 내가 쓴다는 이유 때문이었지요. 자, 그런데 보아하니 당신은 이제 와서 내 도움을 받고자 "샤일록, 돈이 필요하오." 이렇게 말합니다. 그런 말이 나옵니까? 턱수염에 가래침을 뱉고, 낯선 개 쫓아내듯 나를 문밖으로 내치던 당신이 이제 와서 돈이 필요하다고 하시는군요. 뭐라고 말씀드릴까? "제게 무슨 돈이 있겠습니까? 제가 어떻게 3,000다카트를 빌려드릴 수 있겠습니까?"

라고 말씀드려야 될까요? 아니면 허리를 굽히고 노예 근성으로 숨을 죽이고 목소리를 낮추어서 이렇게 말씀을 드려야 하겠습니까? "나리, 나리께서는 지난 수요일에 제게 침을 뱉으셨지요. 언제는 저를 개라고 부르셨지요. 그런 친절에 보답하기 위해서 이만한 액수의 돈을 빌려드리겠사옵니다."

안토니오 나는 앞으로도 당신을 그렇게 부르고, 다시 침을 뱉고, 다시 발길로 차게 될 거요. 당신이 그 돈을 빌려주려거든 친구에게 빌려주는 것으로는 생각하지 마시오. 우정이 있다면 누가 생식력이 없는 쇠붙이에 대한 이자를 친구에게서 취하겠소. 그러니 차라리 돈을 원수에게 빌려준다고 생각하시오. 그래야 만약에 위약했을 때에는 떳떳하게 벌금을 받을 수가 있을 것 아니오.

샤일록 아니, 왜 이렇게 화를 내십니까? 나는 당신과 사귀고 그래서 당신의 사랑을 받고 싶습니다. 내 몸을 더럽힌 온갖 치욕을 잊고, 또 당장 당신에게 필요한 돈을 마련해드리고 그 돈에 대한 이자는 반 푼도 받지 않겠다는데도 그러시는군요. 바로 이런 친절을 베풀고자 하는 겁니다.

바사니오 그렇게만 해준다면 정말 친절한 일이오.

샤일록 친절을 베풀려는 거요. 그러니 나와 함께 공증인에게 가서 당신 단독 명의의 차용증서에 날인해주시오. 그리고 장난스런 기분으로 차용증서에 명시된 이러이러한 금액을 이러이러한 날 이러이러한 장소에서 갚지 못하면 벌금으로 당신 신체의 어느 부분에서든지 내 마음대로 정확히 1파운드를 베어내도 좋다는 것을 꼭 명시해주시오.

안토니오 그거 좋소. 그럼 차용증서에 도장을 찍겠소. 그리고 유대인도 꽤 친절하다고 하겠소.

바사니오 그런 차용증서에 나 때문에 도장을 찍게 할 수는 없네. 내가 차라리 곤궁을 참아내는 편이 낫지.

안토니오 뭘 염려하나, 이 사람아. 내가 벌금을 물게 되지는 않을걸세. 두 달 안에, 말하자면 차용증서 기한이 만료되기 한 달 전에 이 차용 금액의 세 배나 되는 돈이 들어오기로 되어 있다네.

샤일록 오, 선조 아브라함이여! 기독교도는 어째서 이렇습니까? 자신들의 거래가 이처럼 각박하니 남의 마음까지도 의심하는 모양입니다. 여보시오, 다음 말에 대답해보시오. 만약에 저분이 기한을 어겼다고 합시다. 벌금을 받는다고 해도 도대체 내가 무슨 이득을 본단 말입니까? 인간의 몸에서 베어낸 살 1파운드는 양고기와 쇠고기는 물론 염소고기만큼도 가치가 없고 소용도 없습니다. 말씀드려두지만 저분의 환심을 사려고 이렇듯 친절을 베풀고 있습니다. 저분이 이것을 받아들이면 좋고, 싫다면 또 그만이지요. 그러니 제발 오해는 마십시오.

안토니오 좋소, 샤일록. 차용증서에 도장을 찍겠소.

샤일록 그러면 곧 공증인 사무실에서 만나기로 합시다. 그에게 이 차용증서를 작성하라고 일러주시오. 저는 당장 가서 그 금액을 가지고 오겠습니다. 건달 녀석한테 맡겼더니 걱정이 됩니다. 집에 들렀다가 곧 합석하겠습니다.

안토니오 빨리 다녀오시오, 유대인 양반. (샤일록 퇴장) 저러다가 저 히브리인이 기독교로 개종하겠는데…… 점점 친절해진단 말이야.

바사니오　악한이 정직한 조건을 제시하면 난 믿지 않네.

안토니오　자, 가세. 이 일에 대해서는 염려할 필요가 없네. 내 배들이 그 날짜 한 달 전에 돌아오니 말일세. (모두 퇴장)

제2막

제1장
벨몬트, 포샤의 집

팡파르. 흰색 옷차림을 한 황갈색 피부의 무어인 모로코 왕과 서너 명의 시종들이 포샤, 네리사, 시종들과 함께 등장.

모로코 왕 얼굴이 이렇다고 싫어하지 마시오. 이것은 빛나는 태양이 입혀준 검은 의상이오. 나는 태양의 이웃으로 그 가까이에서 살았소. 태양신의 불꽃이 내리쬐어도 고드름조차 녹이지 못하는 북극 태생의 인간 중에서 가장 얼굴이 흰 사람을 데려다가 그와 나 중 누구 피가 더 붉은지 그대의 사랑을 위하여 흘려봅시다. 아가씨, 사실 아무리 용기 있는 자라도 내 얼굴을 보면 겁을 냈지만, 맹세코 우리나라에선 가장 아름답다고 정평이 난 처녀들이 사랑한 얼굴이오. 나의 여왕이여, 그대의 사랑을 차지할 수 있다면 모를까 그 외에는 절대로 이 얼굴색을 바꾸지 않겠소.

포샤 배필을 선택할 때 저는 다른 처녀들처럼 까다로운 눈의 지시만을 따라 결정할 수 있는 처지가 아닙니다. 저의 운명은 제비로 결정하게 되어 있어서 배필을 제 마음대로 선택할 권리가 없습니다. 그러나 아버님께서 제비 뽑는 방법으로 승리하는 분과 결혼해야 된다고 선택의 범위를 한정하지 않으셨다면, 고명하신 귀공께서도 지금까지 절 찾아온 다른 분 못지않게 제 애정의 후보자가 되셨을 것입니다.

모로코 왕 그 말씀만으로도 고맙소이다. 그러면 상자가 있는 곳으로 인도해주시면 나의 행운을 시험해보겠소. 일찍이 페르시아 왕을 참살하고 터키 왕 솔리만을 세 번이나 물리친 페르시아 왕자를 살해한 바 있는 이 만도彎刀에 걸고 맹세하지만, 아가씨를 내 아내로 얻기 위해서 나는 세상에서 가장 대담한 사람도 누를 것이며, 암곰의 품 안에서 젖을 먹고 있는 새끼도 빼앗아버릴 것이고, 먹이를 찾아 으르렁대는 사자를 놀려줄 수도 있소. 그러나 헤라클레스와 리카스가 주사위를 던져서 누가 많은 점수를 얻을 수 있는가로 결정한다면 운명의 힘은 약자의 편을 들 수도 있소. 그렇게 해서 알키데스도 그의 시동에게 패했소. 그와 마찬가지로 나도 맹목적인 운명을 따르다가 나보다 못한 자도 얻을 수 있는 행운을 놓쳐버리고 슬픔에 빠져 죽을지도 모르겠소.

포샤 운명에 맡길 수밖에요. 아니면 선택을 그만두시든지, 선택하기 전에 잘못 골랐을 경우 다시는 어느 여인에게도 결혼 신청을 하지 않겠다는 것을 맹세하셔야 해요. 그러니 신중하게 생각해서 행동하세요.

모로코 왕 다시는 않겠습니다. 그러니 어서 운명을 시험하게 해주시오.

포샤 우선 성당으로, 운명의 선택은 식사 후에 하겠습니다.

모로코 왕 행운이여, 그때 찾아주소서. 운명은 나를 많은 남자들 중에서 축복받은 자로 만들 것인가, 저주받은 자로 만들 것인가!

(팡파르. 모두 퇴장)

제2장
베니스, 어느 거리

란슬롯 등장.

란슬롯 이 유대인 주인집에서 도망을 친다고 양심에 거리낄 것은 없겠지. 마귀란 녀석이 가까이 다가와서 이렇게 나를 유혹한단 말씀이야. "고보, 란슬롯 고보, 착한 고보, 다리를 움직여라. 속히 몸을 움직여 달아나거라." 하지만 나의 양심은 "안 돼, 조심해야지, 착한 란슬롯, 조심해야지, 정직한 란슬롯." 또는 지금 말한 것처럼 "정직한 란슬롯 고보, 도망치지 마라. 달아나는 것을 경멸해라" 하고 말한단 말씀이야. 그렇지만 대담무쌍한 마귀 녀석은 날더러 짐을 꾸리라는 거야. "자, 어서 달려, 앞으로!"라고 말하는가 하면 "제발 용기를 내서 도망쳐라" 한단 말씀이야. 그러면 나의 양심은 내 심장에 꼭 달라붙어서는 매우 현명한 말을 해준단 말이야. "나의 정직한 친구 란슬롯, 그대는 정직한 사람의 아들이니." 아니 '정직한 여인의 아들'이라고 하는 게 차라리 낫지. 그 이유는 우리 아버지는 약간의 냄새, 불쾌한 냄새를 풍기는 짓을 하는 취미를 가졌으니까. 그러니까 나의 양심은 "란슬롯, 꼼짝 말고 있거라"라고 한단 말씀이야. 마귀 녀석은 "달아나라", 양심은 "꼼짝 마라", 그래서 "양심아, 너의 충고도 옳다." 이렇게 대답했어. 내 양심을 따르자면 유대인 주인집에 머물러 살아야 하는데, 그자는—하느님, 이렇게 말하는 것을 용서해주옵소서—악마란 말씀이야. 그리고 유대인 주인집에서 도망쳐 나오면 나는 악마에게 지배되는 셈인데, 그 녀석은—좀 몹쓸 표현이지만—마귀 바로 그 자체란 말이지. 사실은 우리 유대인 주인이 바로 악마의 화신이야. 양심적으로 말하면 나의 양심은 인정머리 없는 양심이지. 이 유대인하고 같이 있으라고 충고를 하니 말이야. 마귀 녀석의 충고가 더 인정이 있어. 마귀야, 난 달아나겠어. 네 말을 듣겠단 말이야. 난 달아나겠어.

고보 영감 바구니 들고 등장.

고보 영감 이봐요, 도련님, 유대인 나리 댁으로 가려면 어디로 가야 하오?

란슬롯 (방백) 오, 맙소사! 날 낳아주신 아버지시잖아. 그런데 아버지가 눈이 멀어서 날 알아보지 못하고 계시네. 좀 확인을 해봐야겠어.

고보 영감 이봐요, 도련님, 유대인 나리 댁으로 가려면 어디로 가야 하오?

란슬롯 다음 골목에서 오른쪽으로 도십시오. 그리고 다음 골목에서는 왼쪽으로 도십시오. 그리고 또 바로 그다음 골목에서는 어느 쪽으로도 돌지 마시고 곧장 내려가면 그 유대인 집에 이르게 됩니다.

고보 영감 오! 하느님, 찾기 힘들겠는걸. 란슬롯이란 사람이 아직도 그와 함께 살고 있는지 혹시 아시오?

란슬롯 란슬롯 도련님 말씀입니까? (방백) 가만있자 눈물이 쏟아지게 해볼까. 란슬롯 도련님 말씀이시죠?

고보 영감 도련님은 아니고 가난한 사람의 아들이지요. 내 입으로 말하기 좀 그렇지만 그의 아버지는 무척 가난한 사람이기는 해도 하느님의 보살핌으로 장수할 것 같습니다.

란슬롯 글쎄, 그의 아버지야 어찌 되었든 상관없고, 란슬롯 도련님에 관한 얘기가 아니었습니까?

고보 영감 아, 글쎄, 란슬롯 말입니다.

란슬롯 그러니까 말입니다. 영감님, 란슬롯 도련님에 관해서 얘기하고 있는 게 아닙니까?

고보 영감 란슬롯에 관해섭니다, 그러니까 도련님.

란슬롯 그런고로 란슬롯 도련님이지요. 영감님, 란슬롯 도련님 이야기는 그만두십시오. 그 젊은 양반은 운명이나 숙명 등등의 괴상한 말과 운명의 세 여신과 그와 비슷한 분야의 학문에 의거해서 말한다면 사망했고, 알아듣기 쉬운 말로 하면 천당에 갔으니까요.

고보 영감 아이고! 하느님! 그 애는 바로 이 늙은 놈의 지팡이이며 버팀대입니다.

란슬롯 (방백) 내가 기둥이나 지팡이, 혹은 버팀대로 보일까? 영감님, 저를 알아보시겠어요?

고보 영감 몰라보겠구려, 도련님. 그렇지만 말 좀 해주시오. 제 아들 녀석이—하느님 그의 영혼을 편안히 쉬게 해주시옵소서—살아 있습니까, 죽었습니까?

란슬롯 영감님, 저를 모르시겠어요?

고보 영감 눈이 잘 보이지 않아 모르겠는걸.

란슬롯 몰라보시겠죠. 눈이 보인다 해도 저를 알아보지 못할 겁니다. 현명한 아버지만 자기 자식을 알아보는 법이니까요. 자, 영감님. 그러면 당신의 아들 소식을 전하리다. 축복해주십시오. 진리는 밝혀지는 법이고 살인은 오래 숨길 수 없는 법입니다. 아들은 숨길 수가 있지만 결국에는 밝혀지는 법입니다.

고보 영감 잠깐 일어나보시겠어요? 확실히 당신은 내 아들 란슬롯이 아니오.

란슬롯 제발 농담은 그만하시고 절 축복해주십시오. 제가 당신의 란슬롯입니다. 과거에는 당신의 아기였고 현재에는 당신의 아들이며 미래에는 당신의 자식이 될 겁니다.

고보 영감 아무리 생각해도 당신은 내 아들이 아닌 것 같소.

란슬롯 그 점에 대해서 어떻게 생각해야 될지 모르겠습니다만, 전 란슬롯이오, 그 유대인의 하인입니다. 그리고 당신의 아내 마저리는 저의 어머니가 틀림없습니다.

고보 영감 내 마누라 이름은 마저리가 틀림없지. 맹세하지만 그대가 란슬롯이라면 그대는 분명 내 혈육이야. 하느님을 찬송할지어다. 턱수염이 많이 났군! 내 짐마차를 끄는 도번의 꼬리털보다도 네 턱에 털이 더 많구나.

란슬롯 그렇다면 도번의 꼬리털은 거꾸로 자라는 모양이죠. 지난번에 보니까 지금 내 얼굴에 난 털보다는 그 녀석의 꼬리털이 분명히 더 많았는데.

고보 영감 아, 넌 무척 많이 변했어. 주인과는 사이가 좋으냐? 그분에게 선물을 하나 가져왔다. 그래, 사이가 어떠냐?

란슬롯 좋습니다, 좋아요. 그러나 저로 말씀드릴 것 같으면, 달아날 결심을 했기 때문에 달아날 겁니다. 그래야 마음이 편할 것 같습니다. 주인나리는 철저한 유대인이에요. 선물을 주시겠다고요? 목을 매는 밧줄이나 주십시오. 그를 섬기다간 굶어 죽을 거예요. 제 갈빗대를 하나하나 다 셀 수 있을 정도니까요. 아버지, 오셔서 정말 기뻐요. 선물일랑 바사니오란 분께 드렸으면 좋겠어요. 그분이 저에게 귀한 새 제복을 주실 거예요. 그분을 섬길 수 없다면 땅 끝까지 도망쳐버릴 거예요. 아, 마침 그분이 저기 오시는군요. 아버지, 저분에게로 가요. 만약 그 유대인을 계속해서 주인으로 섬긴다면 나 또한 유대인이 되어버릴 거예요.

바사니오가 리오나도와 시종 두 명을 거느리고 등장.

바사니오 그래도 좋겠지. 그러나 저녁은 아무리 늦어도 다섯 시까지는 준비하도록 서둘러야겠어. 이 편지들을 전하고 제복을 맞추고 그라티아노에게 곧 내 거처로 오라고 해. (하인 한 사람 퇴장)

란슬롯 아버지, 저분에게로 가요.

고보 영감 안녕하십니까?

바사니오 아, 네. 무슨 할 말씀이라도 있습니까?

고보 영감 이 애는 제 아들 녀석이옵니다. 가난한 애지요.

란슬롯 가난한 애가 아니라 부유한 유대인의 하인이옵니다. 저의 아버님이 구체적으로 말씀하시겠지만 제가 원하는 것은……

고보 영감 저 애는 큰 열망을 갖고 있답니다. 말하자면 섬기고 싶은……

란슬롯 실은, 간단히 말씀드리자면 저는 지금 유대인 주인을 섬기는 몸이옵니다. 저의 아버님이 구체적으로 말씀드리겠지만 저의 소망은……

고보 영감 저 애는 주인 나리와—이것 심히 실례되는 말씀입니다만—사이가 별로 좋질 않답니다.

란슬롯 간단히 말씀드려서 유대인 주인이 절 못살게 굴어서, 저의 아버님이 노인이니만큼 자세히 말씀드리겠지만 저는……

고보 영감 높으신 나리께 드리려고 여기에 비둘기 고기 한 접시를 가져왔습니다. 저의 소청은……

란슬롯 아주 간단히 말씀드리자면, 그 소청은 정직한 이 노인이 높으신 나리께 알려드리겠지만, 저에 관한 것입니다. 그리고 제가 말씀드리는 것이 어색합니다만, 저의 아버님은 비록 연세는 많아도 가난한 사람이옵니다.

바사니오 한 사람이 말씀해보시지요. 무엇을 원하시는지요.

란슬롯 나리를 섬기고 싶습니다.

고보 영감 그것이 바로 문제의 요점입니다.

바사니오 난 자네를 잘 알고 있네. 자네 소망을 들어주지. 오늘 난 자네 주인 샤일록과 얘기를 나눴는데 그는 자네를 추천하더군. 돈 많은 유대인 시중은 그만두고 나같이 이렇게 가난한 사람의 시종이 되는 데 추천 여부가 필요 없겠네만.

란슬롯 신통하게도 나리와 저의 주인 샤일록은 옛 격언을 반씩 나누어 가지고 계십니다. 나리께서는 하느님의 은총을 받으셨고 저의 주인은 풍족한 재산을 소유했으니 말씀입니다.

바사니오 자네는 말을 잘하는군. 영감님, 아들과 같이 가세요. 옛 주인에게 작별 인사를 하고 내 거처로 찾아오도록 해라. (하인에게) 저 사람에게는 다른 사람의 것보다 술이 더 많이 달린 제복을 주게. 꼭 그렇게 하게나.

란슬롯 아버지, 들어가세요. 내 재주로는 일자리를 얻을 수 없겠는데요. 못 얻지! 말주변이 전혀 없단 말이야. (손금을 쳐다보며) 이탈리아에는 맹세코 내 손금보다 더 훌륭한 미래를 약속하는 손금은 또 없을 거야. 내 운수는 틀림없이 좋단 말이야. 이것 봐. 여기에 순탄한 생명선이 나 있고, 여기 있는 조그마한 이 선은 아내 선인데, 아, 마누라가 열다섯뿐이군. 한 사내의 수입으로 열한 명의 과부와 아홉 명의 처녀는 보통이지. 그다음을 보자. 익사를 세 번 면하겠고 또 날카로운 새털 침대 때문에 생명에 위험이 있겠구나. 이것들은 그

저 액땜을 나타내는 선들이군. 괜찮은 운수를 타고났어. 운명의 신이 여자라면 마음 좋은 계집일 거야. 아버지, 가요. 눈 깜짝할 사이에 유대인에게 작별 인사를 해버리겠어요. (란슬롯과 고보 영감 퇴장)
바사니오 리오나도, 잘 생각하게. 이 물건들을 사서 차곡차곡 싣고 빨리 돌아오게. 오늘 밤엔 내 가장 친한 친구를 대접해야 하니 말일세. 서둘러서 다녀오게.
리오나도 분부대로 하겠습니다.

그라티아노 등장.

그라티아노 주인은 어디 계시지?
리오나도 저기 걸어가십니다. (리오나도 퇴장)
그라티아노 바사니오!
바사니오 그라티아노!
그라티아노 부탁이 하나 있는데.
바사니오 무엇이든지 들어주지.
그라티아노 거절하지 말게. 나도 벨몬트에 동행해야겠네.
바사니오 그렇다면 같이 가는 거지. 그런데 해둘 말이 있네, 그라티아노. 다름이 아니라 자네는 너무 거칠고, 버릇이 없고, 함부로 말을 하는데—이 성질은 자네에게는 잘 어울리고 우리들 눈에도 결점으로 보이진 않지만—자네를 잘 모르는 곳에서는, 글쎄, 그 성질들은 좀 지나친 방종으로 보일 걸세. 제발 절제라는 냉정한 물방울을 좀 떨어뜨려서 그 성미를 완화시켜보게. 그 거친 언동 때문에 내가 가는 곳에서 오해를 받지 않도록 말일세.

그라티아노 바사니오, 내 말을 들어보게. 나는 신중한 태도를 취해 말도 점잖게 하고, 욕도 하지 않고, 기도서는 늘 호주머니에 넣고 다니고, 언제나 엄숙한 표정을 짓겠네. 또 그뿐이겠나. 식사 전 기도에는 모자로 눈을 가리고 한숨을 쉬며 아멘을 할 것이며, 할머니의 마음을 기쁘게 해드릴 엄숙한 몸가짐의 훈련을 잘 쌓은 사람처럼 모든 예의범절을 지키겠네. 그렇게 하지 않는다면 다시는 내 말을 믿지 말게.

바사니오 그럼 자네 행실을 두고 볼까.

그라티아노 그러나 오늘 밤만은 예외지. 오늘 저녁의 일로 나를 평가해서는 안 되네.

바사니오 물론이지, 그래선 안 되지. 오히려 자네가 마음껏 그 쾌활한 태도를 취해주기를 부탁하고 싶네. 흥겹게 놀 작정으로 친구들을 청했으니 말일세. 그럼 잘 가게, 난 할 일이 있네.

그라티아노 나는 로렌조와 그 밖에 다른 사람을 찾아봐야겠네. 저녁때 모두 같이 오겠네. (두 사람 퇴장)

제3장
베니스, 샤일록의 집

제시카와 란슬롯 등장.

제시카 네가 아버지 곁을 떠난다니 섭섭하구나. 우리 집은 지옥이지만 쾌활한 네가 지루함을 없애주었는데. 그러면 잘 가. 얼마 되지 않지만 받아라. 그리고 말이야, 란슬롯, 이제 저녁때가 되면 네 새 주인의 손님으로 오게 될 로렌조를 뵙게 될 거야. 그에게 이 편지를 전해줘. 아무도 모르게. 자, 그럼 잘 가. 너와 얘기하는 것을 아버지에게 보이고 싶지 않구나.
란슬롯 안녕히 계십시오. 눈물 때문에 말문이 막힙니다. 가장 어여쁜 이교도이며 가장 착한 유대인! 어느 기독교도가 부정不貞한 짓을 행하여 아가씨를 낳은 것이 아니라면 저로선 전혀 이해가 안 됩니다. 이 어리석은 눈물방울 때문에 강한 내 마음이 조금은 약해지는데요. 안녕히 계십시오!
제시카 잘 가, 란슬롯. (두 사람 퇴장)

제4장
베니스, 어느 거리

그라티아노, 로렌조, 살리리오, 살레니오 등장.

로렌조 아니, 그럴 게 아니라 저녁식사 중에 슬쩍 빠져나와 제 숙소로 가서 변장한 후 한 시간 안으로 돌아오면 됩니다.
그라티아노 아직 그럴 준비가 안 됐는데.
살리리오 횃불 드는 사람들 얘기는 아직 하지도 않았잖아.
살레니오 멋지게 꾸미지 못할 바엔 차라리 꾸미지 말았으면 싶어.
로렌조 네 시밖에 안 됐어요. 아직 두 시간이나 준비할 여유가 있지 않습니까.

란슬롯 등장.

여보게, 란슬롯, 무슨 일인가?
란슬롯 이걸 뜯어보면 내용을 아실 거예요.
로렌조 이 글씨가 누구의 글씨인지 알고 있어. 정말로 아름다운 글씨야. 그리고 편지를 쓴 아름다운 손은 이 종이보다 더 하얗지.
그라티아노 연애 편지로군.
란슬롯 그럼, 전 실례하겠습니다.

로렌조   어딜 가려고?

란슬롯   네, 저의 옛 주인 유대인 나리에게 저의 새 주인 기독교도 나리 집에서 오늘 밤 식사가 있을 거라는 말씀을 전하러 갑니다.

로렌조   잠깐, 이것 받게. 상냥한 제시카에게 약속을 결코 어기지 않겠다고 전해주게. 살짝 얘기하게. (란슬롯 퇴장) 자, 가시죠. 오늘 밤 가면무도회 준비를 해야 하지 않겠어요? 횃불 드는 사람 하나는 제가 구해놨답니다.

살리리오   그럼 나도 당장 준비를 해야지.

살레니오   나도.

로렌조   한 시간쯤 후에 그라티아노의 거처에서 다시 만나요.

살리리오   그게 좋겠군. (살레니오와 함께 퇴장)

그라티아노   그 편지, 아리따운 제시카에게서 온 것 아냐?

로렌조   자네에겐 전부 얘기해야겠어. 제시카는 어떻게 하면 자기를 자기 아버지의 집에서 빼낼 수 있고, 무슨 금과 보석을 준비했고, 무슨 시종 옷을 준비했다는 등등을 편지에 적었어. 만약 유대인인 그의 아버지가 천당에 간다면 그것은 상냥한 그의 딸 덕이지. 감히 어떠한 불행도 그녀의 앞길을 가로막지 못할 거야. 그녀가 이교도인 유대인의 자식이란 이유로 불행이 닥친다면 모를까. 자, 같이 가세, 가면서 자세히 읽어보게. 내 횃불잡이는 아리따운 제시카가 될 거야. (두 사람 퇴장)

제5장
베니스, 샤일록의 집

샤일록과 란슬롯 등장.

샤일록 이제 알게 될 거다. 네 눈이 판사가 되어 옛 주인 샤일록과 바사니오의 차이를 알게 될 거란 말이다. 얘, 제시카! 내 집에서처럼 배불리 먹지 못할 거야. 얘, 제시카! 코를 골며 자거나 옷을 찢을 수도 없을 거다. 얘, 제시카! 왜 대답이 없지.
란슬롯 얘, 제시카!
샤일록 누가 부르랬어? 난 시키지도 않았는데.
란슬롯 나리께서는 언제나 저에게 무엇이든 시켜야 하는 녀석이라고 말씀하셨어요.

제시카 등장.

제시카 부르셨어요? 무슨 일인데요?
샤일록 제시카, 저녁 초대를 받았다. 이건 열쇠들이고. 내가 무엇 때문에 가느냐 하면, 그들이 날 좋아해서가 아니라 아첨하려고 초대했단 말이다. 그래서 난 증오심을 품고 가서 방탕한 기독교도의 음식을 실컷 먹을 거다. 내 딸 제시카, 집을 잘 봐라. 정말 내키지 않는걸. 간밤에는 돈주머니 꿈을 꾸었는데 어쩐지 불길한 일이 일어날 것 같구나.

란슬롯 자, 가시지요. 저의 젊은 주인 나리께서 당신의 도착을 기다리고 계십니다.

샤일록 날 욕보이려고 말이지?

란슬롯 그런데 그분들이 즐거운 여흥을 하나 마련했습니다. 가면무도회를 보시라고 하는 것은 아닙니다만, 보신다면 지난번 부활절 월요일에 코피가 난 것이 아주 의미 없는 일이 아니었음을 아시게 될 겁니다. 오늘 오후가 되면 그해 성회 수요일로부터 꼭 사 년이 되는 날이지요.

샤일록 뭐라고, 가면무도회가 있다고? 내 말 들었니? 제시카! 문을 잠그고 있어라. 그리고 북소리가 들리고 목이 움푹 파인 피리의 괴상망측한 뚜뚜 소리가 들리더라도 창문에 기어올라가면 안 된다. 또 분칠한 얼굴의 어리석은 기독교도 녀석들을 보려고 길에 머리를 내밀어서도 안 돼. 그저 내 집의 귀들을—창문 말이다—틀어막아라. 천박한 건달 놈들의 소리가 점잖은 우리 집에 들어오게 해선 안 된다. 야곱의 지팡이에 걸고 맹세하지만 오늘 저녁은 집 밖에 나가서 식사를 할 생각이 조금도 없다. 하지만 가야겠지. 이봐, 먼저 가서 내가 곧 간다고 전해라.

란슬롯 그럼, 먼저 가겠습니다. 아가씨, 아버님 말씀에 상관하지 마시고 창밖을 내다보십시오. 기독교도 한 사람이 지나갈 것입니다. 유대인 처녀가 반드시 봐야 될 사람입니다. (란슬롯 퇴장)

샤일록 저 어리석은 녀석이 뭐라고 그랬니, 응?

제시카 "아가씨, 안녕히"라고 했어요. 그뿐이었어요.
샤일록 저 바보 같은 녀석은 인간성은 좋은데 너무 많이 먹는 게 탈이야. 돈을 벌려면 달팽이처럼 느리고 낮잠은 살쾡이보다 더 잘 자는 수벌 같은 무위도식배를 내 집에 둘 수는 없어. 그래서 녀석을 내보낸 거야. 빚내서 낭비하는 데 거들도록 그놈을 보내준 거야. 제시카, 들어가거라. 아마 난 곧 돌아올 거야. 시키는 대로 문을 꼭 잠그고 있어라. 단단히 묶어놓으면 돈은 빠르게 모인다. 절약하는 사람에게는 언제 들어도 진부하지 않은 격언이란다. (샤일록 퇴장)
제시카 안녕히 다녀오세요. 제 일이 제대로 된다면 난 아버지를 잃게 되고 아버지는 딸을 잃게 될 거예요. (제시카 퇴장)

제6장
베니스, 샤일록의 집 앞

가면을 쓴 그라티아노와 살리리오 등장.

그라티아노 이곳이 바로 로렌조가 우리에게 기다리라고 말한 지붕 밑 헛간일세.
살리리오 그가 약속한 시간이 지났는데.

그라티아노　그래, 그 사람이 약속 시간보다 늦는 건 이상한걸. 연인들은 언제나 시간보다 앞지르는 법인데.

살리리오　비너스 여신의 비둘기들은 새로운 사랑의 맹세를 실천하러 갈 때 이미 맺은 사랑에 충실하려고 갈 때보다 열 배나 더 빨리 나는 법이지.

그라티아노　그건 언제나 맞는 말씀. 연회 식탁에 앉을 때에는 강렬한 식욕을 느껴도 일어설 때에는 그런 식욕을 느끼는 사람이 한 사람도 없지. 세상의 어떤 말이 먼저 밟고 지나간 고난의 길을 처음과 같은 열의를 가지고 가겠나. 세상만사는 손에 넣어 즐길 때보다도 쫓아다닐 때 더 한층 신나는 법일세. 나부끼는 깃발을 단 배가 고국의 항구를 떠나 바람 품에 안기는 모습은 신통한 탕자인 둘째 아들 같고, 그 배가 비바람에 시달린 늑골과 갈가리 찢긴 돛들을 단 채 핼쑥해져 거지꼴이 되어서 돌아오는 모습은 영락없는 비참한 탕자와 같잖은가.

　　　로렌조 등장.

살리리오　로렌조가 오는군. 그 얘기는 나중에 더 하지.

로렌조　늦은 거 미안해요. 나 때문이 아니라 내 일 때문에 여러분을 기다리게 했어요. 여러분이 아내로 맞을 부인을 훔쳐오게 될 때에는 나도 오랫동안 망을 봐드리겠어요. 좀 가까이 다가가죠. 이 집이 앞으로 내 장인이 될 유대인의 집이에요. 안에 누구 계십니까?

제시카가 위에서 소년 복장으로 등장.

제시카 누구세요? 당신 목소리는 분명히 알고 있지만 확인을 해야겠습니다. 알려주세요.

로렌조 로렌조, 그대의 사랑이오.

제시카 정말 로렌조야, 참된 나의 사랑. 제가 당신 말고 누구를 그처럼 사랑하겠어요. 그럼 당신 말고 누가 제가 당신 거라는 걸 알고 있나요?

로렌조 하느님과 당신 마음만이 그 증인이지.

제시카 자, 이 상자를 받으세요. 그만한 가치가 있는 물건이에요. 밤이라 다행이군요. 당신은 제가 잘 안 보이시죠. 변장한 모습이 너무 부끄러워요. 그러나 사랑은 맹목, 연인들은 자신들이 저지르는 귀여운 잘못들을 보질 못한답니다. 만약에 볼 수 있다면 큐피드 자신도 이렇게 소년으로 변장한 제 모습을 보고 얼굴을 붉힐 거예요.

로렌조 내려와요. 당신은 횃불잡이가 돼야 하니까.

제시카 뭐라고요? 제가 횃불을 들고 제 부끄러움을 밝혀야 한단 말인가요? 정말이지 제 부끄러움은 밝히지 않아도 아주 밝은걸요. 이봐요, 횃불잡이 역할은 무엇이든 밝게 비춰주는 것이 아닌가요? 저는 숨어 있어야 해요.

로렌조 당신은 숨어 있는 거요. 그것도 소년의 아름다운 옷 속에 말이요. 자, 빨리 와요. 은밀한 밤은 달음질치고 바사니오의 집 연회는 우리를 기다리고 있소.

제시카 문을 꼭 잠그고 돈을 좀 더 가지고 곧 갈게요. (제시카 퇴장)

베니스의 상인 47

그라티아노 내 두건에 걸고 맹세하지만, 이제 그녀는 선량한 이방인이지 유대인이 아니야.

로렌조 정말이지 난 그녀를 진심으로 사랑하고 있어요. 내 판단에 그녀는 총명하고, 내 눈이 진실을 본다면 그녀는 아리땁고, 스스로를 증명한 것처럼 진실된 여자예요. 그래서 그녀를 언제나 변함없는 내 마음속에 간직할 결심이죠.

제시카 등장.

아니 벌써 내려왔군. 자, 모두들 가시지요. 지금쯤 가면무도회에 참석할 친구들이 우리를 기다리고 있을 거예요. (모두 퇴장)

안토니오 등장.

안토니오 거기 누구요?
그라티아노 안토니오?
안토니오 그라티아노, 모두들 어디 있어? 아홉 시야. 친구들이 자넬 기다리고 있다네. 오늘 밤 가면무도회는 중지되었네. 풍향이 바뀌어서 바사니오는 곧 항해 길에 오르게 될 거야. 자네를 찾느라고 사람들을 스무 명이나 내보냈어.
그라티아노 그래, 잘됐군. 오늘 밤 배 타고 떠나가는 것보다 더 큰 기쁨은 없단 말이야. (두 사람 퇴장)

제7장
벨몬트, 포샤의 집

팡파르. 포샤가 모로코 왕 및 그들의 시종들과 함께 등장.

포샤 가서 커튼을 젖히고 세 개의 상자를 이 존귀하신 왕께 보여드려라. 자, 선택을 하시지요.

모로코 왕 첫 번째 것은 금으로 되어 있고 이런 구절이 새겨져 있군. '나를 선택하는 자는 많은 남자들이 바라는 것을 얻으리라.' 두 번째 것은 은 상자로 이런 약속이 있군. '나를 선택하는 자는 자신에게 합당한 만큼을 얻으리라.' 세 번째 상자는 울퉁불퉁한 납 상자인데 외모 못지않게 무뚝뚝한 경구가 씌어 있군. '나를 선택하는 자는 그의 것 모두를 내놓고 모험을 해야 하느니라.' 맞는 상자를 선택했다는 것을 무엇으로 알 수가 있습니까?

포샤 그 세 개의 상자 중 한 상자에는 제 초상화가 들어 있어요. 그것을 선택하시면 그것과 더불어 저는 당신의 것이 된답니다.

모로코 왕 신이시여, 저의 판단을 인도해주시옵소서! 어디 보자. 새겨넣은 글귀들을 반대 순서로 다시 훑어볼까. 이 납 상자는 뭐라고 했더라? '나를 선택하는 자는 그의 것 모두를 내놓고 모험을 해야 하느니라.' 내놓아야 한다. 무엇 때문에? 납 때문에? 납 때문에 모험을 한다! 이 상자는 협박을 하는걸. 사람들이 모든 것을 걸고 모험을 할 때에는 이득을 얻을 수 있다는 희망이 있어서지. 황금에 젖은 사람은 무가치한 쇠똥 찌꺼기를 줍기 위해서 허리를 굽히지는 않는다. 따라서 나는 납을 위해서 모든 것을 내놓지도, 모험을 하지도 않겠다. 순결을 상징하는 달빛 색깔의 은 상자엔 무엇이 적혀 있었더라? '나를 선택하는 자는 자신에 합당한 만큼을 얻으리라.' 자신에 합당한 만큼이라! 모로코 왕이여, 잠깐 거기에 머물러 공평무사한 손으로 그대의 가치를 평가해보아라. 만약 그대 자신의 가치를 기준으로 평가한다면 충분히 합당하지만 이 아가씨에게 충분한 것은 아닐지도 몰라. 그런데 내 가치를 의심하는 것은 자신의 능력을 감소시키는 일에 불과할 뿐이다. 자신에 합당한 만큼이라? 아니, 그것은 바로 저 아가씨가 아닌가! 나는 문벌로나 재산으로나 덕으로나 교육의 질에서나 합당하단 말이야. 특히 무엇보다도 사랑에 있어서는 더 그렇거든. 더 이상 망설이지 말고 이것을 선택하면 어떨까? 금 상자에 새겨진 이 문구를 한 번 더 볼까? '나를 선택하는 자는 많은 남자들이 바라는 것을 얻으리라.' 옳아, 이것은 바로 아가씨야! 온 세상이 그녀를 바라고 있지 않는가. 세계 각처에서 사람들이 이 신전에 몰려들어, 이 살아 숨 쉬는 성인에게 입을 맞추려고 하지 않는가. 허르카니아 사막과 아라비아의 막막한 광야도 이제는 아름다운 포샤를 보기 위해서 찾아오는 왕들로 대로가 되어 있지 않느냐. 오만하게 머리를 들고 하늘의 얼굴에 침을 뱉는 왕국도 이역에서 찾아드는 사람들의 발걸음을 막는 장애물이 되지 못하며, 그들은 마치 개울을 건너듯이 아름다운 포샤를 보러 오지 않느냐. 이 세 개의 상자 중에 하나가 그녀의 아름다운 초상화를 담고 있다고? 납 상자가 담고 있을까? 그런 저속한 생각을 한다면 지옥에 떨어지지. 납 상자는 그녀의 초상화를 넣어두기에는 너무 거칠지. 그러면 값어치가 금보다 열 배나 싼 은 상자 속에 들어 있을까? 오, 안 될 생각이로다. 그처럼 값진 보석이 금 상자보다 못한 곳에 들어 있었던 적은 일찍이 없었다. 영국에는 천사의 상을 금으로 박아놓은 돈이 있는데, 그것은 표면 위에만 새겨진 것이지만 여기 황금 침대 위에 누워 있는 천사는 몸 전체가 들어 있단 말이거든. 열쇠를 이리 주십시오. 이 상자를 선택하겠소. 성공하기를!

포샤 자, 받으세요. 그 속에 저의 모습이 있으면 전 당신의 것이에요. (모로코 왕이 금 상자를 연다)

모로코 왕 아니! 이게 뭐야? 해골이 아닌가! 움푹 파인 눈 속에 두루마리가 있군. 읽어봐야지.

> 번쩍인다고 다 금이 아니다.
> 그대는 그 말을 자주 들어보았을 것이니.
> 오직 내 외모를 보고자
> 많고 많은 사람이 생명을 팔았으되,
> 황금 무덤에는 구더기들이 들끓나니,
> 그대 만약 대담한 만큼 현명했다면,
> 젊은 사지가 판단도 성숙했더라면,
> 그대가 받은 이 답이 두루마리에 적혀 있지 않았으리라.
> 안녕히, 그대의 청혼은 차디차다.

정말 차구나. 헛수고가 되고 말았어. 정열이여, 안녕! 서리여, 어서 내려라. 포샤, 안녕히 계시오. 마음이 너무 슬퍼서 긴 작별 인사는 할 수 없소이다. 패자는 물러갑니다. (그의 수행원과 함께 퇴장)

포샤 조용히 물리쳤어. 커튼을 쳐라. 그와 같은 얼굴빛을 가진 사람은 모두 저렇게 선택해주었으면. (모두 퇴장)

제8장
베니스, 어느 거리

살리리오와 살레니오 등장.

살리리오 글쎄, 바사니오가 향해 길에 오르는 것을 보았는데 그라티아노가 같이 따라가더군. 로렌조는 분명히 그 배에 타지 않았어.
살레니오 그 유대인의 큰 소리에 깬 공작님이 그와 더불어 바사니오의 배를 수색하러 가지 않았겠나.
살리리오 그러나 때는 이미 늦었지. 배는 벌써 떠났으니 말이야. 그런데 공작님께 로렌조와 제시카가 함께 곤돌라를 타고 있는 것을 보았다는 정보가 들어왔었고, 안토니오는 그들이 바사니오와 함께

배를 타지 않았다는 걸 공작님께 보증했단 말이야.

살레니오 지금껏 난 그 유대인 놈이 거리에서 지르는 소리처럼 정신없고 괴상하고 분노에 차서 두서없이 내뿜는 감정의 폭발은 들어 본 일이 없네. "내 딸! 오, 내 돈! 오, 내 딸! 기독교도와 도망치다니! 오, 내 기독교도의 돈! 재판! 법률! 내 돈, 내 딸! 꼭 묶어놓은 돈주머니를, 꼭 묶어둔 두 개의 돈주머니를…… 두 배의 가치를 지닌 돈주머니를 내 딸년이 훔쳐갔구나! 그리고 그 귀한 보석들도. 두 개의 보석, 값지고 귀한 두 개의 보석도 딸년이 훔쳐갔구나! 재판을 하자! 딸을 찾아다오. 딸년이 보석과 돈을 가지고 있다."

살리리오 글쎄, 베니스의 아이들 모두가 "내 보석, 내 딸, 내 돈"을 외치며 그를 뒤따라 다닌다네.

살레니오 안토니오가 약속 날짜를 어기지 않아야 할 텐데. 만약에 어겼다간 이 일 때문에 무슨 일을 당할지 몰라.

살리리오 그 말 잘했네. 어제 프랑스인과 얘기를 했는데, 그의 말에 의하면, 프랑스와 영국 사이의 좁은 해협에서 짐을 가득 실은 우리 나라 배 한 척이 파선되었다더군. 그 말을 듣고 난 안토니오를 생각했네. 그리고 진심으로 그의 배가 아니기를 기원했다네.

살레니오 그 얘기를 안토니오에게 전하는 게 좋겠어. 그러나 불쑥 꺼내지는 말게. 그가 얼마나 상심하겠나.

살리리오 이 세상에 안토니오처럼 착한 사람도 없다네. 그와 바사니오가 작별하는 모습을 보았어. 바사니오가 서둘러 돌아오겠다고 말하니까 안토니오가 이렇게 대답하더군. "그럴 필요 없네, 바사니오. 나 때문에 서두르다가 일을 그르치지 말고 목적한 것을 완전히 이룰 때까지 머무르게. 그리고 내가 유대인에게 써준 차용증서에 대해서는 사랑으로 충만해 있는 자네 마음에 담아두지 않도록 하게. 즐겁게 놀고 모든 생각을 구애와 그곳에서 자네에게 가장 적합하게 어울리는 아름다운 사랑을 표현하는 데에만 기울이도록 하란 말일세." 그 말을 하면서 눈물이 흐르는 얼굴을 돌리고 손을 뒤로 내밀어 바사니오의 손을 정이 넘치게 꼭 잡더니 작별을 했다네.

살레니오 내 생각엔 안토니오가 세상을 사랑하는 것은 바사니오 때문인 것 같네. 자, 우리가 그를 찾아서 무슨 수를 쓰든지 우울증을 풀어 기쁘게 해주세.

살리리오 그러세. (두 사람 퇴장)

제9장
벨몬트, 포샤의 집

네리사와 하인 한 사람 등장.

네리사 빨리, 빨리 해요. 빨리 커튼을 젖혀요. 아라곤 왕이 선서를 마치고 상자를 선택하러 곧 올 거예요.

팡파르. 아라곤 왕, 포샤 그리고 그들의 수행원들 무대 위로 전부 등장.

포샤 보세요. 상자들은 저기 있습니다. 제 초상화가 들어 있는 것을 선택하시면 곧 결혼식이 엄숙하게 거행되겠지만, 그것을 선택하지 못하신다면 당신은 아무 말도 하지 말고 곧장 이곳을 떠나주셔야 합니다.

아라곤 왕 내가 세 가지를 지키겠다고 맹세하지 않았소. 첫째, 어떤 상자를 선택했는지 누구에게도 말하지 않을 것. 둘째, 바른 상자를 선택하지 못하면 결혼을 목적으로는 어떤 처녀에게도 평생 동안 구혼하지 않겠다는 것. 마지막으로 만약 내가 운이 없어서 선택에 실패하는 경우에는 즉시 당신과 작별하고 떠날 것. 이렇게 세 가지를 맹세했었지요.

포샤 보잘것없는 이 사람을 얻기 위해서 모험을 하러 오시는 분은 어느 누구나 이것을 지키겠다고 맹세를 하셔야 합니다.

아라곤 왕 나는 각오가 되어 있소. 운명의 여신이여, 내 마음의 소망을 이루어주소서! 금과 은 그리고 천한 납. '나를 선택하는 자는 그의 전부를 내놓고 모험을 해야 하느니라.' 네 모습이 좀 더 예뻐야 내놓든지 모험을 하든지 할 게 아니냐. 금 상자에는 뭐라고 씌어 있냐? 어디 읽어보자. '나를 선택하는 자는 많은 남자들이 바라는 것을 얻으리라.' 많은 남자들이 바라는 것이라면 그 '많은 남자들'은 어리석은 무리들을 두고 하는 말이겠지. 어리석은 무리들은 어리석은 그들의 눈이 가르치는 이상을 배우지 못하기 때문에 외모만을 보고 선택하는 것이다. 그들의 눈은 속을 꿰뚫어보지 못하며 흡사 제비처럼 비바람이 들이치는 외벽이나 심지어는 재난이 도사리고 있는 길 위에다 집을 짓단 말이다. 난 많은 남자들이 바라는 것은 선택하지 않으리라. 범인들과 뜻을 같이할 수도 없거니와 야만의 무리에 낄 수도 없는 일이로다. 그러니 그대 은으로 만든 보물 상자여! 그대에게로 걸음을 옮기노라. 그대가 지닌 글귀가 어떤 의미인지 한 번 더 말해다오. '나를 선택하는 자는 자신에 합당한 만큼을 얻으리라.' 글귀가 좋구나. 뚜렷한 공로도 없이 운명을 속이고 명예를 얻을 수 있는 자가 그 누구이겠는가. 어떤 사람을 막론하고 외람되게 과분한 신분을 얻으려고 해서는 안 된다. 아, 신분과 계급과 직위들이 부정한 방법으로 얻어지지 않고, 티 없이 깨끗한 명예가 그것을 지닌 사람의 공로에 의해서 얻어지는 것이라면 얼마나 좋을까! 그렇게만 된다면 모자를 벗어야 하는 사람으로서 모자를 쓴 채로 자게 될 사람이 얼마나 많겠으며, 명령을 하지만 명령을 받게 될 자가 또 얼마나 많이 생길 것인가. 정말 그렇게만 된다면 훌륭한 가문에서 비천한 농군이 될 자가 얼마나 많겠으며, 시대가 남긴 쪽정이와 쓰레기 속에서 새로운 빛을 발하기에 알맞은 영예로운 사람이 얼마나 많이 가려지겠는가. 자, 이제 상자 선택으로 돌아가볼까. '나를 선택하는 자는 자신에 합당한 만큼을 얻으리라.' 옳은 것을 선택하기에 합당하다고 봅니다. 이 상자의 열쇠를 내주시오. 내 운수를 열어보겠소. (은 상자를 연다)

포샤   (방백) 그것을 얻으려고 너무나 오랫동안 생각하셨군요.

아라곤 왕   이게 뭐야? 천치 바보가 눈을 깜박이며 두루마리를 내게 바치는 그림이잖아. 읽어보자, 어쩌면 그렇게도 너는 포샤와 다르며, 어쩌면 그렇게도 내 희망과 가치와 다르냐! '나를 선택하는 자는 자신에 합당한 만큼을 얻으리라.' 그래 내가 바보의 머리밖에는 차지할 가치가 없단 말이냐? 이것이 내가 탈 상이란 말이냐? 내 값어치가 이것밖에 안 된단 말인가?

포샤 잘못하고 비판하는 것은 같지 않으며, 그 성격은 반대인가 합니다.

아라곤 왕 이건 무슨 내용인가. (읽는다)

    '일곱 번이나 불에 정제된 이 은 상자,
    일곱 번 숙고된 판단이라면,
    그릇된 선택이란 결코 없는 법이외다.
    그림자에 입 맞추는 자는,
    그림자의 축복만을 받는 자.
    은으로 겉치레를 한 바보들이 분명 살아 있나니,
    바로 이 은 상자도 그러하외다.
    어떤 아내를 침대로 데려가든,
    나는 언제나 당신의 머리가 되리다.
    그럼 떠나시오. 그대의 일이 끝났으니.'

여기에 머물면 머물수록 더욱더 바보같이 보이겠군. 구혼하러 올 때는 바보의 머리 하나였는데 떠나갈 때는 두 개가 되었구나. 아름다운 아가씨, 안녕히. 맹세를 지켜 이 분노를 꾹 참고 견딜 수밖에 없겠소. (수행원과 더불어 퇴장)

포샤 이래서 그 벌레는 촛불에 타 죽었구나. 이 논리적인 바보들! 그들은 선택할 때 너무 깊이 생각하니까 신세를 망친단 말이야.
네리사 옛날 속담은 틀린 것이 하나도 없나 봐요. 죽는 것과 장가가는 것은 운명에 달려 있대요.
포샤 자, 넬리사. 커튼을 쳐라.

　하인 등장.

하인 주인 아가씨는 어디 계시지요?
포샤 여기 있어. 무슨 일이야?
하인 아가씨, 젊은 베니스 사람이 말에서 내렸습니다. 그는 주인나리가 오시는 것을 미리 알리러 온 사람인데, 탐탁한 인사, 말하자면 정중한 인사말 외에 값진 선물을 주인나리로부터 가지고 왔답니다. 저는 이때까지 그처럼 잘생긴 사랑의 사절을 본 일이 없습니다. 풍성한 여름이 다가온다는 걸 알리기 위해서 오는 사월이 제아무리 화창하다 해도 자기 주인의 도착을 알리러 온 이 사람에는 미치지는 못할 것입니다.
포샤 그만해. 그러다간 그 사람이 자네와 친척이란 말이 나오겠어. 그렇게 들뜬 기분으로 그 사람을 칭찬하니 말이야. 네리사, 그처럼 잘생긴 사람이 찾아왔다는데, 그 빠른 큐피드의 사절을 만나보고 싶구나.
네리사 사랑의 신이시여, 바사니오 씨이길…… (모두 퇴장)

제3막

제1장
베니스, 어느 거리

살레니오와 살리리오 등장.

살레니오 그런데 상업 거래소에서는 무슨 소식이라도 있는가?
살리리오 여전히 많은 물건을 실은 안토니오의 배가 해협에서 파선됐다는 소문이 돌고 있네. 그 장소가 굿윈즈라고 하는 것 같더군. 얕고 매우 위험한 곳이라네. 그곳에는 거선의 잔해들이 많이 침몰되어 있다더군. 소문이 수다쟁이 여자가 거짓말하는 것이 아니라면 말일세.
살레니오 그 수다쟁이 여자가 근거 없는 잡담을 하고 있다면 얼마나 좋겠나. 마치 생강을 씹어 먹으면서 안 쓰다는 것처럼, 이웃에서 세 번째 남편이 죽어서 울었다고 믿게 하는 것처럼 말일세. 그러나 정말이라네. 간단명료하게 본론만을 얘기한다면 착실한 안토니오가, 정직한 안토니오가 말일세. 아무튼 그의 이름에 어울리는 형용사가 있으면 좋으련만……
살리리오 자, 어서 결론을 맺게.
살레니오 뭐, 결론? 글쎄 결론은 말이지, 그가 배 한 척을 잃었다는 거야.
살리리오 손실이 더 이상 나지 않았으면 좋겠어.
살레니오 늦기 전에 아멘을 해야겠네. 악마가 내 기도를 방해하지 않도록 말이야. 저기에 악마가 유대인의 탈을 쓰고 오고 있으니 말일세.

샤일록 등장.

샤일록 씨 아니오? 상인들 간에 무슨 소식이 있습니까?
샤일록 당신들이 더 잘 알지 않소. 당신들처럼 잘 아는 사람은 없소. 내 딸년이 도망친 일 말이오.
살리리오 암, 그렇고말고. 나로 말할 것 같으면 따님이 도망칠 때 달았던 날개를 만든 재봉사까지 알고 있으니 말이오.
살레니오 샤일록 씨도 그 새에 깃털이 나와 있었음을 알았을 거요. 그렇게 되면 둥지를 떠나는 것이 새들의 천성이지요.
샤일록 그래서 지옥에 떨어지게 될 거란 말이오.
살리리오 그건 확실하오. 악마가 따님의 재판관이 될 수만 있다면 말이오.

샤일록 내 혈육이 배반을 하다니!

살레니오 영감님, 무슨 소리를 하고 있는 겁니까. 그래 그 나이에도 피와 살이 배반을 한단 말인가요?

샤일록 내 혈육이란, 내 딸을 가리키는 말이오.

살리리오 흑옥과 상아가 다른 것처럼 당신의 살과 따님의 살 사이에는 차이가 있으며, 붉은 포도주와 흰 라인 포도주의 차이 이상으로 당신의 피와 따님의 피 사이에는 차이가 있소이다. 그건 그렇고 안토니오가 바다에서 재산을 잃었는지의 여부를 들은 바 있소?

샤일록 그건 또 하나의 잘못된 거래지. 파산자, 탕자, 이제 거래소에 머리조차 감히 내밀 수 없게 된 거지. 거들먹거리며 거래소에 나타나더니만. 차용증서나 잘 보라고 하시오. 날 고리대금업자라고 불러대더니, 차용증서나 잘 보라고 해요. 기독교도의 예의랍시고 돈을 빌려주며 야단하더니. 차용증서나 잘 보라고 전해요.

살리리오 어찌 되었건 만약의 경우에 안토니오가 약속을 이행하지 못하는 경우, 설마 당신이 그의 살을 베지는 않겠지. 도대체 살을 어디에다 쓰겠소?

샤일록 그것으로 고기를 낚지. 그밖에는 아무 소용이 없다고 해도 내 복수심은 채워줄 것이오. 그는 날 모욕했을 뿐만 아니라 50만 다카트나 되는 이익금을 못 벌게 했소. 내 손해에 대해서는 좋아라고 웃었고, 이익에 대해서는 조롱했으며, 우리 민족을 경멸하고, 내 상거래를 방해했으며, 내 친구들을 이간시키고, 내 원수들을 선동했소. 그런데 그가 왜 그러느냐? 내가 유대인이기 때문이지. 그래 유대인은 눈이 없소? 유대인은 손도, 오장육부도, 다리도, 감각기관도,

감성도, 격정도 없다는 말인가? 기독교도들이 먹는 음식을 먹지 않고, 같은 무기에 다치지도 않으며, 같은 병에 걸리지도 않고, 같은 방법으로 치료되지도 않으며, 같은 겨울과 여름에 따라서 더워하거나 추워하지도 않는단 말인가? 우리 살은 찔러도 피가 나지 않고, 독을 먹어도 죽지 않는단 말인가? 그리고 우리는 부당한 짓을 당하고도 복수를 하지 말란 말인가? 우리가 다른 일에서는 당신들과 다르지 않으니 그런 점에서도 다르지 않다는 건 뻔하지 않소. 유대인이 기독교도에게 부당한 짓을 한다면, 기독교도의 겸양은 무엇이겠소? 물론 복수겠지. 기독교도가 유대인에게 부당한 짓을 한다면 기독교도의 예에 따라야지. 당신네들이 가르쳐준 악행을 나는 실천할 거야. 큰 어려움이 닥치지 않는 한 그 교훈을 그 이상으로 실천할 생각이지.

안토니오가 보낸 하인 등장.

하인 선생님들, 안토니오 주인님께서 두 분을 뵙고 싶으시다면서 댁에서 기다리고 계십니다.
살리리오 우리도 그분을 찾고 있는 중이었네.

투발 등장.

살레니오 유대인이 또 한 명 오는군. 악마가 유대인으로 둔갑한다면 모를까 누구도 저들을 당해낼 수야 없지. (살레니오, 살리리오, 하인 퇴장)

샤일록 어쩐 일이냐, 투발. 제노바에서 무슨 소식이라도 있나? 내 딸을 찾았나?

투발 자네 딸의 소문이 들리는 곳에 가보기는 했지만 찾진 못했어.

샤일록 원 참, 쯧…… 쯧쯧, 다이아몬드 하나가 결국 사라졌어. 프랑크푸르트에서 2,000다카트나 주고 산 것인데. 비로소 저주가 우리 민족에게 떨어졌네. 생전 처음 난 그 저주를 느끼고 있네. 2,000다카트짜리 다이아몬드와 귀하고 소중한 보석들, 내 딸년이 내 발 밑에서 죽는 한이 있더라도 그 보석들을 귀에 달고만 있으면 좋겠어. 내 딸년이 내 발밑에 있는 관 속에 들어 있다 해도 관 속에 그 돈만 있으면 좋으련만! 아무 소식이 없다고? 잘들 하는군. 찾는답시고 쓴 돈이 얼만지 모르겠네. 그래 자네, 손해에 또 손해라! 도둑이 그처럼 많이 도둑질해갔는데 도둑을 찾느라고 또 더 많은 돈이 날아갔어. 그렇다고 속 시원하게 해결된 것도 아니고, 분풀이가 된 것도 아니고, 불행이란 불행은 다 내 어깨 위로 떨어지고, 한숨이란 한숨은 내 입에서만 나오고, 눈물이란 눈물은 모두 나만 흘리고 있네.

투발 아니, 그럴 리가 있겠는가. 다른 사람도 역시 불행을 겪고 있네. 내가 제노바에서 들은 바에 의하면 안토니오는……

샤일록 뭐…… 뭐…… 뭐야? 불행…… 불행이라고?

투발 트리폴리에서 돌아오던 안토니오의 큰 상선 한 척이 파선됐다네.

샤일록 하느님 감사합니다. 하느님 감사합니다. 그게 정말인가, 정말이야?

투발 파선된 배에서 빠져나온 몇몇 선원들과 같이 얘기를 나누었다네.

샤일록 고마우이, 투발, 정말 희소식이야, 기막힌 소식이야. 하하! 제노바에서 들었다고?

투발 소문에 의하면 자네 딸이 제노바에서 하룻밤에 무려 80다카트를 썼다더군.

샤일록 자네 내 가슴에 칼을 박는군. 다시는 내 돈을 찾지 못하겠구나. 한자리에서 80다카트를 썼다고, 80다카트나!

투발 베니스로 돌아올 때 안토니오의 채권자 몇 명이 나와 함께 왔는데 그들은 안토니오가 파산을 할 수밖에 없다고 하더군.

샤일록 그거 기쁜 소식일세. 그자를 괴롭히고 따끔하게 혼을 내야지. 그거 참 기쁜 소식일세.

투발 그중 한 사람은 반지 하나를 내게 보여주었는데 그게 자네 딸에게 원숭이 한 마리를 주고서 받은 것이라더군.

샤일록 망할 년! 자네도 날 괴롭히는군. 그것은 내 터키옥 반지일세. 젊은 시절 내 아내에게서 받은 반지야. 어떤 원숭이를 준다고 해도 나는 그 반지와 바꾸지는 않았을 걸세.

투발 어쨌든 안토니오는 분명히 망했네.

샤일록 응, 그것은 사실이야. 그것은 정말이야. 투발, 자네는 가서 관리 한 사람을 돈으로 매수하게. 2주일 전에 예약을 해두는 거라고. 만약에 그가 계약 의무를 이행하지 못하면 말일세, 그자의 심장을 베어내고 말겠네. 그자만 베니스에서 없어지면 내 마음대로 장사를 할 수 있거든. 투발, 그리고 우리 교회에서 만나세. 가세, 투발, 우리 교회에서…… (모두 퇴장)

제2장
벨몬트, 포샤의 집

바사니오, 포샤, 그라티아노, 네리사 그리고 그들의 수행원들 전부 등장.

포샤 제발 기다리세요. 하루 이틀 여유를 가지고 운수를 시험해보세요. 혹시 선택을 잘못하신다면 당신과 함께하지 못할 테니 말이에요. 그러니 잠시만 기다려주세요. 마음속에서 무엇이, 사랑은 아니지만, 이렇게 제 자신에게 속삭이고 있어요. 당신과 함께하고 싶다고요. 당신도 증오는 이런 식의 충언을 하지 않는다는 것을 아실 거예요. 제가 제 생각을 표현하지 못하기 때문에 당신이 절 이해하지 못하실까 봐, 한두 달 정도 이곳에 머무르시다가 저를 얻기 위한 제비를 뽑으시면 좋겠어요. 바른 선택법을 당신에게 가르쳐드릴 수야 있지만 그렇게 되면 저는 맹세를 깨뜨리게 된답니다. 그렇게는 절대로 할 수 없어요. 따라서 절 얻는 데 실패할 수도 있을 거예요. 만약 실패하실 경우, 저는 차라리 맹세를 깨뜨려 죄를 짓는 편이 좋았을 거라고 생각하게 될 거예요. 당신의 눈이 원망스러워요. 절 매혹시키고 제 마음을 두 개로 갈라놓았으니 말이에요. 제 몸의 반쪽은 당신의 것이고 다른 반쪽은 제 것이라고 하고 싶지만 전부 당신 것이에요. 제 것이면 모두 당신 것이 되는 거죠. 장난꾸러기 같은 시간은 언제나 장애물을 만들어놓고 소유주가 그의 권리를 행사하지 못하도록 만드는 법이에요. 그런 세상이니 당신 것이지만 당신 것이 아니랍니다. 제가 당신 것이 못 될 경우, 그 책임으로 지옥에 가야 할 것은 운명이지 전 아니랍니다. 말을 너무 길게 했죠. 그 이유는 시간의 짐을 더 한층 무겁게 하고, 시간을 늘이고 또 길게 잡아당겨서 선택을 지연시키기 위해서였어요.

바사니오 선택하도록 해주시오. 지금 같아서는 마치 고문대 위에서 살고 있는 심정입니다.

포샤 고문대 위라고요, 바사니오 씨? 그렇다면 무슨 배반의 요소가 당신의 사랑에 섞여 있는지 고백하세요.

바사니오 아무것도 없소. 혹시 사랑을 차지하지 못할지도 모른다는 의심을 품게 하는 저 추한 불신이 있을 뿐입니다. 나의 사랑에 배반의 요소가 섞여 있지 않은 것은 마치 눈과 불 사이에 우정과 생명이 있을 수 없는 것과 마찬가지요.

포샤 하지만 당신이 고문대 위에서 말하고 있다는 것이 염려되는군요. 고문대 위에 있는 사람들은 마음에도 없는 말을 하니까 말이에요.

바사니오 날 살려준다고 약속해주면 진실을 고백하겠소.

포샤 그러면 고백하세요. 살려드릴 테니.

바사니오 '고백합니다'와 '사랑합니다'가 바로 내 고백의 전부요. 오, 이 얼마나 행복한 고통이오. 고통이 구원받을 방법을 가르쳐주다니! 그러니 내 운명과 상자가 있는 곳으로 안내해주시오.

포샤 그럼 가세요. 제 초상화가 세 상자들 중의 하나에 들어 있어요. 당신이 저를 사랑하신다면 그것을 찾아내실 거예요. 네리사와 그 외의 사람들은 다 비켜서요. 그리고 저분이 선택을 하는 동안 음악을 울리도록 해요. 만약에 실패하는 경우, 백조의 최후같이 음악 속에서 천천히 사라지실 수 있을 테니. 비유가 부족하다면 내 눈물은 바다가 되어 백조를 위한 죽음의 자리가 될 거예요. (방백) 저분은 성공할 거야. 그렇게 되면 음악은 무슨 역할이겠냐고? 그럼 음악은 충성스러운 백성이 새로이 왕위에 오른 제왕께 충성을 말하는 화려한 연주가 되는 거야. 또 꿈속을 헤매는 신랑의 귓속으로 살그머니 흘러들어가서 그를 결혼식장으로 불러내는 새벽녘의 저 달콤한 소리들도 같은 것이지. 이제 선택하러 가시는군. 젊은 헤라클레스가 트로이 왕이 통곡하며 바다의 괴물에게 제물로 바친 딸을 구할 때 못지않은 위엄과 그보다 더 훌륭한 사랑을 품고 가시는구나. 나는 그 처녀 제물이고, 저기 물러나 서 있는 사람들은 트로이의 여인네들. 그들은 지금 눈물이 앞을 가리는 눈으로 이 일의 결과를 보러 나온 거야. 자, 헤라클레스여, 우리는 한 배를 탄 사람들입니다. 직접 싸움을 하는 당신보다 지켜보는 이 몸이 더 괴롭고 무섭습니다.

노래. 바사니오는 상자들에 대해 혼잣말로 평가한다.

사랑이 자라는 곳은 어딘가.
가슴속인가, 머릿속인가.
어떻게 태어나 무엇을 먹고 자라나?
대답해보오. 대답해보오.

사랑은 눈에서 생겨서,

시선을 받아먹고 살다가,

요람에서 죽어버리지.

우리 모두 조종弔鐘을 쳐서,

사랑의 죽음을 알리세.

내가 먼저 시작하지—딩, 동, 댕.

모두들—딩, 동, 댕.

바사니오 그래서 겉은 속과 조금도 같지 않을 수도 있단 말이야. 세상 사람들은 언제나 말쑥한 외양에 속고 있는 거야. 법에서는 아무리 더럽고 부패한 소송이라도 그럴싸한 변론으로 양념을 치면 그 죄악이 희미해지지 않던가. 종교에서는 저주받을 잘못도 목사가 엄숙한 얼굴을 하고 그것을 축복해주고 성경으로 다시 증명해주면 그 흉악성은 외부 장식으로 가려지는 게 아닌가? 어느 악덕을 막론하고 겉에 미덕의 표지를 달고 있지 않은 순수한 악덕은 없는 것이다. 속은 모래 계단처럼 허약한 비겁자들이 헤라클레스와 눈살을 찌푸리게 하는 군신 마르스의 수염을 달고 있는 경우가 얼마나 많은가? 속을 뒤져보면 그자들의 간은 희멀겋기만 할 것이다. 그리고 이자들은 무섭게 보이려고 용사의 수염을 달고 다닌단 말이야. 미인을 보라. 미라는 것이 화장의 무게로 얻어지는 것임을 알리라. 그 무게는 기적을 일으켜 화장을 가장 무겁게 한 여인들을 가장 가벼운 사람으로 만들어버리지. 아름답게 보이기 때문에 바람이 희롱하는 곱슬곱슬한 뱀 같은 금발도 실상 남의 머리가 남긴 유물이거든. 그 머리털을 기른 머리는 해골이 되어 무덤 속에 들어가 있단 말이야. 그러니까 번지르르한 겉치레는 가장 위험천만한 바다로 끌고 가는, 사람을 잘 속이는 해변과 같은 것이며, 인도 미인의 검은 얼굴을 가리고 있는 아름다운 면사포 바로 그것이지. 한마디로 말하면 겉치레는 교활한 세상이 가장 현명한 사람을 덫으로 잡기 위해서 쓰고 있는 허울 좋은 진리야. 그러니 그대 화사한 금이여, 굳어서 미다스 왕이 먹을 수 없었던 그대를 나는 택하지 않으련다. 또 그대도 갖지 않으련다. 사람과 사람 사이를 내왕하며 일하는 창백하고 보잘것없는 은이여! 너도 필요없다. 그러나 그대 빈약한 납이여, 그대는 무슨 기약을 해준다기보다 위협을 하는 듯하지만 그대의 소박함은 웅변 이상으로 내 마음을 감동시키는구나. 내 이제 그대를 선택하노니 기쁜 결과가 맺어지기를!

포샤 (방백) 이제 다른 감정이 모두 사라졌어. 미심쩍은 생각도, 경솔하게 품은 절망도, 떨리는 공포심도, 푸른 눈의 질투 같은 감정들 전부. 오, 사랑이여, 절제하라. 그대의 황홀감을 진정시켜라. 그대의 기쁨을 절제 있게 억제하고 지나치지 않게 하라. 축복이 지나치면 탈이 날 염려가 있구나.

바사니오 (납 상자를 열면서) 이게 뭐야? 아름다운 포샤의 초상화로구나! 신과 같은 재주로 이렇게도 절묘하게 실물처럼 그려놓았구나. 눈이 움직이는 것은 아닐까? 아니면 내 눈동자에 비치고 있기 때문에 그 눈이 움직이는 것처럼 보이는 것일까? 여기 벌어진 입술은 달콤한 입김을 내뿜기 위해서 벌린 것이겠지. 이처럼 달콤한 입김이기에 그렇듯 정다운 친구인 두 입술을 갈라놓을 수 있는 것이겠지. 머리칼은 화가가 거미가 되어 황금 줄로 짜놓았는데 여기 걸려든 각다귀들보다 더 강하게 사내들의 마음을 사로잡고 있구나. 그러나 이 두 눈, 어떻게 그 화가가 이 두 개를 다 그릴 수 있었을까? 하나를 완성했을 때 그것은 그의 양 눈을 다 훔쳐갈 힘이 충분해서 나머지 하나를 완성시킬 수 없었을 텐데. 보아라, 내가 아무리 칭찬을 한다 해도 그것은 이 그림의 진가를 평가하기에는 미흡한 것만큼 이 그림은 실물에 비하면 크게 떨어진다. 여기 두루마리가 있군. 내 운명의 내용을 담은 것이로군.

"외모를 보고 고르지 않는 자는,
운이 좋고 선택이 옳을지어다!
이 행운이 당신의 것이 되었으니,
이에 만족하고 새 행운은 찾지 마오.
이를 진정 기뻐하고,
당신의 이 행운을 최대의 축복으로 여긴다면,
당신의 아가씨에게로 가서,
사랑의 입맞춤으로 그녀를 차지하라."

친절한 편지로군. 아름다운 아가씨, 실례하오. 편지의 지시대로 당신에게 입맞춤을 하고 당신을 맞으려고 왔소. 마치 나의 처지가 경기에서 두 사람 중 한 사람이 잘했다고 생각하면서도 수많은 관중 앞에서 박수와 요란스러운 갈채를 받아 머리가 어지러워져서 울려 퍼지는 칭송의 소리가 자기 것인지 아닌지를 분간하지 못하여 멍하니 바라보기만 하는 듯하오. 당신이 확인해주고, 서명해주기 전에는 내가 지금 보는 것이 사실인지 아닌지 심히 의심이 되오.

포샤 바사니오 님, 저는 여기에 서 있는, 당신이 보시는 그 이상의 아무것도 아닌 사람입니다. 저만을 위해서라면 좀 더 훌륭했으면 하는 야심을 갖지 않겠지만, 당신을 위해서는 스무 번의 세 배는 더 훌륭한 여인이 되고 싶고, 천 배나 더 아름답고 만 배나 더 부자가 되고 싶습니다. 오로지 당신의 사랑을 많이 받기 위해서 전 덕성과 미와 재산과 친구를 갖는 데도 헤아릴 수 없을 만큼 훌륭해지고 싶어요. 그러나 제 모든 것을 합쳐보아도 보잘것없습니다. 전 교양과 학식과 경험이 없는 여자입니다. 아직 그렇게 나이를 많이 먹지 않아서 앞으로 배울 수 있다는 점을 다행스럽게 생각합니다. 이보다 더욱 다행한 것은 천성이 그다지 둔하지 않아서 못 배우진 않을 거라는 사실입니다. 무엇보다도 가장 다행인 것은 저의 성품이 온순해서 저 자신을 당신에게 온전히 맡겨 저의 주인이요 지배자이며, 또 저의 왕이신 당신의 가르침을 받아들일 수 있다는 것입니다. 제 몸과 제 소유물은 이제 당신에게 주어져서 당신 것이 되었어요. 조금 전만 해도 전 이 아름다운 저택의 주인이었고 하인들의 주인이었고 제 자신의 여왕이었어요. 그러나 바로 이 순간부터 이 집, 이 하인들과 이 몸은 당신의 것, 제 주인의 것이옵니다. 이 모든 것을 이 반지와 함께 드립니다. 만약에 이 반지를 당신이 떼어놓든가, 잃어버린다든가, 남에게 주어버리면 당신의 사랑이 소멸한 증거로 간주되어 저의 책망을 받게 될 것입니다.

바사니오 아가씨, 당신이 내가 할 말을 다 해버렸기 때문에 내 피만이 혈관 속에서 당신에게 얘기하고 있을 뿐이오. 그리고 내 몸의 온갖 기능이 지금 혼란스럽게 뒤엉켜 있소. 마치 사람들의 사랑을 받는 국왕이 훌륭한 연설을 끝냈을 때 군중 사이에서 생기는 기쁨의 혼란과도 같은 것이오. 그때에는 각자 말을 하긴 하지만 한데 섞여서 의미를 분간할 수 없는 소음으로 변하고 존재하는 것은 다만 무어라고 표현할 수 없는 기쁨의 벌판뿐이지요. 그러나 이 반지가 이 손가락에서 떨어져 있을 때에는 생명도 거기에서 떨어져나가는 것이오. 오, 그때는 대담하게 바사니오가 죽었다고 말하시오.

네리사 두 분께 말씀드립니다. 이때까지 저희들은 옆에 서서 저희들의 소원이 순조롭게 이뤄지기를 바라고 있었습니다만, 이제 '축하'의 말씀을 드릴 때가 되었습니다. 두 분께 진심으로 축하드립니다.

그라티아노 바사니오, 그리고 고귀하신 아가씨, 두 분께서는 세상에 존재하는 모든 기쁨을 다 누리시기를 바랍니다. 더 이상의 축하의 말씀을 제가 드릴 수 있으리라고는 생각하지 않습니다. 그리고 두 분께서 사랑의 서약으로 결혼식을 올리게 되는 날, 저도 결혼식을 올릴 수 있도록 해주시기 바랍니다.

바사니오 좋고말고. 상대가 있기만 하다면 말일세.

그라티아노 이미 한 사람 구해놓았다네. 내 눈도 자네의 눈만큼이나 빠르지. 자네가 아가씨를 보는 동안 난 이 여자를 보았거든. 자네가 사랑할 때 나도 사랑했어. 자네도 성미가 급하지만 나도 질질 끄는 일은 질색이란 말이야. 자네 운명이 저기 있는 상자들에 달려 있었는데 내 운명도 바로 그랬단 말이야. 땀을 흘리며 구애하고, 입천

장이 말라붙도록 사랑의 맹세를 거듭한 결과 마침내 나는 한 약속을, 약속이 오래 지속될는지는 몰라도, 여기 있는 이 아름다운 사람으로부터 얻어냈어. 만약 자네의 운수가 좋아서 아가씨와 결혼을 하게 된다면 자신의 사랑을 내가 차지한다는 약속이네.

포샤 그게 사실이니, 네리사?

네리사 아가씨, 사실입니다. 아가씨께서 허락해주신다면 말입니다.

바사니오 그라티아노, 자네 진심이겠지?

그라티아노 진심이지.

바사니오 우리의 결혼식이 자네의 결혼으로 더욱 빛날 걸세.

그라티아노 우리 두 분과 내기합시다. 1,000다카트를 걸고 어느 쪽이 먼저 아들을 낳나.

네리사 그럼 돈을 걸어야지요.

그라티아노 이 게임은 우리가 이길 거요. 어, 누가 오는데? 로렌조와 그의 이교도 아냐? 아니, 나의 베니스의 옛 친구 살리리오가 아닌가!

로렌조, 제시카, 그리고 베니스에서 온 사자 살리리오 등장.

바사니오 로렌조, 살리리오, 어서 오게. 내가 이곳에서 새로운 신분을 얻은 지 얼마 안 되어 자네들을 맞아들일 자격이 있는지는 몰라도, 사랑하는 포샤, 나의 참다운 친구들이자 고향 사람들인 이 사람들을 환영하게 해주오.

포샤 저도 마찬가지예요. 진정 환영하는 바입니다.

로렌조 감사합니다, 바사니오 님. 저도 여기 와서 당신을 뵐 줄은 몰랐습니다. 그런데 도중에 살리리오를 만났는데 그가 하도 같이 가자고 해서 따라온 것입니다.

살리리오 내가 그랬네. 하지만 내게는 그럴 이유가 있었다네. 안토니오가 자네에게 안부를 전하더군. (바사니오에게 편지를 한 통 전한다)

바사니오 이 편지를 뜯기 전에 알고 싶네. 그래, 안토니오는 요즈음 어떻게 지내고 있지?

살리리오 마음속의 고통을 제외하면 무사한 편이네. 하지만 안토니오는 마음이 강해서 그 고통을 참아내고 있을 거야. 그가 보낸 그 편지를 보면 자세히 알 수 있을 걸세.

바사니오가 편지를 개봉한다.

그라티아노 네리사, 저 여자 손님에게 인사하고 기쁘게 맞이하오. 살리리오, 우리 악수하세. 베니스는 여전한가? 거상 안토니오는 잘 있나? 우리들의 성공을 알면 틀림없이 기뻐할 거야. 우리들은 이아손이 된 걸세. 황금빛 양털을 마침내 획득했다네.

살리리오 자네들이 안토니오가 잃은 양털을 얻은 것이라면 얼마나 좋겠나.

포샤 편지 내용이 필히 가슴 아픈 사연인 모양이구나. 바사니오의 안색이 창백해지는 걸 보니, 사랑하는 친구가 죽은 건 아닐까. 그렇지 않고서야 침착한 바사니오가 저렇듯 순식간에 창백해질 수는 없을 텐데. 아니, 점점 더해가는구나! 바사니오 씨, 주제넘은 말씀이지만 이 몸의 반은 당신 것이기에 이 편지가 당신에게 전하는 소식의 반을 제가 가져야겠습니다.

바사니오 아, 포샤. 종이 위에 씌어진 몇 마디의 글씨처럼 불유쾌한 것이 어디에 또 있겠소? 내가 처음 당신에게 사랑을 고백할 때 나는 솔직하게 내가 갖고 있는 전 재산은 혈관에 흐르는 피뿐이라고 하였소. 그때 나는 사실을 말한 것이오. 그러나 포샤, 내가 아무 재산이 없는 사람이라고 했을 때 실은 내가 얼마나 허풍선이 거짓말쟁이였는지를 알아야 했소. 재산이 하나도 없는 사람이라고 당신에게 말했을 때 난 하나도 없는 것보다 더 나쁜 상태라고 말했어야 했소. 실은 여기 오는 경비를 융통하기 위해서 사랑하는 친구에게 채무에 대한 서약을 하게 했으며, 보증으로 그 친구를 그의 원수에게 잡히게 했었소. 편지는 여기에 있소. 그 편지지는 내 친구의 몸이고 그 속에 들어 있는 말들은 생명의 피를 흘리고 있는 벌어진 상처와 같소. 살리리오, 이게 정말로 사실인가? 그 사람의 배가 전부 파선됐단 말인가? 그래 한 척도 무사한 배가 없단 말인가? 트리폴리, 멕시코, 영국, 리스본, 바바리아나 인도에서도? 단 한 척도 무서운 암초와의 충돌을 피해 돌아오지 못했단 말인가?

살리리오 한 척도 돌아오지 못하였다네. 뿐만 아니라 안토니오가 현금으로 갚겠다고 해도 유대인은 절대로 받지 않으려고 한다네. 사람의 탈을 쓴 자가 그렇게도 열심히, 굶주린 듯 사람을 파멸시키려고 하는 것을 난생처음 봤어. 그자는 밤낮으로 공작님께 조르고 있다네. 만약에 재판을 열지 않는다면 공국의 자유를 의심하겠노라고 대든다네. 스무 명의 상인과 공작님 자신과 명망 높은 위인들이 모두 그를 설득해보았지만 아무도 계약 위반에 대한 벌금과 재판과 차용증서에 입각한 그의 악의에 찬 소송을 취하시킬 수는 없었네.

제시카 제가 아버지와 같이 있을 때, 전 아버지가 같은 유대인인 투발 씨와 츄스 씨에게 맹세하는 것을 들었어요. 꿔간 돈의 스무 배를 준다고 해도 안토니오 씨의 살을 갖겠다는 거예요. 높은 분들의 영향력을 빌리지 않는 한 안토니오 씨는 큰일을 당하실 거예요.

포샤 지금 곤경에 처해 있는 분이 당신의 친구란 말씀이세요?

바사니오 나의 가장 친한 친구이자 세상에서 가장 친절한 사람이고 훌륭한 인격자, 친절을 베푸는 데 지칠 줄을 모르는 사람이며 이탈리아에 살고 있는 어떤 사람보다도 옛 로마인의 명예를 더 많이 간직하고 있는 사람이기도 하오.

포샤 그분이 그 유대인에게 빌린 돈은 얼마나 되나요?

바사니오 나 때문에 진 3,000다카트요.

포샤 겨우 그것뿐이에요? 6,000다카트를 주고 그 차용증서를 없애버리세요. 6,000다카트의 두 배, 그것의 세 배를 주어서라도 그런 훌륭한 친구가 당신 때문에 머리칼 하나라도 잃는 일이 없도록 하세요. 그럼 같이 교회로 가서 저를 아내로 맞아들이고 곧바로 베니스에 있는 당신의 친구에게로 가세요. 불안한 마음으로 포샤의 곁에 있어선 안 되겠죠. 돈은 그 얼마 되지 않는 빚을 스무 배 이상으로 갚을 수 있을 만큼 드리겠어요. 빚을 갚으신 다음 당신의 참다운 친구분을 모시고 오세요. 그동안 네리사와 전 처녀이면서 미망인처럼 살고 있겠어요. 자, 어서 서두르세요. 결혼식 날 떠나셔야 하니까요. 친구분들을 다정하게 맞이하고 명랑한 표정을 보이세요. 귀하게 얻은 분이기에 저는 당신을 사랑하겠어요. 그리고 그 친구분의 편지를 저에게 좀 읽어주세요.

바사니오 (읽는다) '사랑하는 바사니오, 나의 상선은 다 파선되었고 채권자들은 날이 갈수록 사나워지고 있어서 내 처지가 무척이나 난처하게 되었다네. 유대인에게 써준 차용증서는 그 지불 기한이 지났네. 그 채무를 이행할 수 없어 내가 살아남는다는 건 불가능하게 되었네. 내가 죽기 전에 자네를 한번 볼 수 있다면 그것으로 자네와 나 사이의 모든 채무는 청산되는 것임을 알려주려는 것이네. 그러나 무리는 하지 말게. 나에 대한 사랑 때문에 오면 좋지만 이 편지 때문에 일부러 올 필요는 없네.'

포샤 만사를 제쳐놓고 가세요!

바사니오 당신의 승낙을 얻었으니 서둘러 가보겠소. 그러나 나는 돌아올 때까지 어느 잠자리도 욕되게 하지 않겠으며 우리 둘 사이를 이간시키는 따위의 휴식은 어느 것 하나도 취하지 않겠소. (모두 퇴장)

제3장
베니스, 어느 거리

샤일록, 살레니오, 안토니오 그리고 교도관 등장.

샤일록 교도관 나리, 이자를 잘 감시하시오. 나한테 자비 운운은 하지 마시오. 이자는 무이자로 돈을 빌려주는 바보요. 교도관 나리, 조심하시오.

안토니오 샤일록, 내 말 좀 들어보시오.

샤일록 난 차용증서대로 하겠소. 증서에 대한 비난은 마시오. 난 이미 차용증서대로 하겠다는 맹세를 했소. 당신은 이유도 없이 날 개라고 불렀소. 그래요, 난 개니까 개 이빨이나 조심하시오. 공작님도 법대로 처리해주지 않을 수 없단 말이오. 교도관 나리, 당신도 나빠요. 부탁한다고 어리석게도 이 사람의 외출을 허락하다니 말이오.

안토니오 제발 내 얘길 좀 들어보시오.

샤일록 난 차용증서대로 할 뿐이오. 그러니까 당신 말은 들을 필요가 없단 말이지. 난 기독교도인 중재자들에게 머리를 흔든다든가, 동정한다든가, 한숨 짓는다든가 하는 따위로 내 주장을 굽히는 그런 우유부단하고 멍청한 눈을 한 바보가 되진 않을 거요. 쫓아오지 마시오. 이젠 지껄이는 것도 질색이야. 차용증서대로 할 테니. (퇴장)

살레니오 사람들과 함께 사는 개치고 저렇게 지독한 개는 처음 봤어.

안토니오 그냥 내버려두게. 나도 더 이상 쫓아다니며 소용없는 애원은 하지 않겠어. 저자는 내 생명을 노리고 있는 거야. 그 이유는 내가 잘 알고 있지. 난 종종 차용 계약 위반으로 저자에게 채무를 지고 나에게로 와서 자신들의 곤경을 하소연하는 사람들을 구해준 적이 있네. 그것 때문에 나를 증오하는 거야.

살레니오 공작님께서는 이번의 채무를 절대로 인정하지 않으실 거라고 확신하네.

안토니오 공작님도 법을 거부할 수는 없어. 왜냐하면 베니스에서 외국인들이 우리와 같이 향유하고 있는 상업상의 특권이 거부된다면 우리나라 법의 공정성이 크게 훼손되기 때문이야. 우리 베니스의 통상과 사업은 모든 나라와 밀접히 연결되어 이루어지니까. 가지. 마음의 슬픔과 재산의 손실로 인해 살이 많이 빠져서 내일 과연 잔인한 나의 채권자에게 살 1파운드를 줄 수 있을지 의문이야. 교도관 나리, 가십시다. 바사니오가 와서 그의 빚을 갚는 것을 보기만 하면 난 더 이상 바랄 것이 없네. (모두 퇴장)

제4장
벨몬트, 포샤의 집

포샤, 네리사, 로렌조, 제시카 그리고 발타자르 등장.

로렌조 부인, 이렇게 면전에서 말씀드려 실례가 되겠습니다만, 당신께서는 성스러운 우정에 대하여 고상하고 진실된 생각을 갖고 계십니다. 부인께서 이렇게 부군의 부재를 침착하게 참아나가시는 것을 보면 잘 알 수 있습니다. 하지만 당신께서 누구에게 이러한 경의를 표하고 있는지, 당신께서 도움을 드린 사람이 얼마나 진실한 신사이며, 얼마나 귀중한 부군의 친구인가를 아신다면 여느 부인께서 행하시는 어떤 선행보다도 이 일에 대해서 더 큰 기쁨을 가지시게 될 것으로 압니다.

포샤 지금까지 좋은 일을 하고 후회해본 적은 한 번도 없었어요. 이번에도 절대로 후회하지 않을 겁니다. 같은 시간을 보내는 친구들은 서로 영혼이나 외모나 태도가 정신적으로 닮은 점이 있다고 봅니다. 안토니오란 분이 남편의 소중한 친구인 이상 남편과 닮았을 겁니다. 그러니까 저의 영혼인 남편과 비길 수 있는 분이라면, 지옥의 고통으로부터 구해내기 위해서 쓰는 돈은 문제가 안 되지요. 말을 하고 보니 제 자신의 칭찬같이 되었습니다. 그만 얘기하기로 하지요. 로렌조 씨, 제 남편이 돌아오실 때까지 이 집의 관리와 운영을 당신이 맡아주셨으면 합니다. 저는 네리사와 함께 남편들이 돌아올 때까지 기도와 묵상의 생활을 해야겠다고 생각했답니다. 여기에서 2마일쯤 떨어진 곳에 수녀원이 있는데, 저희들은 거기에 가서 당분간 지낼 거예요. 제 부탁을 거절하지 마시기 바랍니다. 당신에 대한 우정과 피치 못할 사정 때문에 부탁드리는 것입니다.

로렌조 알겠습니다. 진심을 다하여 말씀대로 하겠습니다.

포샤 저의 집안 사람들에게는 제가 미리 말했습니다. 당신과 제시카를 우리 부부 대신 주인으로 알고 모실 겁니다. 그럼, 다시 만날 때까지 안녕히 계세요.

로렌조 훌륭한 생각과 행복한 시간이 당신과 함께하기를 바랍니다.

제시카 모든 일이 뜻대로 이루어지시기를 바랍니다.

포샤 고마워요. 당신들도 그렇게 되기를 바랍니다. 제시카, 그럼!
(제시카와 로렌조 퇴장) 이봐, 발타자르, 지금껏 정직하고 진실하게 일한 대로 앞으로도 할 일이 있어. 이 편지를 가지고 있는 힘을 다해 속히 파도바로 가서 내 사촌 벨라리오 박사에게 전해드려. 그리고 그분이 내주는 서류와 의복들을 빼놓지 말고 전부 가지고 나루터, 베니스로 왕래하는 나루터로 와야 해. 말하느라고 시간을 낭비하지 말고 속히 떠나. 난 먼저 가서 기다리고 있을 테니.

발타자르 아가씨, 있는 힘을 다해서 다녀오겠습니다. (퇴장)

포샤 자, 네리사. 너에게는 아직 말하지 않았지만 급한 일이 있다. 우린 이제 남편들을 보게 될 거야. 그들은 상상도 못하겠지만.

네리사 그들도 우리를 보게 되겠네요?

포샤 물론, 네리사. 하지만 우린 변장을 하기 때문에 여자에게는 없는 것을 다 갖추고 있다고 생각하겠지. 나하고 무슨 내기를 해도 좋아. 우리가 젊은 남자처럼 옷차림을 하면 내가 더 그럴듯하게 보일 거야. 그리고 멋지게 단검을 차고, 소년이 어른이 되는 과정인 젊은 청년의 풀피리 같은 목소리로 말하고, 아이의 폭이 좁은 두 걸음을 어른의 폭이 넓은 한 걸음으로 내딛고, 허튼소리 해대는 멋쟁이 젊은이처럼 싸움 얘기도 사실처럼 할 거야. 또 그럴듯한 거짓말도 할 거야. 귀부인들이 어떤 모양으로 나에게 사랑을 호소했으며 내가 그 사랑을 거절하자 상사병에 걸려 죽었지만 나는 어쩔 수 없었다고. 하지만 지금 난 후회하고 한편으로는 내가 죽은 것이 아니라서 다행이라는 등등, 시시한 거짓말을 수없이 늘어놓으면 사람들은 내가 학교를 그만둔 지 일 년도 더 됐을 거라고 생각하겠지. 버릇없는 장난을 수없이 알고 있는데 이제부터 그걸 실행해보려는 거야.

네리사 그럼 아가씨와 제가 남자 노릇을 한단 말씀이에요?

포샤 아니, 그런 소릴 하면 어떻게 해! 곁에 음탕한 자가 있어 곡해라도 하면 어쩌려고. 어서 가자. 마차를 타고 가면서 내 계획을 모두 얘기할 테니. 마차가 정원 문 앞에서 기다리고 있으니 어서 가자. 오늘 우린 20마일을 가야 하니까.

제5장
벨몬트, 정원

란슬롯과 제시카 등장.

란슬롯 네, 정말이지요. 그야 불 보듯이 훤하지 않겠어요. 아버지의 죄는 자식들에게 씌워지는 법이니까. 그러니까 난 아가씨를 염려하고 있단 말입니다. 아가씨한테는 언제나 솔직히 털어놓고 얘기하잖아요. 그래서 지금도 그 일에 대한 내 생각을 말하는 거예요. 그러니까 안심하세요. 기운을 내시란 말이에요. 그런데 아가씨의 지옥행은 틀림없을 것 같아요. 하지만 아가씨에게 희망이 하나 있기는 있어요. 그런데 아쉽게도 그 희망마저 비합법적인 희망밖에 안 된단 말씀이에요.

제시카 그 희망이란 뭐지? 어서 말해봐, 응?

란슬롯 그 희망이란, 아가씨의 아버지가 아가씨를 낳지 않았다는 것을, 즉 아가씨가 유대인의 딸이 아닐지도 모른다는 희망이죠.

제시카 그거야말로 비합법적인 희망이야. 그렇게 되면 어머니의 죄의 대가를 내가 받아야 될지도 몰라.

란슬롯 그러니까 잔인하게 들리겠지만 아가씨는 아버지 어머니 두 분 때문에 지옥에 떨어지게 될 거예요. 아버지 스킬라를 피하면 어머니 카리브디스에 걸려들게 된다는 말이에요. 그러니 아가씨는 양쪽으로 다 떨어지게 되겠네요.

제시카 난 내 남편에 의지해서 구원받을 거야. 그이는 날 기독교도로 만들어주셨거든.

란슬롯 그분은 그것 때문에 더 나빠졌어요. 그렇잖아도 기독교도의 수는 이미 충분하단 말이에요. 서로 같이 살아갈 수가 없을 정도로. 기독교도를 이런 식으로 만들어간다면 돼지 값이 오르게 될 거예요. 사람들이 모두 돼지고기를 먹게 되면 얼마 안 가서 돈을 아무리 줘도 돼지고기 한 점도 구하지 못할 거란 말이에요.

로렌조 등장.

제시카 란슬롯, 네가 한 말을 남편에게 얘기하겠어. 저기 오시네.

로렌조 란슬롯, 내가 너를 질투할지도 모르지 않니? 내 아내를 이런 조용한 곳으로 데려오다니.

제시카 그런 염려는 하실 필요 없어요. 란슬롯과 전 지금 싸우고 있어요. 글쎄, 란슬롯 말이, 내가 유대인의 딸이기 때문에 천당에는 갈 수 없다는 거예요. 그리고 또 당신은 훌륭한 공화국의 시민이 못 된다는 거예요. 그 이유는 유대인을 기독교도로 개종시켜서 돼지고기 값을 올리고 있다는 거죠.

로렌조 란슬롯, 자네가 그 검둥이 여인의 배를 불려놓은 것보다는 내가 훨씬 훌륭한 일을 사회를 위해서 하고 있는 거야. 그 검둥이 무어 여인을 란슬롯, 자네가 임신시킨 게 맞지?

란슬롯 그 무어 여인이 사리에 맞지 않을 정도로 몸이 커졌다면 그건 큰일인데요. 그 검둥이가 정숙한 여자가 아니라면 내가 품었던 무어인이 아니에요.

로렌조 어릿광대란 모두 저렇게 말을 잘한단 말이야! 이러다간 지혜의 정수는 침묵이 되고 지껄여대고 칭찬받는 것은 앵무새뿐이겠구나. 이봐, 들어가서 저녁 준비를 하라고 일러라.

란슬롯 벌써 준비가 되어 있습니다. 다들 식욕이 왕성하니까요.

로렌조 맙소사! 자넨 잘도 지껄이는군. 그러면 저녁식사를 준비하라고 일러라.

란슬롯 그것도 다 되어 있습니다. "식탁보를 깔아라." 이 한 마디만 남아 있을 뿐입니다.

로렌조 그러면 자네가 깔겠나?

란슬롯 아니지요. 그럴 수는 없습니다. 어른 앞에서 모자를 쓰는 결례를 제가 어찌 범할 수가 있단 말입니까.

로렌조 아직도 말끝마다 궤변을 늘어놓는군! 자넨 재주란 재주를 한꺼번에 다 털어놓을 텐가? 평상시의 말은 의미 없이 듣게나. 자, 빨리 가서 식탁보를 깔고 음식을 차려놓으라고 해. 우리가 곧 식사하러 갈 테니.

란슬롯 식탁엔 말이죠, 음식을 내오라고 하고 음식엔 말이죠, 보를 깔라고 하고, 식사하러 들어오시겠다는 말씀은 기분 내키는 대로 하시란 말이죠. 마음대로 하시란 말씀입니다. (퇴장)

로렌조 맙소사! 어쩌면 저렇게도 뜻에 알맞게 말을 한담! 저 어릿광대는 머릿속에 근사한 단어들이 들어 있는 모양이야. 저 녀석보다 나은 신분의 어릿광대들을 많이 알고 있지만, 그자들은 말장난을 위해서 항상 의미를 무시해버리지. 제시카, 당신 기분은 괜찮소? 그런데 바사니오 씨의 부인을 어떻게 생각하오?

제시카 나무랄 데가 없어요. 바사니오 씨는 이제 고결한 생활을 하셔야 마땅해요. 그런 훌륭한 부인을 얻은 것은 하늘이 내린 복이기 때문에 그분은 이 지상에서도 천상의 행복을 누리게 될 테니 말이에요. 만약 그분이 지상에서 고결한 생활을 못하신다면, 당연히 천국에 오를 수 없을 거예요. 만약 두 신이 지상의 두 여인을 걸고 하늘에서 내기를 하는데, 그중 한 사람이 포샤 아가씨라면 나머지 한 여인에게는 그 외에 다른 것을 더 걸어야 할 거예요. 이 빈약한 비문명의 땅에는 포샤 아가씨 같은 사람은 없기 때문이에요.

로렌조 아내로서 그분과 같은 사람이 또 없다면 남편으로서는 당신의 남편과 같은 사람은 없소.

제시카 안 돼요. 그것도 제 의견을 물으셔야죠.

로렌조 다음에 물어보지. 우선 식사하러 갑시다.

제시카 아니, 칭찬하고 싶을 때 당신을 칭찬하겠어요.

로렌조 아니, 그러지 말고 식사 중에 하기로 합시다. 그땐 당신 얘기는 무엇이든지 밥과 함께 넘어갈 테니 소화도 잘될 거야.

제시카 그럼 그때 하겠어요. (두 사람 퇴장)

제4막

제1장
베니스, 법정

공작, 귀족들, 안토니오, 바사니오, 그라티아노, 살리리오와 그 외의 사람들 등장.

공작 그래, 안토니오는 왔나?

안토니오 여기 있습니다, 공작님!

공작 유감스럽게 되었네. 그대는 지금 목석같이 비인간적이며 피와 눈물도 없고 자비심이라곤 한 방울도 없는 자를 상대로 재판을 받아야 하니 말일세.

안토니오 공작님께서 그자의 가혹한 행동을 완화시키기 위해서 여러모로 수고하셨다는 말을 들었습니다. 그러나 그자가 계속 버티고, 또 어떠한 합법적인 수단으로도 그자의 악의에서 저를 풀어놓을 수는 없으니 전 인내심을 가지고 그의 광기에 대항할 수밖에 없는 줄로 압니다. 고요한 마음으로 극악하고 무도한 그자의 잔인한 요구를 견디어내겠습니다.
공작 누가 가서 그 유대인을 법정 안으로 불러들여라.
살리리오 그는 이미 문에서 기다리고 있습니다. 저기 들어옵니다, 공작님.

샤일록 등장.

공작 자리를 비켜서 그자가 내 앞에 나와 서도록 하라. 샤일록, 세상 사람들도 그렇게 생각하고 나 역시 그렇게 생각하는데, 그대는 그대의 악의를 재판의 마지막 순간까지 끌고 가서 그때 그대의 잔인성보다도 더 놀라운 자비심을 보여주려는 것이겠지. 그대는 가련한 이 상인의 살 1파운드를 벌금으로 강요하고 있으나 그 채무를 풀어줄 뿐만 아니라 인간적인 온정과 사랑으로 원금의 일부도 삭감해주리라 생각하는 바이오. 그가 계속해서 당한 막대한 재산 손실을 동정 어린 눈으로 보며, 심한 타격을 입은 이 거상의 처지를 안타깝게 여길 테지. 놋쇠 같은 가슴과 부싯돌 같은 딱딱한 마음을 가져 따뜻한 호의를 베푸는 법이 없는 터키 사람과 타타르 사람일지라도 그의 처지에 대해서는 측은한 마음이 생기기에 충분하다고 생각하오. 샤일록, 우리는 모두 그대의 인정 어린 대답을 기다리고 있는 바이오.
샤일록 저는 이미 공작님께 저의 의도를 말씀드렸습니다. 뿐만 아니라 전 이미 우리의 거룩한 안식일에 무슨 일이 있더라도 차용증서대로 빚진 돈과 채무를 이행받겠다는 것을 맹세하였습니다. 만약에 이것이 거부된다면 이 나라의 헌법과 시의 시민권은 아무것도 아닌 것이 될 것입니다. 공작님께서는 왜 제가 3,000다카트를 받지 않고 썩을 고기 한 덩어리를 받으려고 하는가 궁금하시겠죠. 그 궁금증에 대한 대답은 않겠습니다. 그냥 제 기분이라고 해두면 어떨까요. 이제 대답이 되겠습니까? 만약에 저의 집이 쥐 한 마리로 고생을 하기 때문에 그놈을 독살하려고 1만 다카트를 쓴다면 어떻게 하시겠습니까? 아직도 답이 안 됩니까? 세상에는 입이 벌어진 돼지 통구이를 좋아하지 않는 사람도 있고, 고양이 한 마리를 보아도 미칠 듯한 사람이 있습니다. 또 어떤 사람들은 자루 통소로 콧노래를 부르면 불쾌한 기분이 들어 오줌을 참지 못합니다. 왜냐하면 감정의 주인인 기분이 자신을 제멋대로 만들기 때문입니다. 그러면 대답을 하겠습니다. 왜 혹자는 입이 벌어진 돼지 통구이를 보면 참을 수 없으며, 왜 혹자는 해롭지 않을 뿐만 아니라 필요한 고양이를 보면 참을 수 없으며, 왜 혹자는 자루 통소를 보면 불쾌해져서 오줌을 참을 수 없는 나머지 남까지 불쾌하게 만드는 그런 불가피한 부끄러움을 겪느냐에 대해서는 이렇다 할 뚜렷한 이유가 없는 것처럼, 제가 안토니오에 대해서 이런 소송을 하는 것은 제가 오랫동안 품어온 증오심과 부인할 수 없는 혐오감 때문이란 것 외에 다른 이유를 댈 수도 없고 또 대고 싶지도 않습니다. 아시겠습니까?

바사니오 그따위 답이 어디 있소, 몰인정한 인간 같으니. 당신의 잔인한 행동을 변명하려는 말밖에 안 돼.

샤일록 당신 마음에 드는 대답을 해야 할 의무는 없소.

바사니오 자기가 싫어하는 것이라고 죽여야 한다는 것은 이치에 맞질 않아!

샤일록 죽이고 싶지 않은 것을 증오하는 사람도 있던가?

바사니오 불쾌하게 느껴졌다고 해서 처음부터 다 증오심은 아니야!

샤일록 그래, 당신은 뱀에게 두 번씩이나 물릴 작정이오?

안토니오 (바사니오에게) 자넨 논쟁의 대상자가 유대인임을 염두에 두게. 차라리 해변에 서서 만조의 바닷물더러 평상시의 수위로 줄이라고 명령하는 편이 나을 걸세. 아니면 우리에게 왜 새끼 양을 잡아먹고 어미 양을 울렸는가 따지거나, 산에 있는 소나무한테 하늘의 돌풍을 만날 때 나무 끝을 흔들거나 소리를 내지 말라고 하는 게 나을 걸세. 저 유대인의 마음, 세상에 그 이상으로 굳은 것이 또 어디에 있겠나. 부드럽게 하기보다 차라리 무엇이든지 어려운 일을 하나 하는 것이 나을 걸세. 그러니 부탁하네만 더 이상 아무 말도 말게. 아무것도 하지 않는 것이 차라리 낫다네. 나에게는 간단하게 재판을 받게 해주고 저 유대인에게는 그의 원을 풀게 해주게.

바사니오 당신에게서 3,000다카트를 빌렸지만 여기 6,000다카트를 내지!

샤일록 만약 6,000다카트 하나하나가 여섯 부분으로 쪼개져서 그 쪼개진 부분 하나하나가 1다카트가 된다 해도 받지 않겠소. 난 차용증서대로 받겠단 말이오.

공작 남에게 자비를 베풀지 않으면서 그대는 어떻게 남에게 자비를 바랄 수 있겠는가?

샤일록 잘못한 것이 없는데 제가 두려워할 판결이 어디 있겠습니까? 여러분 중에는 많은 노예를 사서 부리는 분이 계십니다. 당신들은 이 노예들을 당신들의 당나귀나 개, 노새처럼 천한 노역에 부려먹고 있지 않습니까? 왜 그렇습니까? 당신들이 그들을 돈을 주고 샀기 때문이죠. "그들을 풀어주시오. 당신들의 자녀와 결혼시키시오. 그들은 왜 무거운 짐을 지고 땀을 흘려야 합니까? 그들의 잠자리도 당신들의 것처럼 부드럽게 해주고 당신들이 먹는 고기를 먹이도록 하시오" 하고 저도 당신들에게 요구해볼까요? 아마 당신들은 이렇게 답변할 것입니다. "노예들은 우리의 것이다." 저도 그와 마찬가지 말을 하겠습니다. 내가 그에게 요구하고 있는 살 1파운드는 비싸게 산 내 것입니다. 그래서 난 그것을 가져야겠소. 만약 이것을 거부하면 그 법률은 있으나 마나입니다. 베니스의 법령들은 다 무효가 되어버립니다. 저는 판결을 요구합니다. 답해주십시오. 판결해주시겠습니까?

공작 내 권한으로 이 법정의 문을 닫을 수 있지만 내가 박학한 벨라리오 박사에게 부탁을 해서 그가 이 사건의 판결을 위해 이 자리에 오시기로 했소.

살리리오 각하, 박사님의 서신을 휴대한 사람이 파도바에서 이제 막 도착하여 지금 밖에서 기다리고 있습니다.

공작 서신을 가져오도록. 그리고 그 사람도 이리 불러들이시오.

바사니오 기운을 내게, 안토니오. 용기를 내. 내 살과 피와 뼈, 무엇이든지 유대인에게 빼앗길지언정 나 때문에는 자네의 피를 한 방울이라도 흘리게 하진 않겠네.

안토니오 나는 병든 숫놈과 같아서 먼저 죽는 건 당연하네. 열매도 가장 약한 것이 맨 먼저 땅에 떨어지는 법이야. 나를 그렇게 먼저 가도록 내버려두게. 바사니오, 자네가 살아서 내 비문을 써준다면 그보다 더 기쁜 일은 없을 걸세.

　　네리사가 법관 서기의 옷차림을 하고 등장.

공작 파도바에서 왔소? 벨라리오 박사로부터 말이오?
네리사 그러하옵니다, 공작님. 벨라리오 박사께서 각하께 안부의 말씀을 전하시더군요. (편지 한 통을 전한다)
바사니오 뭣 때문에 그렇게 열심히 칼을 갈고 있소?
샤일록 저기 있는 파산자에게서 벌금을 베어내려고요.
그라티아노 이 잔인한 유대인. 칼을 구두 바닥에 갈 게 아니라 차라리 영혼의 밑바닥에다 갈 것이지. 어떠한 쇠 도구도, 아니 교수형 집행관의 도끼도 자네의 날카로운 악의에 비하면 아무것도 아닐 거야. 그래 어떤 기도 소리도 그대 심장을 꿰뚫을 수 없단 말인가?
샤일록 그런 솜씨의 기도로는 어림도 없지.
그라티아노 오, 저주받고 지옥에 떨어져도 시원찮은 개! 너 같은 놈을 살려두다니 정의의 심판이 원망스럽다. 너를 보고 있으니 내 신앙이 뒤흔들려 나로 하여금 짐승의 영혼이 인간의 몸속으로 기어든다는 피타고라스의 학설에 공감하게 하는군. 개 같은 그대의 영혼은 원래 사람을 죽인 죄로 교수형을 받은 이리한테 붙어 있었던 것인데, 그놈의 사나운 영혼이 교수대에서 도망쳐서 네놈이 불결한 네 어미의 자궁에 누워 있을 때, 네놈의 몸속으로 기어든 거야. 그래서 네놈은 그 이리와 같이 잔인하고 굶주리고 갈까마귀 같은 욕심을 가지고 있는 거야.

샤일록 그대의 큰소리가 내 차용증서 도장을 지워버릴 수 있다면 모를까, 그렇게 큰소리친다면 그대의 허파만 상할걸. 젊은 친구, 생각을 고치지 않으면 가망이 없을 거란 말이오. 자, 법을 집행해주시오.

공작 벨라리오 박사는 이 편지에서 젊고 박식한 박사 한 분을 우리 법정에 추천해 보내셨다는데 그분은 지금 어디에 있소?

네리사 가까이 와 있습니다만, 각하께서 그의 출정을 허락해주실지 여부를 기다리고 있습니다.

공작 허락하다 뿐이겠소. 빨리 가서 그분을 정중히 모시도록 하시오. 그동안 벨라리오 박사의 편지를 법정에서 낭독하시오.

서기 (읽는다) '우선 소생이 병상에 누워 있음을 알려드리옵니다. 각하의 사자가 이곳에 도착했을 때에는 마침 로마의 젊은 박사 발타자르란 사람이 문병차 와 있었습니다. 소생은 그 박사에게 유대인과 무역상 안토니오 간의 소송 건을 설명한 후, 함께 많은 서적을 참고하였습니다. 소생은 발타자르 박사에게 소생의 의견을 개진하였사온데, 박사는 더 이상 칭찬할 말이 없을 정도의 심원한 학식으로 미비점을 보완하여 소생의 대리로 귀청을 방문할 것입니다. 바라옵건대 발타자르 박사가 나이 부족으로 존경에 찬 우대를 받는 데 지장이 없도록 해주십시오. 그렇게 젊은 몸으로 그렇게 노련한 두뇌를 소유한 자를 소생은 일찍이 보지 못했습니다. 끝으로 발타자르 박사를 각하께서 영접해주시옵기 바라오며, 그의 소송 처리가

그에 대한 소생의 천거와 찬사를 만인에게 한층 뚜렷이 증명할 것임을 확신하는 바입니다.'

　　법학 박사의 옷차림을 한 포샤가 발타자르의 신분으로 등장.

공작　여러분은 박식한 벨라리오 박사로부터 온 편지 내용을 들으셨소. 이제 그 박사가 들어오는 것 같소. 어서 오시오. 노老 벨라리오 박사한테서 오시는 길이지요?
포샤　그렇습니다, 공작님.
공작　잘 왔소. 자리에 앉으시오. 지금 이 법정에서 문제되고 있는 소송 건에 대해서는 잘 알고 계신가요?
포샤　자세히 알고 있습니다. 누가 그 상인이고, 누가 유대인입니까?
공작　안토니오와 샤일록. 두 사람 다 앞으로 나오라.
포샤　당신의 이름이 샤일록인가?
샤일록　샤일록이 제 이름입니다.
포샤　당신은 참 이례적인 소송을 제기하고 있소. 그러나 그것은 합법적이기 때문에 베니스의 법은 당신의 소송을 비난할 수는 없소. (안토니오를 보고) 당신은 저 사람의 손에 생사가 달려 있는데, 그렇지 않소?
안토니오　예, 샤일록은 그렇다고 합니다.
포샤　당신은 이 차용증서의 정당성을 인정하오?
안토니오　예, 인정합니다.
포샤　그렇다면 유대인이 자비를 베풀어야겠소.

샤일록 도대체 무슨 이유로 그래야 한단 말입니까? 말씀해주십시오.
포샤 자비의 본질은 강요받지 않는 것이오. 그것은 마치 하늘에서 대지 위로 내리는 고마운 비와 같은 것으로 이중의 축복을 지니오. 그것은 베푸는 자와 받는 자를 동시에 축복해주오. 그 자비는 위력이 있는 것들 중에서도 가장 위력이 있는 것이오. 그것은 왕좌에 오른 군왕을 왕관보다도 더욱 군왕답게 해주는 것이오. 군왕의 홀笏은 지상의 권력을 나타내며 위풍과 존엄의 상징으로 군왕의 위엄과 두려움이 깃들어 있지만, 자비는 그 홀이 상징하는 위력을 초월하여 군왕의 가슴속 옥좌에 자리 잡고 있으며, 하느님께서 친히 소유하시는 덕의 하나요. 따라서 자비심을 발휘하여 정당함을 완화시킬 때, 지상의 권세는 비로소 하느님의 권세에 가장 가까워지는 것이오. 그러므로 유대인, 당신의 주장이 정당하기는 하지만 이 점을 생각해보시오. 정당하다는 것만을 고집해나가면 우린 아무도 구원을 받지 못한다는 사실 말이오. 우리는 자비를 위해서 기도를 드리며 이 기도는 또 우리에게 자비를 베풀도록 가르치고 있는 것이오. 내가 이렇게 많은 말을 한 것은 집요하게 요구하는 당신의 정당한 주장을 완화시키기 위해서였소. 물론 계속해서 주장을 굽히지 않는다면 엄격한 베니스의 법정은 필연적으로 저 상인에게 불리한 판결을 내리지 않을 수 없을 것이오.
샤일록 내 행동에 대한 대가는 내가 치르겠습니다. 난 법의 집행을 원해요. 차용증서에 명시된 벌금 말입니다.
포샤 이 상인은 돈을 갚을 능력이 없소?
바사니오 있습니다. 그를 대신해서 제가 이 법정에서 갚겠습니다.

예, 두 배를 지불하겠습니다. 그것도 충분하지 않으면 저의 손과 머리와 심장을 담보로 해서 열 배 이상으로 갚을 것을 약속합니다. 만약 이것 역시 충분치 못하다면 악인이 의인을 파멸시키려는 의도인 것이 분명합니다. 그러므로 청컨대 당신의 직권으로 한 번만 관용을 베푸셔서 큰 정의를 위해 법을 조금만이라도 어겨 이 잔인무도한 악마의 의도를 꺾어주십시오.

포샤 그렇게는 안 되오. 베니스의 어떤 권력도 이미 정해진 법률은 하나라도 변경할 수 없소. 그것이 판례로 기록이라도 되는 날에는 선례를 따라 많은 위법 처사가 수없이 감행되어 국가의 화근이 될 것이오. 그것은 안 되오.

샤일록 다니엘 같은 명판관이 오셨군! 정말 다니엘 같은 분이야! 지혜로운 젊은 판사님, 무한히 존경합니다.

포샤 차용증서를 좀 보여주시오.

샤일록 여기에 있습니다. 지극히 존경하는 박사님, 여기 있습니다.

포샤 샤일록, 돈을 세 배로 갚겠다는 제의가 있소.

샤일록 맹세, 맹세! 저는 하늘에 맹세했습니다! 제가 저의 영혼에 거짓 맹세의 죄를 씌울 수야 있겠습니까? 베니스를 준다고 해도 그럴 수는 없지요.

포샤 아, 이 차용증서는 기한이 지났소. 따라서 유대인은 합법적으로 저 상인의 심장 가장 가까운 곳에서 1파운드의 살을 베어낼 자격이 있소. 하지만 자비를 베푸시오. 세 배의 돈을 받기로 하고 이 차용증서는 찢어버리시오.

샤일록 그건 차용증서의 내용대로 청산되었을 때이지요. 제가 보기에 당신은 훌륭한 판관입니다. 당신께서는 법에 정통하며 당신의 법 해석은 가장 타당한 것이었습니다. 법의 훌륭한 기둥인 당신에게 저는 법에 따른 판결을 부탁하는 바입니다. 제 영혼을 걸고 맹세합니다만, 인간의 혀로서는 저의 마음을 변하게 할 수 없습니다. 차용증서에 따라서 판결해주십시오.

안토니오 저도 법정이 속히 판결해줄 것을 간곡히 바라는 바입니다.

포샤 자, 그러면 판결을 하겠소. 상인은 옷을 풀어헤쳐서 샤일록의 칼을 받을 준비를 하시오.

샤일록 오, 고귀하신 판사님! 오, 참으로 훌륭한 젊은 판사님!

포샤 여기 증서에 적힌 벌금은 법의 취지와 의도에 합당한 것이기 때문이오.

샤일록 정말 그렇습니다. 오, 지혜롭고 공정하신 재판관님. 당신은 어쩌면 그렇게도 보기보다 노련하십니까?

포샤 그러므로 가슴을 여시오.

샤일록 맞습니다. 그의 심장, 이렇게 차용증서에 씌어 있습니다. 그렇지 않습니까, 재판관님? "그의 심장 가장 가까운" 바로 이렇게 씌어 있습니다.

포샤 바로 그렇소. 살의 무게를 달 저울은 준비하였소?

샤일록 여기 준비했습니다.

포샤 샤일록, 당신 부담으로 의사를 부르시오. 저 사람이 출혈로 인해 죽으면 안 될 테니 상처를 꿰매주어야 하지 않겠소?

샤일록 증서에 그렇게 적혀 있습니까?

포샤 그렇게 써 있지는 않지만 그 정도의 자선을 베푸는 것이 당신에게 좋을 것이오.

샤일록 그런 문구는 안 보입니다. 증서에는 들어 있지 않습니다.

포샤 상인은 할 말이 없소?

안토니오 별로 없습니다. 이미 각오가 단단히 되어 있습니다. 바사니오, 악수나 한번 하세. 잘 있게. 내가 자네 때문에 이렇게 되었다고 슬퍼하진 말게. 이 일에서 운명의 여신은 관례를 벗어나 나에게 친절을 베푸는 것 같으니 말일세. 그 여신의 변함없는 관례는 파산 후에도 사람의 목숨을 비참하게 부지시켜 움푹 들어간 눈과 주름살이 진 이마를 하고 빈곤한 노년을 체험하도록 하는 것인데, 그와 같이 끊임없이 이어지는 비참한 고행으로부터 나를 끌어내준 거야. 존경하는 자네 부인에게 안부를 전하게. 그리고 안토니오의 최후의 순간도 얘기해주게. 내가 자네를 얼마나 사랑했는가도 얘기하고 죽음에 임해서 내가 어떠했는지도 친절히 말해주기 바라네. 이 이야기를 다 해준 후에 부인에게 판단을 부탁해보게. 바사니오에게 한때 진정한 친구가 있었는지 없었는지를 말이네. 만약 자네가 친구를 잃게 된 것을 유감스럽게 생각해주기만 하면 그대의 빚을 갚는 그 사람도 결코 유감이 없을 걸세. 이 유대인이 칼을 깊숙이 넣어서 살을 베기만 하면 나는 곧 내 심장 전부로 빚을 갚게 될 것이니 말일세.

바사니오 안토니오, 나와 결혼한 내 아내는 나에게는 내 생명처럼 귀중하네만, 사실 내 생명, 아내 그리고 온 세상도 나에게 있어서는 자네의 목숨 이상으로 귀중하지 못하다네. 자네를 구하기 위해서라면 그 모두를 잃어도 좋네. 아니, 그 모두를 여기 이 악마에게 희생

물로 바치겠네.

포샤 당신의 아내가 여기 가까이서 당신의 제의를 듣는다면 별로 감사히 여기지는 않을 것이오.

그라티아노 저도 제 아내를 사랑한다고 장담합니다. 만약에 그녀가 천당에 가서 어떤 힘에 요청하여 이 못된 유대인의 마음을 변화시킬 수만 있다면 저는 제 아내가 그렇게 하기를 바라겠습니다.

네리사 부인이 안 계신 곳에서 그런 말씀을 하시니 망정이지 그 바람은 집안에 큰 소동을 일으킬 것입니다.

샤일록 (방백) 기독교도 남자들이란 이런 작자들이로구나! 나도 딸자식이 있지만 차라리 강도 바라바의 자손을 남편으로 삼으면 삼았지 기독교도를 남편으로 맞아들이지는 말기를! 시간은 그만 낭비하고 언도를 내려주시오.

포샤 이 상인의 살 1파운드는 당신의 것이오. 이 법정이 판정하고 법이 주는 것이오.

샤일록 가장 올바른 판사님!

포샤 그리고 당신은 이 살을 그의 가슴에서 떼어내어야 하오. 법이 그걸 허락하고 이 법정이 그렇게 판정하오.

샤일록 가장 유식한 판사님! 선고요! 자, 어서!

포샤 잠깐만 기다리시오. 해야 할 말이 있소. 이 차용증서에는 당신에게 피는 한 방울도 준다는 말이 없소. 문구는 "살 1파운드"라고 씌어 있을 따름이오. 자, 그러면 그 증서대로 하시오. 당신은 살 1파운드를 가져가시오. 그러나 살을 베어낼 때 단 한 방울이라도 기독교도가 피를 흘린다면 당신의 토지와 재산은 베니스의 법에 의해서 국가에 몰수되는 것이오.

그라티아노 오, 공정한 판사님! 들어라, 유대인아! 오, 유식한 판사님!

샤일록 그게 법이오?

포샤 그 법 조례는 당신이 직접 들여다보게 될 거요. 당신이 재판을 촉구했기 때문에 당신이 요구하는 이상으로 엄격한 재판을 받고 있다는 것을 명심하시오.

그라티아노 오, 유식한 판사님! 들어봐, 유대인아! 유식한 판사님!

샤일록 그러면 그 제의를 받아들이겠소. 차용금의 세 배를 갚아주시오. 그러면 이 기독교도를 놓아주겠소.

바사니오 돈은 여기 있소.

포샤 잠깐만! 샤일록은 정의의 판결만을 받도록 요구했소. 잠깐, 서두를 것 없소. 샤일록은 어떻게 해서든지 그 벌금만 받게 될 것이오.

그라티아노 오, 유대인아! 공정하신 판사님, 유식한 판사님!

포샤 그러므로 살을 베어낼 준비를 하오. 피를 흘려서도 안 되지만 정확하게 꼭 살을 1파운드 이하도 이상도 베어내면 안 되오. 1파운드 이상이나 이하로 베어낸다면, 틀린 분량이 무게의 경중을 초래하는 경우는 물론이거니와 한 푼의 20분의 1만큼의 소량이라도 틀린다면, 아니 머리칼 하나의 무게로 인해서 저울이 기울어지기라도 한다면, 당신의 목숨은 없으며 당신의 전 재산은 몰수되는 것이오.

그라티아노 제2의 다니엘이시다. 다니엘 같은 명재판관이셔. 유대인아! 자! 불신자여! 그대는 꼼짝 못하게 되었도다!

포샤 유대인, 왜 머뭇거리오? 벌금을 받아가시오.

샤일록 원금만 주시오. 그러면 전 가겠소이다.

바사니오 원금은 여기 준비되어 있소. 자, 받으시오.

포샤 그는 그것을 공판정에서 거절하였소. 그에게는 오직 정의의 심판만을 받게 하고 차용증서대로만 집행하게 하겠소.

그라티아노 다니엘 같은 명재판관이란 말이야. 제2의 다니엘 명재판관! 이 말을 가르쳐주어 고맙소, 유대인.

샤일록 원금만 받도록 해주실 수 없겠습니까?

포샤 당신이 받을 수 있는 것은 당신의 생명을 걸고 잘라야 될 벌금뿐이오.

샤일록 그러면 저자를 멋대로 하시오. 난 더 이상 심문에 응하지 않겠소.

포샤 유대인, 좀 기다리시오. 법은 당신에게 또 하나의 요구를 하오. 베니스의 법률이 정한 바에 의하면 만약 외국인이 직접, 혹은 간접적인 의도로 시민의 생명을 빼앗으려는 것이 판명되면 가해를 획책한 자의 재산은 피해자가 될 뻔한 사람이 그 반을 차지하고 나머지 반은 국고에 귀속되오. 그리고 범인의 생명은 오로지 공작님의 자비에 달렸으며 그 외의 누구도 간섭할 권리가 없는 것이오. 당신의 지금 상황이 이렇소. 당신이 직간접으로 피고인의 생명을 해치려고 획책했다는 것이 명백히 드러나 있으니 말이오. 당신은 위에 열거한 죄과를 저지른 것이오. 그러므로 무릎을 꿇고 공작님의 자비를 구하시오.

그라티아노 스스로 목을 매어 죽도록 허락해달라고 하시오. 그런데 당신의 재산은 전부 몰수되어 줄을 살 돈도 없을 테니 국비로 목을 맬 수밖에 없겠소이다.

공작 우리의 정신이 그대의 정신과 얼마나 다른가를 깨닫도록 하기 위해서, 청하기 전에 그대의 생명을 용서해주는 바이다. 그대의 재산의 반은 안토니오의 것이고, 나머지 반은 국가에 귀속되는데 겸손한 행동을 보이면 벌금 정도로 줄여줄 수도 있다.

포샤 예, 국가에 귀속된 재산에 대해서는 그럴 수 있습니다. 그러나 안토니오에게 돌아온 재산은 그렇게 안 됩니다.

샤일록 아니올시다. 목숨이고 뭐고 다 빼앗아가시오. 그까짓 건 가져 뭐하겠습니까? 내 집을 버티고 있는 기둥을 빼앗는 것은 곧 내 집을 빼앗는 것과 같고, 내 생활 수단을 빼앗는 것은 내 목숨을 빼앗는 것이지요.

포샤 안토니오, 당신은 저 사람에게 어떤 자비를 베풀겠소?

그라티아노 공짜로 목매어 죽을 끈 하나를…… 그 이외엔 제발 아무것도 주지 마십시오.

안토니오 공작님과 법정이 저 사람의 재산의 반을 국고에 넣지 않고 벌금 정도 부과하신다면 저도 제게 돌아오는 반을 맡아 가지고 있다가 저 사람이 죽으면 그것을 최근 그의 딸을 데리고 나가버린 젊은 양반에게 양도하게 해준다면 만족하겠습니다. 두 가지 조건이 더 붙습니다. 첫째, 이 은혜에 대한 대가로 저 사람이 기독교도가 될 것. 둘째, 사망 시 소유 재산 일체를 사위 로렌조와 딸에게 물려준다는 양도증을 본 법정에서 쓰게 하는 것입니다.

공작 그렇게 처리하겠소. 만약에 불복하면 지금 막 이 자리에서 내린 바 있는 사면을 취소할 테요.

포샤 유대인! 이의 없소? 어떻소?

샤일록　좋습니다.

포샤　서기! 양도증을 작성하라.

샤일록　제발 이젠 보내주시오. 몸이 편치 않아서 그럽니다. 양도증은 뒤에 보내주시면 서명하겠습니다.

공작　돌아가시오. 그런데 서명은 해야 되오.

그라티아노　당신이 세례를 받는 데는 두 사람의 증인이 필요할 테지만 만약 내가 판사라면 열 명을 더 불러서 당신을 세례반盤으로 데려가지 않고 교수대로 보냈을 것이오. (샤일록 퇴장)

공작　내 집으로 가서 식사나 함께 나누시지요.

포샤　실례를 용서해주시기 바랍니다. 저는 오늘 밤 파도바로 떠나야 합니다. 지금 곧 출발해야 합니다.

공작　시간 여유가 없다니 참으로 유감이오. 안토니오, 재판관님께 보답을 하시오. 내 생각으로는 당신이 저분에게 큰 은혜를 입었소. (공작, 귀인들 그리고 수행원 퇴장)

바사니오　가장 훌륭하신 판사님, 저와 저의 친구는 오늘 판사님의 지혜로운 판결로 무서운 형벌을 면하게 되었습니다. 그것에 대한 보답으로 저희들은 유대인에게 지불할 3,000다카트를 재판의 수고의 보답으로 흔쾌히 드리고자 합니다.

안토니오　그리고 우리가 성의와 정성을 다하여 언제까지고 판사님께 보답해도 부족할 것으로 압니다.

포샤　만족을 느끼는 사람은 보수를 받은 셈입니다. 저는 당신을 구해준 데 대해 만족하며, 그 만족으로 충분한 보수를 받았다고 생각합니다. 그 이상의 금전적인 보수를 바란 적이 없습니다. 우리가 다음에 다시 만날 때 모른 체만 하지 마십시오. 안녕히 계십시오. 저는 이제 실례하겠습니다.

바사니오 판사님, 저는 좀 더 권해야겠습니다. 저희들로부터 기념품이라도 받아주십시오. 보수로서가 아니라 경의의 표시로 드리겠습니다. 제발 두 가지 부탁을 들어주십시오.

포샤 그처럼 강권하시니 그럼 받도록 하겠습니다. (안토니오를 향하여) 당신의 장갑을 제게 주십시오. 기념으로 제가 끼겠습니다. (바사니오를 향하여) 그리고 당신의 우정의 표시로는 당신에게서 이 반지를 받겠습니다. 손을 왜 뒤로 물리치십니까. 그것 이외에는 받지 않겠습니다. 우정의 표시로 주신다고 하셨으니 당신이 그걸 거절하시지는 않을 것으로 압니다.

바사니오 판사님, 이 반지 말입니까? 아, 이것은 보잘것없는 물건입니다. 이것을 드리는 그런 부끄러운 짓은 하지 않겠습니다.

포샤 이것 이외에는 아무것도 받지 않겠습니다. 왜 그런지 그것을 갖고 싶어지는군요.

바사니오 이 반지에는 값 이외의 다른 것이 깃들어 있습니다. 제가 베니스에서 가장 값비싼 반지를 광고를 내서 구해드리겠습니다. 이것만은 제발!

포샤 알겠습니다. 당신은 입으로만 크게 선심을 쓰시는군요. 처음에는 청하라고 부탁하더니 이제는 청하면 어떤 대답을 듣게 되는지 가르치시는군요.

바사니오 판사님, 이 반지는 제 아내에게서 받은 것입니다. 아내는 이것을 저에게 끼워주면서 팔아버리지도 않고 또 잃어버리지도 않겠다는 맹세를 하게 했습니다.

포샤 많은 사람들이 선물하기가 아까울 때에는 그런 변명을 하지요. 만약 당신 아내가 미치지 않아 제가 이 반지를 받을 자격이 충분함을 안다면 그것을 제게 준 데 대해서 영원히 원망하지는 않을 것입니다. 그럼, 안녕히 계십시오. (포샤와 네리사 퇴장)

안토니오 바사니오, 반지를 그분에게 드리도록 하게. 그분의 공로와 거기에 내 우정을 합하면 자네 아내의 명령만한 값어치는 될 게 아닌가.

바사니오 이봐, 그라티아노. 그분의 뒤를 쫓아가서 이 반지를 드리게. 그리고 가능하면 그분을 안토니오의 집으로 모시게. 자, 서두르게. (그라티아노 퇴장) 자네와 난 곧장 자네 집으로 가세. 그리고 내일 아침 벨몬트로 달려가세. 가세, 안토니오. (두 사람 퇴장)

제2장
베니스, 어느 거리

포샤와 네리사 등장.

포샤 유대인의 집을 찾아서 그에게 이 증서를 주고 서명하라고 해

라. 오늘 저녁에 떠나자. 우리가 남편들보다 하루 일찍 집에 도착해야지. 이 증서를 보면 로렌조는 무척 기뻐할 거야.

그라티아노 등장.

그라티아노 판사님, 다행히도 판사님을 뒤따를 수 있었습니다. 바사니오 씨가 좀 더 숙고하신 후, 이렇게 판사님에게 반지를 보내면서 식사나 같이 나누시자고 부탁하셨습니다.
포샤 식사는 안 되겠지만 그의 반지는 매우 감사히 받겠소. 그렇게 꼭 전해주시오. 하나 더 부탁드릴 것은 이 젊은이를 부유한 샤일록의 집으로 안내해주십시오.
그라티아노 그렇게 해드리겠습니다.
네리사 할 얘기가 있는데요. (포샤에게 방백) 저도 남편의 반지를 빼앗을 수 있는지 한번 해보겠어요. 저도 그이에게 그 반지를 영원토록 지니고 있겠다는 맹세를 하게 했거든요.
포샤 (네리사에게) 틀림없이 받아낼 수 있을 거야! 우리 남편들은 반지를 여자에게 준 것이 아니라 남자에게 준 것이라고 맹세하게 되겠군. 약점을 잡고 아무리 맹세해도 소용없게 곯려주자. (큰 소리로) 자! 서둘러 갔다 오도록 해라. 내가 기다리고 있을 장소는 알고 있겠지?
네리사 그럼, 가시죠. 그 집으로 인도해주십시오. (모두 퇴장)

제5막

제1장
벨몬트, 포샤의 집 앞 정원

로렌조와 제시카 등장.

로렌조 달빛이 밝군. 이 같은 밤에, 달콤한 바람이 나무에 고요히 입 맞추고 나무도 소리를 죽이는 밤에, 트로일로스 왕자는 트로이 성벽을 뛰어올라 크레시다가 누워 있는 그리스 진영의 군막을 향해서 영혼의 탄식을 했을 것이오.
제시카 이런 밤이었을 거예요. 디스비가 겁을 먹고 이슬이 덮인 길을 걸어가다가 사자보다도 사자의 그림자를 먼저 보고 놀라서 도망친 밤도.
로렌조 이런 밤이었소. 여왕 디도가 버들가지를 손에 들고 사나운 물결이 밀어닥치는 해변가에 서서 다시 카르타고로 돌아오라고 연인에게 손짓한 밤도.

제시카 이런 밤이었을 거예요. 메데이아가 시아버지 아이손 왕의 청춘을 회복시킨 마력의 약초를 캐어낸 밤도.

로렌조 이런 밤이었소. 제시카가 부유한 유대인 집을 몰래 빠져나와 가난한 애인과 베니스에서 벨몬트까지 온 밤도.

제시카 이런 밤이었어요. 로렌조라는 젊은 청년이 그녀를 깊이 사랑하겠다고 맹세하고, 또 사랑이 변하지 않을 것이라고 수없이 맹세하여 그녀의 마음을 고스란히 빼앗아간 밤도. 그런데 참다운 맹세는 하나도 없었지요.

로렌조 이런 밤이었소. 아름다운 제시카가 귀여운 말괄량이처럼 그의 애인을 욕했으나 애인이 그것을 용서해준 밤도.

제시카 누가 오지만 않으면 이 밤 이야기하기 내기에서 당신을 얼마든지 이겨낼 자신이 있지만 가만히 들어보세요, 사람의 발소리가 들리는군요.

스테파노 등장.

로렌조 고요한 이 밤에 이렇게 빨리 걸어오는 사람은 누구시오?
스테파노 친구요.
로렌조 친구! 무슨 친구요? 이름이 뭐요? 친구라?
스테파노 스테파노라고 합니다. 전갈을 가지고 왔습니다. 주인 아가씨께서는 동이 트기 전에 이곳 벨몬트에 도착하실 겁니다. 성스러운 십자가가 서 있는 곳에 이르실 때마다 내려서 무릎을 꿇고 행복한 결혼 생활을 위해 기도를 올리고 계십니다.

로렌조 동행은 있습니까?

스테파노 아무도 없습니다. 수도사 한 분과 시녀 이외에는. 그런데 주인님은 돌아오셨습니까?

로렌조 아직 안 돌아오셨소. 아무런 소식도 없소. 제시카, 우린 그만 들어갑시다. 그리고 이 댁 여주인을 성대히 환영할 준비를 합시다.

　　란슬롯 등장.

란슬롯 솔라, 솔라! 오호, 호! 솔라, 솔라!(우체부 뿔 나팔 소리 흉내)

로렌조 누가 부르는 거야?

란슬롯 솔라! 로렌조 선생님은 어디에 계세요? 로렌조 나리시군요. 솔라, 솔라!

로렌조 이 사람아, 소리는 그만 질러. 여기야!

란슬롯 솔라! 어디요? 어디에 계시냐고요?

로렌조 여기!

란슬롯 그 나리께 전해주시오. 저의 주인 나리께서 보낸 사자 한 사람이 뿔 나팔에 희소식을 가득 담아가지고 왔다고 말이오. 저의 주인은 아침이 되기 전에 도착하실 겁니다. (퇴장)

로렌조 여보, 들어가서 그분들의 도착을 기다리기로 합시다. 아니, 그럴 필요 없을 것 같군. 들어가서 뭘 하겠소. 여보게, 스테파노, 집 안으로 들어가서 주인 아가씨가 곧 돌아오신다고 전하고 악사들을 밖으로 보내주게. (스테파노 퇴장) 이 둑 위에서 잠을 자는 달빛은 어쩌면 이렇게도 아름다울까? 우리 여기 앉아서 음악 소리를 들어봅시다. 부드러운 밤의 고요함은 감미로운 화음 하나하나에 더욱 어울릴 거요. 앉아요, 제시카. 저것을 좀 보오. 넓은 하늘이 반짝이는 금붙이로 두텁게 수놓여 있지 않소. 저기 보이는 별들 가운데서 아무리 작은 별이라도 궤도를 운행할 때에는 천사와 같이, 언제나 눈이 반짝이는 아기 천사와 같이, 음악에 맞추어 노래 부르고 있소. 이와 같은 화음은 불멸의 영혼 속에도 있소. 그러나 그것은 썩어서 없어지는 육체라는 이 흙의 옷에 싸여 있어서 우리는 들을 수가 없는 것이오.

악사들 등장.

자, 여러분! 찬미하는 노래를 불러서 달의 신 다이아나를 깨우고 가장 아름다운 가락을 주인 아가씨의 귀에 울려 그분을 음악 속에서 집으로 모시도록 하오. (음악 소리 들린다)
제시카 저는 감미로운 음악을 듣고 흥이 난 적은 한 번도 없었어요.
로렌조 그 까닭은 당신이 너무 침착하기 때문이오. 주의 깊게 보란 말이오. 사납게 뛰어다니는 짐승의 무리나 혈기 왕성하고 길이 들지 않은 망아지들은 미친 듯이 뛰어다니고 울부짖으며 큰 소리를 지르는데, 그것은 다 그들의 혈기가 왕성해서 그런 거요. 그런데 어쩌다가 나팔 소리에 가만히 멈추어 설 뿐만 아니라 그 감미로운 음악의 힘에 의해 그들의 사나운 눈빛이 부드럽게 변하는 것을 볼 수 있소.

그러므로 시인은 일찍이 악성 오르페우스가 나무와 돌과 냇물을 자기가 있는 곳으로 끌어왔다고 읊었던 것이오. 아무리 목석처럼 우둔하고 광포해도 음악은 잠깐 동안만이라도 그 천성을 변화시키는 위력을 지녔기 때문이오. 음악을 체내에 지니지 못했거나 감미로운 화음에 감동되지 않는 자는 반역죄나 음모와 노략질에만 적합한 자요. 그런 자의 감정은 밤같이 둔하고 그의 정서는 명부만큼이나 어둡단 말이오. 그런 자를 믿어선 안 되오. 자, 음악을 들어요.

  포샤와 네리사 등장.

포샤 저기 보이는 건 우리 집 객실에 켜진 불일 거야. 작은 촛불의 빛이 멀리까지 비치고 있구나! 선행도 이와 같아서 사악한 세상에 빛을 던져주고 있을 테지.
네리사 달빛이 밝을 때에는 저 촛불이 보이지 않았어요.
포샤 큰 영광이 곁에 있으면 작은 영광은 보이지 않게 되는 거야. 왕이 나타날 때까지는 대행자도 왕처럼 빛날 수 있지만, 왕이 나타나면 그의 화려함은 내륙의 시냇물이 대양으로 흘러 없어지듯이 없어진단 말이야. 음악 소리구나, 들어봐!
네리사 아가씨, 저것은 우리 집 악사들이 연주하는 거예요.
포샤 무엇이든 환경에 좌우되는구나. 낮에 듣는 것보다 훨씬 감미롭게 들리는 것 같아.
네리사 고요해서 그렇게 들리는 것 같아요.
포샤 경쟁자가 없을 때에는 까마귀 소리도 종달새의 소리만큼 아름다운 법이며, 두견새라도 거위들이 제각기 꽥꽥거리는 대낮에 운다면 굴뚝새보다 훌륭한 음악가라고 생각되지 않을 거야. 세상만사는 적당한 시간과 장소가 잘 조화되었을 때 행해져야 비로소 정당한 칭찬을 받으며 진정한 완벽을 기할 수 있는 거야. 조용히! 달님께서 엔디미온과 잠이 들어 있구나. 깨우지 말아야지. (음악이 그친다)

로렌조 저 목소리가 포샤 마님의 목소리가 아니라면 무엇이겠소.

포샤 장님이 흉한 뻐꾹새 소리를 알아내듯 나를 알아내는군.

로렌조 부인, 안녕히 다녀오셨습니까?

포샤 우리는 남편들의 안녕을 위해서 기도드리고 왔어요. 기도 덕으로 아무 일도 없으시겠지만, 그분들은 돌아오셨습니까?

로렌조 아직 안 돌아오셨습니다. 하지만 하인이 곧 오신다는 전갈을 가지고 왔습니다.

포샤 네리사, 안으로 들어가서 하인들에게 전하거라. 우리가 외출했던 사실을 모른 척하라고 말이야. 로렌조 당신도, 그리고 제시카도. (나팔 소리 울린다)

로렌조 주인나리께서 도착하셨습니다. 나팔 소리가 들리네요. 우리들은 고자질하지 않을 테니 염려 마십시오, 부인.

포샤 오늘 밤은 병든 낮 같아. 좀 더 창백해 보이지만 말이야. 해가 구름에 가려 있을 때의 낮, 바로 그런 낮과 같아.

바사니오, 안토니오, 그라티아노 그리고 그들의 수행원들 등장.

바사니오 당신만 이렇게 걸어 다닌다면 해가 지구 반대쪽 세상을 비추고 있을 때에도 여기는 낮과 같이 밝을 것이오.

포샤 밝게 비추어드리겠습니다만 경박하지는 않겠어요. 경박한 아내는 남편을 슬프게 하기 때문이에요. 그리고 저는 절대로 당신을 저 때문에 슬프게 하지는 않을 거예요. 하느님, 모든 것을 뜻대로 해 주시옵소서. 잘 다녀오셨어요?

바사니오 잘 다녀왔소. 나의 친구를 반가이 맞아주오. 이 친구가 안토니오 바로 그 사람이오. 내가 큰 은혜를 입은 친구라오.

포샤 당신은 어느 것으로 보아도 이분에게 많은 신세를 지고 계세요. 제가 듣기로는 이분께서는 당신 때문에 고통을 많이 겪으셨다고 하던데요.

안토니오 벌써 끝난 일입니다. 이렇게 무사하게 풀려나왔으니까요.

포샤 저희 집으로 정말 잘 오셨어요. 반가운 마음은 다른 방법으로 표시해야 하기 때문에 말로만 하는 인사치레는 이만 줄이겠습니다.

그라티아노 (네리사에게) 저기 떠 있는 달에 걸고 맹세하지만 당신의 말은 너무 심하오. 정말로 나는 그것을 판사의 서기에게 주었단 말이오. 이 문제를 당신이 그처럼 가슴에 사무칠 정도로 중요하게 신경 쓰는 걸 보니 그 친구하고 그렇고 그런 사이가 아니오?

포샤 아니, 벌써 싸움을! 왜 그래요?

그라티아노 금으로 된 동그라미 때문입니다. 아내가 제게 준 하찮은 반지 말입니다. 그 반지에는 칼 장수가 칼에 새겨넣듯이 이렇게 새겨져 있습니다. "나를 사랑하고 나를 버리지 마오."

네리사 당신은 어째서 그 문구와 값만을 얘기하는 거죠? 제가 그 반지를 드렸을 때, 당신은 맹세를 했어요. 죽을 때까지 끼고 있겠다고. 또 무덤 속까지 가지고 가겠다고요. 나를 위해서는 아니라고 하더라도 당신이 한 그 열렬한 맹세를 위해서 반지를 소중히 간직했어야 했단 말이에요. 판사의 서기에게 주었다고요? 천만에요. 하느님께서 알고 계세요. 그 반지를 받은 서기는 얼굴에 털이라곤 한 번도 나본 적이 없는 사람일 거예요.

그라티아노 어른이 되면 털이 날 거요.

네리사 그렇지요. 그가 남자로 변할 수 있다면야.

그라티아노 이 손에 걸고 맹세하는데, 난 반지를 청년에게 주었소. 말하자면 소년이오. 당신 키 정도의 약간 자그마한 소년이었소. 판사의 서기 말이오. 반지를 보수로 달라고 애걸한 뻔뻔스러운 소년이었소. 난 도저히 거절할 수가 없었소.

포샤 정확하게 말씀드리자면 당신이 잘못했어요. 네리사의 첫 선물을 그렇게 경솔하게 내주었으니 말입니다. 더욱이 그 물건은 맹세를 거듭한 후 손가락에 낀 것이고, 따라서 사랑에 의해서 당신의 몸에 못 박힌 것이니 말이에요. 저도 제 남편에게 반지 하나를 드렸고, 그것을 몸에서 떼어놓지 않겠다는 맹세를 받았어요. 그이는 지금 여기 서 계십니다. 그이 대신 제가 맹세할 수도 있어요. 그이는 절대로 반지를 내놓지 않을 것이며, 세상의 모든 재물을 다 준다고 해도 손가락에서 반지를 빼지 않을 거예요. 그라티아노, 당신은 정말이지 너무나도 무정하게 부인을 슬프게 했어요. 저에게 만약 그런 일이 생겼다면 전 미쳐버릴 거예요.

바사니오 (방백) 글쎄, 난 일찌감치 왼손을 잘라버리고 반지를 뺏기지 않으려고 싸우다가 그만 잃어버렸다고 하는 것이 낫겠는걸.

그라티아노 바사니오도 반지를 달라고 조르는 판사에게 줘버렸답니다. 사실 그 판사는 반지를 받을 만했어요. 그런데 그때, 그 소년이, 재판 기록을 하느라고 수고한 판사의 서기 말인데, 제 반지를 달라고 애걸하지 않겠어요. 판사나 그 서기나 반지 이외에는 아무것도 안 받겠다고 했어요.

포샤 무슨 반지를 주었나요? 설마 제게서 받은 반지는 아니겠지요?

바사니오 만약 잘못에다 거짓말까지 덧붙일 수 있다면 부인하고 싶지만, 당신이 보는 대로 내 손가락에는 반지가 없소. 없어진 것이오.

포샤 거짓으로 찬 당신의 마음에는 진실이라고는 전혀 들어 있지 않았군요. 맹세코, 난 그 반지를 볼 때까지는 당신과 잠자리에 들지 않겠어요.

네리사 저도 제 반지를 다시 볼 때까지는 당신과 잠자리를 함께하지 않겠어요.

바사니오 포샤, 만약 당신이 내가 누구에게 그 반지를 주었는지 알면, 내가 반지를 줘버린 걸 이해할 것이오. 그리고 그 반지 이외엔 아무것도 받지 않겠다고 했을 때 내가 얼마나 그것을 내놓기 싫어했는지를 당신이 알게 된다면 당신의 그 불쾌감이 줄어들 거요.

포샤 만약 당신이 그 반지의 힘을 아셨다면, 그 반지를 준 여자의 가치를 반만이라도 아셨다면, 그 반지를 간직하는 것이 당신 자신의 명예를 위한 길임을 아셨다면, 당신은 반지를 주지는 않았을 거예요. 만약 당신이 간곡한 말로 그 반지를 줄 수 없다고 하셨더라면 어떤 사람이 도대체 사랑의 표지로 간직하고 있는 물건을 달라고 고집할 정도로 염치없고 몰상식하겠어요? 네리사는 이번 일을 어떻게 생각해야 하는지 잘 알려주고 있어요. 틀림없이 어떤 여자가 그 반지를 가지고 있을 거예요.

바사니오 그렇지 않소. 내 영혼에 걸고 맹세하는데 어떤 여자도 그 반지를 갖고 있지 않소. 그 반지를 갖고 있는 사람은 민법 박사요. 그분은 내가 준 3,000다카트를 거절하고 반지를 달라고 간청했소. 물론 나는 이를 거절했고 그분은 불만을 품고 가버렸소. 그러나 그분은 바로 귀중한 내 친구의 목숨을 살려준 분이 아니오. 포샤, 그 때 도대체 내가 무슨 말을 할 수 있었겠소. 쫓아가서 반지를 전해주도록 하였소. 부끄러움과 예절을 갖추지 못했다는 생각이 절실했소. 배은망덕으로 인해 내 명예가 더럽혀지게 방관할 수가 없었던 거요. 용서하오. 오늘 밤, 이 성스러운 촛불에 걸고 맹세하는데 만약 당신이 그 자리에 있었더라면 그 반지를 수고하신 훌륭한 박사님께 드리라고 나에게 간청했을 것이오.

포샤 그 박사님이 우리 집 근처에 오시지 않도록 하세요. 당신이 저를 사랑하여 저를 위해 평생토록 간직하겠다고 맹세한 그 반지를 그분이 받아 가지셨으니 저도 당신처럼 무엇이든 그분께 내줄 거라고요. 제 것은 무엇이나 거절하지 않고 내놓겠어요. 제 몸, 제 남편의 침대, 무엇이나 거절하지 않겠어요. 하룻밤도 집을 비우지 마세요. 아르고스처럼 저를 지키세요. 만약 그렇게 하지 않아 혼자 집에 있게 될 경우, 아직 순결한 처녀의 명예에 걸고 맹세하지만 그 박사를 저의 침대로 부르겠어요.

네리사 저도 그 서기를. 저 또한 혼자 있게 내버려두면 무슨 일을 저지를지 모르니까 조심하세요.

그라티아노 좋아. 마음대로 해요. 하지만 그자가 나한테 붙잡히지 않도록 해야 할 거요. 만약 붙잡히는 날이면 그 젊은 서기 녀석의 붓을 아주 못 쓰게 꺾어놓고 말 테니까.

안토니오 불행히도 저 때문에 이 싸움이 일어났습니다.

포샤 염려하실 것 없습니다. 정말 잘 오셨어요.

바사니오 포샤, 이 어쩔 수 없었던 잘못을 용서해주오. 여기에 있는 친구들 앞에서 당신에게 맹세하겠소. 내 몸을 들여다볼 수 있는 당신의 아름다운 두 눈에 맹세하겠소.

포샤 다들 이 말을 잘 들어보세요! 저의 두 눈에 맹세를 하신데요. 한 눈에 하나씩 말이에요. 당신의 갈라진 두 마음에 걸고 맹세하세요.

바사니오 아니, 내 말을 들어봐요. 이번 실수는 용서해요. 내 영혼에 걸고 맹세하겠는데 다시는 절대로 당신에게 한 맹세를 어기지 않겠소.

안토니오 저는 이 친구의 행복을 위해서 제 몸을 빌려준 적이 있습니다. 그런데 제 몸은 반지를 가져간 그 재판관이 아니었다면 벌써 죽었을 몸입니다. 저는 감히 다시 한 번 저의 영혼을 담보로 잡히겠습니다. 부인의 남편은 다시는 고의적으로 사랑의 약속을 어기는 일이 없을 것입니다.

포샤 그러면 틀림없이 보증하시는 거죠. 이 반지를 제 남편에게 주시고 먼저 것보다 더 소중히 간직하라고 일러주세요.

안토니오 이것 받게, 바사니오. 이 반지를 간직하겠다고 맹세하게.

바사니오 맹세코! 아니! 이 반지는 내가 박사님께 주었던 바로 그 반지인데!

포샤 제가 그분으로부터 받은 것이에요. 용서하세요, 바사니오. 이 반지 때문에 그 박사님과 같이 지냈어요.

네리사 저도 용서해주세요, 그라티아노. 이것을 받고 박사님의 서기인 그 자그마한 소년과 지난밤 같이 잤어요.

그라티아노 아니, 이건 밤에 멀쩡한 길을 닦은 것 아닌가, 부인들의 행실이 남편들을 따라가지 못하다니.

포샤 그런 추잡한 말은 삼가세요. 모두들 놀라실 거예요. 여기 편지가 있으니 천천히 읽어보세요. 파도바에 계신 벨라리오 씨가 보낸 것이에요. 읽어보시면 포샤가 바로 그 박사요, 네리사가 그의 서기였음을 아실 것입니다. 여기 있는 로렌조 씨가 증인이에요. 저희는 당신들과 거의 같은 시간에 떠났다가 지금 막 돌아왔어요. 아직 집 안에도 들어가지 못했어요. 안토니오 씨, 오셔서 정말 기쁩니다. 그리고 전 당신이 짐작도 못하실 좋은 소식을 가지고 왔어요. 이 편지를 뜯어보세요. 당신의 상선 세 척이 예기치 않게 화물을 가득 싣고 귀항했다는 내용이에요. 어떤 우연으로 제가 이 편지를 입수했는지는 말씀드리지 않겠습니다.

안토니오 놀라울 뿐입니다.

바사니오 당신이 그 박사였다는 걸 내가 몰랐단 말이오?

그라티아노 당신이 내가 없는 사이에 당신을 망신시킨 그 서기였단 말이오?

네리사 네, 하지만 그 서기는 남자가 된 다음에는 모를까 그 짓을 할 뜻은 결코 없었어요.

바사니오 아리따운 박사님, 제가 집에 없을 때에는 저의 아내와 같이 자도 괜찮습니다.

안토니오 부인, 당신은 저에게 목숨과 재산을 주셨습니다. 이 편지를 보니 제 배들이 정박소에 안전하게 입항했다고 분명히 씌어 있군요.

포샤 그런데 로렌조 씨, 내 서기는 당신에게도 희소식을 갖고 왔어요.

네리사 그래요. 보수는 받지 않고 드리겠어요. 당신과 제시카에게 드리는 거예요. 이건 부자 유대인이 사후 그의 소유물 일체를 양도한다는 특별 양도증서예요.

로렌조 (양도증을 받으며) 당신들이 한 일은 굶주린 사람들에게 하느님이 만나를 내리신 것과 같습니다.

포샤 동이 트는군요. 아직도 여러분은 여러 가지 일들이 아직 충분히 이해되지 않을 거예요. 자, 우리 집 안으로 들어가요. 그리고 저희들에게 궁금한 것이 있으면 물으세요. 무엇이든지 성실하게 답변해드리겠어요.

그라티아노 그렇게 하십시다. 내가 네리사에게 맹세하게 한 후 대답하게 할 첫 심문은 내일 밤까지 기다리겠느냐, 아니면 날이 새려면 아직도 두 시간이 더 있어야 하니 지금 당장 잠자리에 들겠느냐 하는 문제입니다. 하지만 날이 새도 캄캄하게 어두웠으면 좋겠습니다. 박사님의 서기와 잘 수 있도록 말입니다. 그런데 큰 걱정거리가 생겼습니다. 그것은 어떻게 하면 네리사의 반지를 잘 간수할까 하는 것입니다. (모두 퇴장)

안토니우스와 클레오파트라
Antonius and Cleopatra

장소

로마 제국

주요 등장인물

마르쿠스 안토니우스
옥타비아누스 카이사르 ⎤ 로마의 세 집정관
레피두스

클레오파트라　　　　　　　이집트의 여왕

옥타비아　　　　　　　　　카이사르의 누나, 안토니우스의 부인

섹스투스 폼페이우스　　　　로마의 장군

도미티우스 이노바르부스 / 벤티디우스 /
이로스 / 스카루스 / 더세터스 / 파일로 / ⎤ 안토니우스 사람
카니디우스 / 실리우스 / 디미트리어스

셀레카스 / 디오메데스 / 차아미안 / ⎤ 클레오파트라 사람
아이래스 / 마르디안 / 알렉사스

메나스 / 메네크라테스 / 바리아스　　폼페이우스 사람

미시너스 / 아그리파 / 돌라벨라 / 갈루스 / ⎤ 카이사르 사람
프로쿨리스 / 타디아스 / 타우르스

그 밖에 장교, 병사, 사자使者, 시종, 예언자, 시골뜨기 등

제1막

제1장
알렉산드리아, 클레오파트라의 대궐

디미트리어스와 파일로 등장.

파일로 우리 장군님의 이번 치정은 너무 지나쳐. 그 많은 군사들을 거느리며, 눈이 부시는 갑옷을 입고 군신軍神처럼 빛나던 그 두 눈동자도 이제는 이리저리 굴리고, 그 살쾡이 같은 여자에게 온통 넋이 빠졌단 말이야. 그 큰 싸움 중에도 가슴의 죔쇠를 단번에 끊던 그분의 장군다운 심장도 이제는 절제란 절제는 모두 포기하고, 집시 같은 여자의 욕정을 식혀 주는 쓸모없는 풀무와 부채가 되어버렸어.

나팔 소리. 안토니우스, 클레오파트라, 시녀, 시종들 등장.

내시들이 클레오파트라에게 부채질해주고 있다.

파일로 아, 저기들 오시는군. 보십시오, 세계의 세 기둥 중 하나인 장군이 이제는 살쾡이 같은 여자의 어릿광대로 전락했소. 자세히 보시오.

클레오파트라 이 몸을 진정 얼마나 사랑하시는지 말씀해보십시오.

안토니우스 헤아릴 수 있는 사랑보다 빈약한 것은 없을 거요.

클레오파트라 아닙니다. 이 몸이 어떤 사랑을 받고 있는지 그것을 정말 알고 싶습니다.

안토니우스 그렇게 알고 싶다면 먼저 새 세상을 찾아내야 될 거요.

시종 등장.

시종 장군님, 로마에서 사자가 왔습니다.

안토니우스 귀찮구나! 간단하게 보고해라.

클레오파트라 아닙니다. 사자를 만나보세요. 혹시 부인께서 화가 났을지도 모르잖아요. 아니면 이제야 수염이 나기 시작한 카이사르가 당신께 엄명을 내렸는지 알아요? "이렇게 해라, 저렇게 해라. 그 왕국을 점령해라, 저 왕국은 해방시켜라. 그대로 이행하지 않으면 용서하지 않겠다"라는 엄명 말이에요.

안토니우스 뭐라고!

클레오파트라 글쎄요, 반드시 그럴 거예요. 더 이상 이곳에 머물러서는 안 돼요. 카이사르로부터 소환장이 왔잖아요. 그러니까 안토니우스, 사자를 만나보세요. 그리고 부인 풀비아의 소환장을 받아보세요. 사자를 불러들이세요. 안토니우스 당신은 분명 얼굴을 붉혔어요. 그것은 당신의 피가 카이사르에게 속해 있다는 것이겠죠. 아니면 저 사나운 풀비아 마님의 호통 때문에 당신의 볼이 겁을 내는 건 아닐 테죠. 어서 사자를!

안토니우스 로마는 테베레 강물에 녹고, 질서 정연한 제국帝國의 웅장한 아치는 무참히 쓰러져라! 여기가 나의 영역이다. 왕국은 진흙이요, 이 땅은 자질구레한 짐승과 인간을 하나로 만들어주고 있지 않은가. 인생의 숭고함은 이렇게 하는 데 있겠지. (클레오파트라를 껴안는다) 한 쌍의 연인, 이렇게 우리가 포옹할 수 있으니 난 형벌의 고초를 무릅쓰고 세상에 고하노라. 우리야말로 천하에 둘도 없는 존재들이다.

클레오파트라 (방백) 이런 거짓말쟁이 좀 봐! 안토니우스는 왜 풀비아와 결혼을 했으면서도 아내를 사랑하지 않는 걸까? 난 바보가 아니지만 바보가 한번 되어볼까. 안토니우스가 본심을 드러낼 거야. 풀비아 마님을 사랑하지 않는다는 걸 믿으라고요?

안토니우스 당신 덕분에. 그럼 자, 사랑의 여신이 주는 부드러운 시간에 맹세할 수 있지만, 귀에 거슬리는 언쟁으로 시간을 헛되이 낭비하지 맙시다. 인생을 새로운 향락 없이 일 초라도 보낼 순 없소. 오늘 밤은 어떠한 즐거움이 기다리는가?

클레오파트라 먼저 사자를 만나보세요.

안토니우스 음, 당신에게는 세상에서 어울리지 않는 것이 없소. 야단을 쳐도, 웃어도, 울어도 말이오. 당신은 아름답고 훌륭하게만 보이는구려! 사자를 만나지 않겠소, 당신의 사자라면 모를까. 오늘 밤은 우리 둘이서 시내를 돌아다니며 민정民情이나 살핍시다. (시종에게) 아무 말도 듣기 싫다. (안토니우스와 클레오파트라, 시종들을 거느리고 퇴장)

디미트리어스   우리 장군님이 카이사르를 저렇게 냉대할 수 있습니까?

파일로   예, 가끔씩 장군님이 본성을 잃으실 때는 저렇습니다. 장군님은 언제나 항상 지녀야 할 그 위대한 본성을 가끔씩 잃곤 하십니다.

디미트리어스   참 유감입니다. 로마에 돌고 있는 소문이 사실이군요. 하지만 내일은 좀 괜찮아지셨으면 좋겠소. 그럼 안녕히 계시오! (두 사람 퇴장)

제2장
같은 장소

몇 시간이 지난 후. 하인들이 접시를 건넌방으로 들고 갔다 들고 나왔다 한다. 그 방에서 술 마시는 소리가 떠들썩하게 난다. 그 방에서 이노바르부스와 다른 세 사람의 로마인이 예언자와 이야기를 하면서 나온다. 잠시 후 클레오파트라의 시녀 차아미안과 아이래스, 내시 마르디안, 시종 알렉사스가 등장한다.

차아미안 알렉사스, 알렉사스, 유능한 사람, 절대적인 존재, 알렉사스. 당신이 여왕님께 입이 닳도록 칭찬하신 예언자는 어디 있습니까? 아, 남편 될 분을 알고 싶어요. 화환 대신에 다른 여자와 자서 뿔이 돋을 거라는 남편 말이에요!

알렉사스 이봐, 예언자!

예언자 예.

차아미안 이분인가요? 당신이 미래를 점칠 수 있나요?

예언자 무한한 자연의 비밀을 좀 읽을 수 있습죠.

알렉사스 손을 좀 내밀어봐요. (차아미안이 손을 내보인다)

이노바르부스 (하인에게) 어서 술과 과일을 가져오너라. 술은 넉넉하게, 클레오파트라 여왕님께 건배를 드려야 하니까. (하인이 테이블 위에다 과일과 술을 차려놓는다)

차아미안 예언자님, 제게 좋은 운수를 내려주세요.

예언자 내려드릴 수는 없습니다. 단지 난 예언을 할 뿐입니다.

차아미안 그럼 예언을 해주세요.

예언자 지금보다 훨씬 더 아름다워질 것입니다.

차아미안 살결 말인가요?

아이래스 아냐, 나이를 먹으면 화장을 하잖아. 그래서 아름다워진다는 거야.

차아미안 주름살은 싫어요.

알렉사스 예언하는 데 방해하지 말고, 자 들어봐요.

차아미안 쉬!

예언자 당신은 사랑을 받기보다는 사랑을 베풀어야겠소.

차아미안　그보다는 술을 마셔서, 간肝이나 뜨겁게 하고 싶은걸요.

알렉사스　좀 잠자코 들어봐요.

차아미안　자, 좋은 운수를! 아침에는 세 분의 임금과 결혼하게 되지만 그분들과 사별하여 과부가 되거나, 쉰 살이 되면 유다의 왕 헤롯이 찾아와서 신하의 예를 취할 아이를 하나 낳게 되거나, 아니면 옥타비아누스 카이사르와 결혼하여 우리 여왕님과 동등하게 될 수 있는 운수를 찾아주세요.

예언자　여왕님보단 오래 살겠소이다.

차아미안　어머나 좋아라! 전 무화과보다 오래 살고 싶어요.

예언자　그런데 미래보다는 지나온 세월이 더 좋소.

차아미안　그렇다면 제 자식들은 성姓이 없겠네요. 아들과 딸은 몇 명이나 되겠어요, 예?

예언자　잉태하고 싶을 때마다 잉태하고 그때마다 아이를 낳는다면 백 명쯤 되겠소이다.

차아미안　바보 같은 사람! 그래도 예언자라고.

알렉사스　이부자리만이 음탕한 비밀을 알고 있는지 아나본데.

차아미안　그럼 아이래스의 운수를 맞혀보세요.

알렉사스　누구나 다 자기 운수는 알고 싶어하지요.

이노바르부스　그야 오늘 밤의 내 운수나 우리들 운수는…… 취해서 자는 거겠지. (술을 잔에 붓는다)

아이래스　(손을 내보이면서) 이건 순결을 나타내는 손금이에요. 다른 것들은 모르겠지만.

차아미안　나일 강의 범람이 흉년을 예언하는 것처럼 말이지.

아이래스　얘는, 못하는 소리가 없구나. 넌 예언을 하지 못해.

차아미안　아냐, 기름진 손이 자식이 많다는 것쯤은 누구나 다 알고 있는걸. 제발 저애한텐 평범한 운수나 예언해주세요.

예언자　서로 비슷한 운수입니다.

아이래스　그래요? 어떻게 비슷하단 말씀이세요? 자세하게 얘기를 해주세요.

예언자　조금 전에 말씀드렸잖습니까?

아이래스　제 운수가 차아미안보다 한 치라도 더 낫지 않단 말이에요?

차아미안　네 운수가 나보다 한 치라도 더 낫다고 하면…… 그 한 치를 넌 어디서 만들 작정이니?

아이래스　내 남편의 코에서는 아냐.

차아미안　아니, 그런 나쁜 생각을! 알렉사스…… 자, 당신 운수를 알아봅시다! 오, 이 나라의 수호신 아이시스여! 제발 이분은 아이를 낳지 못하는 아내를 얻게 하십시오! 그리고 그 아내는 죽고, 그보다 더 못난 아내를 얻게 해주시고, 또 그보다 더 못난 아내를 얻고, 마침내는 가장 못난 아내가 쉰 번도 더 다른 남자와 잠자리를 같이한 후에 비웃음을 받으면서 무덤으로 들어가는 운수를 내려주십시오! 착하신 아이시스 여신이여, 부디 이 청만은 들어주십시오!

아이래스　아멘, 사랑하는 여신님, 저희들의 기도를 들어주소서! 멋진 남자가 정조 관념이 없는 헤픈 아내와 사는 모습은 보기에도 가슴 아픈 일이지만, 잘나지 못한 녀석의 아내가 다른 남자와 자지 못하는 것도 정말로 슬픈 일입니다. 그러니 사랑하는 아이시스 여신이여, 저분의 처지에 알맞은 운수를 내려주십시오!

차아미안 아멘.

알렉사스 아니, 내 아내를 다른 남자와 자게 만들기 위해서라면, 자네들은 스스로 다른 남자와 자는 것도 불사할 모양이군!

이노바르부스 쉬! 장군님이 오시네.

차아미안 아니에요. 여왕님이에요.

클레오파트라 등장.

클레오파트라 장군님을 보았소?

이노바르부스 못 보았습니다. 여왕님.

클레오파트라 여기에 안 오셨던가요?

차아미안 예, 안 오셨어요.

클레오파트라 환락으로 흥이 나시더니 갑자기 로마 생각이 나셨나 보군. 이노바르부스!

이노바르부스 예.

클레오파트라 장군님을 찾아 이리 모셔와요. (이노바르부스 퇴장) 알렉사스는 어디 있지?

알렉사스 예, 여기 있습니다. 저기 장군님이 오십니다.

안토니우스가 사자와 시종 몇 사람을 거느리고 등장.

클레오파트라 난 만나고 싶지 않구나. 자, 우린 들어가자. (클레오파

트라 일행 퇴장)

사자 장군님 풀비아 마님께서 먼저 전쟁을 일으키셨습니다.

안토니우스 내 동생 루키우스와 싸우기 위해서 말인가?

사자 예, 그러나 전쟁은 순식간에 끝이 났습니다. 운명이 두 분을 화해시켰고 두 분은 힘을 합하여 카이사르에게 대항했습니다. 그러나 전세가 유리한 카이사르는 또다시 승리하여 즉시 두 분을 이탈리아에서 몰아냈습니다.

안토니우스 음, 더욱 나쁜 소식은?

사자 최악의 소식을 가져오면 전달자가 미움을 받게 마련입니다.

안토니우스 그건 상대가 바보거나 겁쟁이일 경우다. 자, 어서 말을 계속해라! 그 일은 이미 지난 일 아니냐. 나는 이렇다…… 내게 진실을 말하는 자, 설사 그 말 때문에 죽음이 온다 해도 난 아첨처럼 달게 받겠다.

사자 난처한 소식입니다만, 라비누에스께서 파르티아 군대를 거느리고 유프라테스로부터 아시아를 점령했습니다. 그분의 승리의 깃발은 시리아로부터 리디아와 이오니아까지 휘날리고 있습니다. 그러하온데……

안토니우스 "그럼에도 안토니우스는"이라고 말하고 싶겠지……

사자 오, 각하!

안토니우스 솔직히 말해봐라, 세간의 소문을 들은 그대로. 로마에서는 클레오파트라를 뭐라고 부르더냐. 풀비아가 말한 욕설을 그대로 해봐라. 그리고 나의 잘못을 진실과 악의가 토할 수 있는 그 많은 권리를 가지고 비웃어봐라. 오, 우리의 정신이 멈춰 있을 때 잡초는 무성하기 마련인데, 그때 자기의 악담을 듣는 것은 그 잡초를 제거하는 셈이 되지. 좀 있다 보자.

사자 예, 황공하옵니다. (퇴장)

안토니우스 여봐라, 시키온에서 온 사람을 이리 불러들여라!

시종 1 (문을 열고 부른다) 시키온에서 온 사신, 거기 있습니까?

시종 2 (황급히 들어오면서) 여기 있습니다.

안토니우스 이리 가까이 오너라. (방백) 이집트의 이 강한 족쇄를 지금 당장 끊어야겠다. 만약 끊지 못하면 난 치정 속에서 일신을 망치고 말 것이다.

다른 사자가 편지를 들고 등장.

안토니우스 네가 가지고 온 소식은 무엇이냐?

사자 풀비아 마님께서 운명하셨습니다.

안토니우스 뭐라고! 어디서 운명하셨느냐?

사자 시키온에서입니다. 병마에 시달리셨고 장군께서 궁금해하실 사연들은 여기 다 적혀 있습니다. (편지를 바친다)

안토니우스 너희들은 물러가 있거라. (사자와 시종들이 물러간다) 위대한 영혼은 사라졌구나. 이런 기회가 오길 난 얼마나 바랐던가. 하지만 비웃으며 버린 하찮은 물건도 가끔은 다시 찾고 싶어지거든. 지금의 쾌락도 운명이 바뀌면 고통으로 바뀔 것이다. 죽은 풀비아도 지금 생각해보니 좋은 아내였어. 버렸던 아내를 다시 찾고 싶구나. 나를 붙들고 있는 이 요부 같은 여왕과 인연을 끊어야만 한다. 상상도 못할 수많은 재난이 나의 안일 속에서 생겨날 것이 아닌가.

이노바르부스 다시 등장.

여보게! 이노바르부스!

이노바르부스 부르셨습니까, 장군님!

안토니우스 난 이곳에서 떠나야겠다.

이노바르부스 아니, 그렇게 하시면 여기 있는 여자들을 모두 죽이는 것이 됩니다. 냉정한 처사는 여자들에겐 치명상이거든요. 우리들이 출발하면 오직 죽음이 있을 뿐입니다.

안토니우스 그래도 떠나야겠다.

이노바르부스 부득이한 경우라면 여자들을 죽게 버려둘 수밖에 없겠죠. 하지만 별 이유도 없는데 내던져버리기에는 너무 가엾잖습니까? 국가의 대사에 비하면 여자들은 하찮은 것이긴 합니다만, 클레오파트라가 이런 사실을 알게 된다면 그 자리에서 기절하여 죽을 겁니다. 지금보다 훨씬 못한 상황에서 기절해 넘어진 것을 전 스무 번도 더 보았습니다. 아마 죽음과 여왕님은 무척 친밀한 모양이에요. 여왕님은 죽는 데 아주 능숙합니다.

안토니우스 그 여인은 우리가 상상도 못할 만큼 교활한 잔꾀를 가지고 있다.

이노바르부스 아, 그렇지 않습니다. 여왕님의 정열은 오직 순정으로만 이루어졌습니다. 그분의 한숨과 눈물을 바람이나 비에 비교할 수는 없습니다. 그것은 어느 역사에서도 볼 수 없는 대폭풍입니다.

그분에겐 잔꾀가 없습니다. 만약 그것이 잔꾀라면 그분은 제우스 신같이 비도 내릴 수 있을 겁니다.

안토니우스　처음부터 만나지 않았어야 했어!

이노바르부스　아, 그렇다면 놀라운 걸작품을 보지 못하셨을 거예요. 그런 축복을 받지 못하고 귀국하셨다면 각하께서 애써 이룩하신 원정에 의미가 있을 수 있겠습니까?

안토니우스　풀비아가 죽었소.

이노바르부스　예?

안토니우스　풀비아가 죽었단 말이오.

이노바르부스　마님께서!

안토니우스　그래, 죽었어.

이노바르부스　아, 그럼 하느님께 감사의 제물을 올리십시오. 하느님께서 사내의 아내를 부르시는 건, 이 세상에 재봉사 역을 맡길 사람이 있다는 걸 보여주기 위한 거죠. 헌 옷이 낡으면 새 옷감은 얼마든지 마련해주겠다고 위로해주시는 겁니다. 여자가 풀비아 마님밖에 없다면 장군님으로서는 큰 타격이 아닐 수 없고 슬퍼해야 할 일이지만, 이 슬픔에는 위안이 있잖습니까. 낡은 속옷 대신에 새 속옷이 생긴 셈이거든요. 사실 이 정도의 슬픔이라면 양파 때문에 흘린 눈물로도 씻겨질 것입니다.

안토니우스　풀비아가 본국에서 저질러놓은 일로 나는 내 나라를 비워둘 수가 없소.

이노바르부스　각하가 이곳에서 일으키신 일도 각하의 부재를 허락지 않습니다. 특히 클레오파트라 여왕님과의 일은 오직 각하가 계셔야만 해결됩니다.

안토니우스 그 버릇없는 말은 그만하오. 모든 군사들에게 내 뜻을 알리시오. 나는 출발해야만 하는 이유를 여왕께 알리고 양해를 구하겠소. 풀비아의 죽음이 더 한층 긴급하게 내게 호소할 뿐 아니라, 로마의 여러 동지들이 나의 귀국을 재촉하는 편지를 보내왔소. 섹스투스 폼페이우스는 카이사르에게 도전하여 해상권을 장악하고 있고, 야속한 대중들은 공로가 과거의 것이 될 때까지는 공로 있는 사람을 사랑하지 않는 법인데, 그들은 이미 대大폼페이우스의 온갖 명예를 그의 아들에게 던져주려 하고 있소. 명성과 권력이 높고 용기와 기력이 충천한 그 사람은 천하의 용사처럼 나타났다오. 그대로 두면 국가의 존립이 위태롭게 되고 말리라. 이미 도처에서 준동하고 있으나 물속에 넣으면 뱀으로 변한다는 말총처럼 생명은 있으나 아직 뱀의 독은 갖지 않았을 뿐이오. 그러니 지금 나는 이곳을 당장 떠날 수밖에 없다고 부하들에게 전해주오.

이노바르부스 예, 그렇게 전하겠습니다. (두 사람 퇴장)

제3장
같은 장소

클레오파트라, 차아미안, 아이래스, 알렉사스 등장.

클레오파트라 장군님은 어디 계시지?
차아미안 아까부터 뵙지 못했어요.
클레오파트라 어디서 누구와 무엇을 하고 계시는지 알아봐라. 그러나 절대로 내가 널 보냈다고 말씀드리면 안 돼. 그분이 슬픈 표정이라면 난 춤을 추고 있다고 전해라. 그렇지 않고 명랑하시거든 내가 급한 병이 났다고 전해라. 어서 다녀오너라. (알렉사스 퇴장)
차아미안 여왕님, 그분을 진정 사랑하신다면 그런 방법으로 사랑을 받으시려고 하시는 건 곤란하지 않겠어요?
클레오파트라 그럼 어떻게 해야 되지?
차아미안 항상 그분에게 양보하시고, 그분 생각대로 하시게 놔두세요.
클레오파트라 어리석은 소릴 다 하는구나. 그렇게 되면 그분을 잃고 말아.
차아미안 너무 강하게 유혹하지 마시고, 부디 인내심을 가지고 기다리세요. 너무 짓궂게 대하시면 미움을 받게 될 테니까요.

안토니우스 등장.

차아미안 마침 장군님이 오시네요.

클레오파트라 오늘 기분이 왜 이렇게 언짢을까?

안토니우스 여왕에게 꼭 해야 할 말이 있소.

클레오파트라 나를 부축해 안으로 데려가다오. 차아미안, 왠지 쓰러질 것만 같구나. 이대로는 도저히 버티고 서 있질 못하겠구나.

안토니우스 사랑하는 여왕이여⋯⋯

클레오파트라 제발, 혼자 있게 해주세요.

안토니우스 아니, 왜 그러시오?

클레오파트라 당신의 눈을 보니 다 알겠어요. 무슨 좋은 연락이 있었지요? 부인께서 이제 그만 오시라고 하던가요? 처음부터 부인께서 당신을 이곳에 보내지 않았으면 좋았을 것을! 당신을 제가 이곳에 잡아두고 있다고 부인께 말하지 마세요. 전 당신을 붙잡을 힘이 없어요. 당신은 그녀의 것이잖아요.

안토니우스 신神들도 다 아시겠지만⋯⋯

클레오파트라 아! 이토록 심하게 기만당한 여왕이 또 있을까! 배신당하리라는 건 처음부터 알고 있었지만.

안토니우스 클레오파트라!

클레오파트라 신의 옥좌가 크게 흔들릴 정도로 큰 소리로 맹세를 하시더라도 전 당신을 저에게 충실한 분이라고 생각할 수 없어요. 당신의 부인, 풀비아 님도 배반한 당신이 아닌가요. 제가 제정신이 아니었지, 입술로만 하는 맹세는 금방 깨진다는 것을 알면서도 믿다니!

안토니우스　아, 여왕……

클레오파트라　제발 변명은 하지 말고, 그냥 작별 인사만 하고 떠나세요. 여기 계시겠다고 하셨을 무렵에는 얘기할 가치가 있었습니다. 작별에 관한 말은 없었습니다. 우리의 입술과 눈에는 영원이, 활 모양의 눈썹에는 축복이 깃들어 있었어요. 그리고 우리 신체 어느 부분에서도 하늘의 향기가 넘쳐흘렀어요. 지금도 마찬가지예요. 달라진 것이 있다면, 세계 제일의 무장인 당신이 천하제일의 거짓말쟁이로 변했다는 것뿐이에요.

안토니우스　아니, 여왕!

클레오파트라　저도 당신의 키만큼만 컸으면 좋겠어요. 그랬다면 이집트 여자한테도 용기가 있다는 것을 보여드릴 수 있을 텐데.

안토니우스　여왕, 긴박한 시국이 잠시 나를 요구하고 있소. 그러나 내 사랑은 당신께 보관해두겠소. 조국 이탈리아에서는 내란의 칼이 번득이고, 섹스투스 폼페이우스는 로마를 위협하기 위해 항구까지 육박해왔소. 국내의 두 세력이 팽팽할 때는 기회주의자가 생기고, 미움을 받던 자도 세력이 강해지면 새로이 사람들의 덕망을 받기 마련이오. 추방당한 폼페이우스는 선친의 명성을 등에 업고, 지금의 내정에 불만인 자들의 마음을 잡아, 그 세력이 무시 못할 정도가 되었소. 더구나 평화가 오래되면 염증을 싹트게 해 과격한 변화의 수술이 필요하오. 그리고 내 일신의 일을 이야기하자면, 당신이 나의 출발을 안심해도 좋은 것은 풀비아가 죽었다는 거요.

클레오파트라　이 나이에도 어리석음은 면치 못했어도, 어린애는 아니랍니다. 풀비아가 죽다니요?

안토니우스 정말 죽었소, 여왕. 자, 아내가 어떤 소동을 일으켰는가를, 틈나는 대로 읽어보시오. 그리고 마지막에 가장 좋은 소식인 언제 어디서 죽었는가 보시오.

클레오파트라 아, 이런 믿지 못할 사랑도 다 있을까! 슬픈 눈물을 담아야 할 신성한 눈물단지는 어디에 두셨어요? 이제 알겠어요, 풀비아의 죽음을 보면 저의 죽음이 어떤 대우를 받을 것인가를.

안토니우스 말다툼은 그만하고, 내 가슴속의 계획을 들어보시오. 나의 계획이 실행되느냐 중지되느냐의 여부는 당신의 충고에 달려 있소. 나일 강의 진흙을 옥토로 만드는 태양에 두고 맹세하지만, 나는 당신의 부하로서 출전하여, 전쟁과 평화, 어느 쪽이고 당신의 의향에 따르겠소.

클레오파트라 차아미안, 가슴의 이 끈을 풀어다오. 아니, 그냥 둬. 난 기분이 금방 나빠졌다 좋아졌다 하는구나. 마치 안토니우스의 사랑처럼.

안토니우스 나의 소중한 여왕, 참으시오. 대장부의 진정한 사랑을 믿어주시오. 모든 시련을 이겨내는 꿋꿋한 사랑이니.

클레오파트라 풀비아의 죽음이 좋은 가르침이에요. 제발 얼굴을 저리 돌리시고 부인을 위하여 눈물을 쏟으며, 제게 작별 인사를 하세요. 그리고 이 눈물은 이집트 여왕을 위해 흘리는 눈물이라고 하세요. 자, 한바탕 멋진 연기를 해보세요. 완벽히 진실로 가장한 연기 말이에요.

안토니우스 당장 그만두지 못하겠소? 참을 수가 없구려.

클레오파트라 더 잘하실 수 있겠지만, 그만 해도 훌륭한 솜씨예요.

안토니우스 자, 나의 이 칼에 두고……

클레오파트라 그리고 방패에 두고. 점점 잘하시는군요. 하지만 아직 절정은 남아 있군요. 차아미안, 좀 봐라, 헤라클레스의 후손인 이 로마 영웅에게 분노에 찬 몸짓이 얼마나 잘 어울리는가를.

안토니우스 (머리를 숙이면서) 이만 떠나겠소, 여왕.

클레오파트라 인사성 있는 나리, 한마디만 더 해야겠어요. 당신과 전 헤어져야 합니다. 그러나 이 말을 하려는 건 아니에요. 당신과 저는 지금까지 사랑해왔습니다. 이 말을 하려는 것도 아니에요. 그런 건 당신이 잘 알고 계세요. 내가 무슨 말을 하려고 했더라. 아, 나의 건망증이 안토니우스를 닮았나 봐. 이렇게 다 잊어버릴 수가.

안토니우스 만일 당신이 신하를 부리는 것 같은 그 변덕을 억누르지 않는다면 난 당신을 변덕의 화신이라고밖에 볼 수 없소.

클레오파트라 지금처럼 있는 힘을 다해서 변덕을 부리는 이 클레오파트라도 진땀이 날 정도로 고통스럽습니다. 부디 절 용서하세요. 저의 애교도 당신의 마음에 들지 않으면 제 자신을 망칠 뿐이니까요. 당신의 명예가 당신을 부르고 있습니다. 그러니 소녀의 가엾고 어리석은 푸념에는 귀를 막으시고 모든 신들과 함께 떠나세요! 당신의 칼에 승리의 월계수가 빛나기를! 발밑에는 평탄한 성공의 길이 열리기를!

안토니우스 가보겠소. 자, 우리의 이별은 같이 있는 것이며 함께 떠나는 것이오. 어쨌든 당신은 여기 있지만 당신의 마음은 나와 함께이고, 나는 떠나지만 마음은 항상 당신과 함께라오. 자! (모두 퇴장)

제4장
로마, 카이사르의 저택

옥타비아누스 카이사르 (편지를 읽으면서) 등장. 레피두스, 시종들 등장.

카이사르 레피두스, 당신도 알겠지만, 이 카이스르는 위대한 동료를 증오하는 따위의 악덕과는 이 세상에 태어날 때부터 거리가 먼 사람이오. 그런데 알렉산드리아에서 들어온 보고를 보면 그 사람은 술을 마시며 낚시질과 유흥으로 날이 새는 줄도 모르고 지낸다고 하오. 클레오파트라보다 더하오. 오히려 프톨레마이오스의 여왕 클레오파트라가 안토니우스가 무색하리만큼 행동한다 하오. 정권을 함께 만든 사실을 잊은 모양이오. 그야말로 인간이 범할 수 있는 온갖 과실의 표본이라 할 수 있는 보고가 들어왔소.

레피두스 잘못이 있다 해도 그분의 장점이 모두 가려질 정도라고 볼 수는 없지요. 그분의 결점은 컴컴한 밤하늘의 별같이 뚜렷하게 비치고, 배운 것이라기보다는 선천적이라서 어떻게 할 도리가 없는 것입니다.

카이사르 당신은 너무나 관대하시오. 그럼, 프톨레마이오스 왕실의 침실에 굴러간 일은 잘못이 아니라고 합시다. 환락을 위해서 왕국을 줘버리고, 노예와 한자리에 앉아서 술잔을 나누고, 대낮에 술에 취해 거리를 배회하고, 땀내 나는 악당들과 싸움을 하는, 이런 것들은 다 잘못이 아니라고 합시다. 아니, 그런 것이 그에게 어울린다고 합시다. 그만한 행위가 결함이 되지 않는 사람이 있다면 희귀한 인격자이겠지만, 그러나 안토니우스는 그 잘못을 변명할 길이 없소. 그 사람의 경솔함으로 인해 우리는 큰 짐을 지게 됐으니 말이오. 그가 한가하게 시간을 주색으로 채운다면 심한 위장병이나 골수병으로 보상을 받을 것이오. 그러나 이 급박한 상황에 북을 울려 그 사람을 환락으로부터 깨우고, 그의 것이자 우리의 것인 국가를 위해 그의 깨우침을 요구하고 있는 이 순간에도 그는 허송세월만을 보내고 있소…… 철없는 아이들을 나무라듯이 견책을 받아야만 하오. 성숙한 지혜를 가졌지만 경험을 일시적인 쾌락과 바꾸며 이성에 어긋나는 짓을 하는 아이들을 혼내듯이 말이오.

사자 등장.

레피두스 보고가 또 왔습니다.
사자 각하의 명령대로 실행했습니다. 그리고 고귀하신 카이사르 각하, 정황은 시시각각 들어오기로 돼 있습니다. 폼페이우스의 해상 세력은 강대하며, 카이사르 각하를 두려워하던 무리들도 그자를 따르는 것 같습니다. 이곳저곳의 항구로 불평의 무리들이 모여들어 폼페이우스는 부당하게 학대받고 있다는 소문을 퍼뜨리고 있습니다.
카이사르 그 정도의 일은 전부터 알고 있었어야 했지. 언제나 그랬지만 권력가는 일단 권력을 잡으면 인기를 잃고, 운명이 기운 자는 그 가치가 사라질 때까지는 누구에게도 사랑받지 못하다가 막상 죽은 후에야 애석히 여겨지는 법이거든. 대중의 마음이란 건, 흐르는 물속에 떠 있는 갈대 같아서 물결에 이리저리 밀려다니다가 마침내는 저절로 썩고 마는 법이지.

사자 카이사르 각하, 이 보고를 들어보십시오. 저 유명한 해적 메네크라테스와 메나스는 온갖 종류의 배를 가지고 한없이 날뛰며 해상을 지배하고, 이탈리아를 빈번히 맹습하고 있습니다. 그래서 해안 주민들은 공포에 싸여 핏기를 잃고, 혈기 왕성한 청년들은 모반에 가담하고, 선박은 출항하기가 무섭게 붙잡히는 형편입니다. 폼페이우스의 이름은 실력 이상으로 민심에게 위력을 발휘하고 있습니다.

카이사르 안토니우스여, 그 음란한 주연을 걷어치워다오. 예전에 그대가 두 집정관 히르티우스와 팬서의 목을 벤 다음 모데나에서 패전했을 때의 일이었지. 그때 퇴각하는 군대의 뒤를 굶주림이 따라붙었는데, 그대는 귀한 몸이면서도 야만인보다 더한 인내성을 발휘하여 그 굶주림을 극복하질 않았나. 말 오줌을 마시고, 짐승들조차 먹지 못한 누런 흙탕물을 마셨고, 더러운 울타리에 열린 깔깔한 딸기도 맛있게 먹었지. 아니, 눈 쌓인 목장의 수사슴같이 나무껍질도 먹었고, 너무 괴상해서 보기만 해도 죽은 사람이 있었다는 그 살코기를 먹었다고 하지 않았나. 지금 이런 이야기를 한다는 것은 그대의 명예만 더럽힐 뿐이겠지만, 모든 고난을 무인답게 잘 견디어서 얼굴조차 여위지 않았었지.

레피두스 참 애석한 일입니다.

카이사르 어서 자신의 수치를 깨우치고 로마로 귀환하게 합시다. 우리 두 사람은 지금 당연히 싸움터에 나가 있어야 할 사람이오. 그러니 즉시 회의를 소집합시다. 우리가 어물대는 틈에 폼페이우스의 세력만 확장될 뿐이오.

레피두스 그럼 카이사르 각하, 이 시국에 대응하기 위하여 해상과 육상에 어느 정도의 군사를 동원할 수 있을 것인지, 내일 정확히 보고드리리다.

카이사르 그럼, 그때까지 나 역시 모든 준비를 하겠소. 안녕히 가시오.

레피두스 그럼 다시 봅시다, 각하. 그사이 해외의 정세에 관해서 정보를 얻게 된다면 부디 내게도 알려주시기 바라오.

카이사르 염려 마시오, 그것은 내 의무요. (두 사람 퇴장)

제5장
알렉산드리아, 클레오파트라의 궁전

클레오파트라, 차아미안, 아이래스, 마르디안 등장.

클레오파트라 차아미안.

차아미안 예, 여왕님.

클레오파트라 (하품을 하면서) 아, 아! 만드라고라즙 좀 가져다다오, 마셔야겠다.

차아미안   아니, 왜 그러셔요, 여왕님?

클레오파트라   글쎄, 나의 소중한 안토니우스가 안 계시는 이 공허한 시간을 잠이나 자면서 지내고 싶구나.

차아미안   여왕님께선 그 어른을 너무 생각하고 계세요.

클레오파트라   아, 그 말은 반역자나 할 수 있는 말이다!

차아미안   여왕님, 그렇지 않습니다.

클레오파트라   여봐라, 마르디안!

마르디안   예, 여왕님.

클레오파트라   지금은 네 노래를 듣고 싶지 않다. 내시의 몸으로 나를 즐겁게 할 수 있는 것은 하나도 없구나. 너는 거세된 덕분에 이집트 밖까지 날아갈 방종한 마음은 안 가졌을 테니 좋겠구나. 네게도 정열이 있느냐?

마르디안   예, 있습니다, 여왕님.

클레오파트라   사실이냐?

마르디안   사실을 말씀드리자면 행동으로는 못합니다. 정숙한 일 외에는 아주 무능하니까요. 하지만 뜨거운 정열을 지니고 있어서, 비너스와 마르스 사이의 일을 상상한답니다.

클레오파트라   오, 차아미안, 그분은 지금 어디 계실 것 같니? 서 계실 것 같니, 앉아 계실 것 같니? 걸어 다니실 것 같니, 말을 타고 계실 것 같니? 오, 행복한 말[馬], 안토니우스를 등에 태우고 있으니! 잘해라, 말아! 네가 태우고 있는 그분이 어떤 분인 줄 아느냐? 천하의 삼분의 일을 등에 짊어지신 영웅이요, 인류의 칼이자 투구이신 무인이시란다. 지금 무슨 명령을 내리고 계실 거야. 혹시 "유서 깊은 나일 강의 뱀은 어디 있을까?" 이렇게 말하고 계실지도 몰라. 그분은 나를 그렇게 부르시니까. 지금 나는 달디단 독을 먹고 있다. 태양에게 너무나 사랑을 받아 살결이 까맣게 타고, 나이를 먹어 주름살까지 깊어진 나를 생각하고 계실까? 이마 넓은 선대의 대카이사르가 살아 있을 때에 나는 그 제왕의 희롱감이었지. 그리고 대폼페이우스는 내 얼굴에서 자기의 눈길을 떼지 못하고 못 박은 채 나를 자기의 생명인 양 바라보곤 했지.

알렉사스가 안토니우스한테서 돌아온다.

알렉사스 이집트 여왕님 만세!
클레오파트라 너는 마르쿠스 안토니우스와는 왜 그렇게도 다르냐! 하지만 그분한테서 왔으니, 그분의 빛으로 조금은 빛나 보이는구나. 그래, 나의 용감한 마르쿠스 안토니우스는 어떠시냐?
알렉사스 여왕님, 마지막으로 그 어른은 입맞춤을 하셨습니다! 이 진주에 여러 번 입맞춤을 하셨어요…… 그리고 그 어른의 말씀은 이 가슴에 못 박혀 있습니다.
클레오파트라 그것을 뽑아다가 내 귀에 넣어야겠다.
알렉사스 그분은 이렇게 말씀하셨습니다. "여봐라, 너는 이렇게 전해라. 굴 속에서 나온 이 보물은 진실한 로마인이 대이집트 여왕님께 보내는 선물이오. 그리고 이 선물로는 부족하기 때문에 당신의 부유한 옥좌 밑으로 여러 왕국을 보태드리겠소. 동방의 모든 나라는 장차 당신을 여왕으로 모실 것이오"라고 말씀하시고 머리를 끄

덕이셨습니다. 그리고 백전에서 훈련된 군마 등에 위풍당당하게 올라타셨습니다. 그런데 그 군마가 어찌나 크게 울던지 제가 하고 싶은 말을 못 하고 말았습니다.

클레오파트라 그런데 그분이 우울하시더냐, 즐거워하시더냐?

알렉사스 일 년 중 추위와 더위의 양극단의 중간 계절같이 우울하시지도 즐거워하시지도 않았습니다.

클레오파트라 오, 참으로 균형이 잘 잡힌 천품이시구나! 차아미안, 그 모습이 바로 그분이시다. 가슴에다 새겨듣도록 해. 그분이 우울하지 않으신 까닭은, 부하들이 대장의 안색을 모방할까 그들에게 위엄을 보이시는 것이다. 그리고 즐거워하지도 않으셨다는 건 추억이 기쁨과 더불어 이집트에 남아 있음을 부하들에게 알리고 싶어서 그럴 거야. 그리고 그 중간이라고. 오, 세상에선 볼 수 없는 천품이시구나! 슬픔과 즐거움의 그 어느 쪽이든 그분한테는 알맞다. 다른 사람은 도저히 흉내 내지 못할 것이다. 그래, 내 사신들을 만났느냐?

알렉사스 예, 여왕님, 스무 명도 넘게 만났습니다. 왜 그렇게 연달아서 사신들을 파견하셨습니까?

클레오파트라 내가 그분에게 사신을 보내기를 잊는 날엔, 난 거지가 되어 죽으리라. 차아미안, 잉크와 종이를 좀 가져오너라. 잘 돌아왔다, 알렉사스. 그런데 차아미안, 나는 선대의 대카이사르도 이토록 사랑하진 않았었지?

차아미안 오, 그 훌륭하신 대카이사르!

클레오파트라 한 번만 더 그런 입을 놀리면 네 목구멍을 막아 죽일 거야! 훌륭하신 안토니우스 님이라고 말하지 않고!

알렉사스　늠름하신 대카이사르!

클레오파트라　남자 중의 남자인 나의 소중한 안토니우스와 비교하다니, 이 나라의 수호신 아이시스에 두고 맹세하지만 네 입을 막아 버릴 테다.

차아미안　황공하오나 저는 여왕님의 말씀을 흉내 냈을 뿐이에요.

클레오파트라　그때 그런 말을 한 것은 내가 어린 탓으로, 판단은 서툴고 정열도 없던 시절이었다. 자, 어서 잉크와 종이나 가져오너라. 날마다 몇 차례씩 사신을 보내겠다. 설사 이 나라를 사람이 없는 곳으로 만든다 해도. (모두 퇴장)

제2막

제1장
메시나, 폼페이우스의 저택

폼페이우스, 메네크라테스, 메나스, 무장을 하고 등장.

폼페이우스 신들이 공정하시다면, 가장 정당한 사람들을 도와주실 것이오.

메나스 위대하신 폼페이우스 장군, 지금 당장 하늘의 도움이 없다 해서 버림을 받은 것은 아닙니다.

폼페이우스 하지만 신께 정성을 드리고 있는 사이에 우리가 원하는 것은 썩고 말 겁니다.

메나스 인간은 원래 미련한 탓으로 스스로 화를 부르지만, 현명한 신들은 우리를 위해서 거절하십니다. 그래서 결국 우리의 기도가 헛되이 되는 것이 도리어 이익이 되게 마련입니다.

폼페이우스 나는 잘될 것이오. 민중은 나를 사랑하고 바다는 내 것이오. 그리고 병력은 늘고 있고, 내 운명은 마침내 보름달같이 될 것이오. 마르쿠스 안토니우스는 이집트에서 흥청대는 중이어서 밖으로 나와 싸우지는 않을 것이오. 카이사르는 백성을 착취하여 민심을 잃고 있소. 레피두스는 카이사르와 안토니우스에게 아첨하고, 그 두 사람 또한 그자에게 아첨하고 있소. 그들은 서로 사랑하거나 존중하는 그런 사이가 아니오.

메나스 카이사르와 레피두스는 벌써 강대한 병력을 거느리고 출전하고 있다고 합니다.

폼페이우스 어디서 들었나? 그건 낭설이야.

메나스 실비우스한테 들었습니다.

폼페이우스 그건 몽상이오. 내가 알기에 두 사람은 지금 로마에서 안토니우스가 오기만을 고대하고 있는 중이오. 음탕한 클레오파트라여, 사랑의 온갖 마력으로 그 시든 입술을 부드럽게 하여 매력과 미모의 색정의 힘으로 그 방탕아를 주연의 좌석에 매어두고, 취기로 그자의 머리를 몽롱하게 해다오. 그리고 솜씨 좋은 조리사들이여, 물리지 않는 음식으로 그자의 식욕을 돋워다오. 그러면 잠과 포식으로 그자의 명예는 물러가 마침내는 망각의 강물 속으로 빠지지 않겠나……

바리아스 등장.

폼페이우스 무슨 일이냐, 바리아스?

바리아스   가장 정확한 보고입니다. 지금 로마에서 이제나저제나 하고 마르쿠스 안토니우스를 학수고대하고들 있는 중이랍니다. 이집트를 떠나서 벌써 도착할 날짜가 지났답니다.

폼페이우스   이렇게 심각한 보고가 아니었던들 귀가 좀 더 솔깃했을 것이다. 메나스, 그 호색의 방탕자가 이런 대단찮은 전쟁에 투구를 쓸 줄은 몰랐구려. 무인으로서 그 사람의 역량은 다른 양인의 배나 되오. 그러나 이 기회를 우리들은 더 큰 자랑으로 생각합시다. 우리의 반란으로 그만한 호색한 안투니우스도 이집트 과부의 무릎을 뿌리치고 나왔으니 말이오.

메나스   카이사르와 안토니우스가 친해질 것 같지는 않습니다. 안토니우스의 죽은 부인은 카이사르에게 반역했고, 그의 아우 또한 카이사르에게 도전을 했습니다. 물론 안토니우스의 사주는 아닌 것 같습니다만.

폼페이우스   그러나 메나스, 작은 반목은 큰 반목 앞에 길을 양보할는지도 모르오. 우리가 분연히 일어나지 않았다면 그들은 틀림없이 자기네끼리 맞서 싸웠을 것이오. 그들은 서로가 칼을 뽑을 충분한 이유를 가지고 있으니까. 그러나 우리에 대한 공포로 그들의 분열이 얼마만큼 결합될 것인지, 사소한 내분이 얼마만큼 그들을 재단결케 할는지는 알 수 없는 일이오. 그건 하느님의 뜻에 맡깁시다! 우리로선 최선을 다하는 것뿐이오, 메나스.

(모두 퇴장)

제2장
로마, 레피두스의 집

이노바르부스와 레피두스 등장.

레피두스 이노바르부스, 자네 대장님께 부드럽고 점잖게 말을 하시라고 권하게. 이건 자네의 임무에 알맞은 일이니까.

이노바르부스 예, 그분답게 말씀하시라고 권해보겠습니다. 그분이 만약 카이사르 때문에 화가 난다면, 군신같이 꼭대기에서 카이사르를 호통쳐줘야 마땅하죠. 주피터 신에 두고 맹세하지만, 제가 안토니우스 장군의 수염을 갖고 있다면 깎지 않고 카이사르를 만나러 가겠습니다.

레피두스 지금은 개인적 감정을 다툴 때가 아니네.

이노바르부스 화가 나면 때와 장소를 가리지 않습니다.

레피두스 그러나 작은 일은 큰일을 위해서 양보해야지.

이노바르부스 작은 일이 먼저 일어나면 그렇게는 안 됩니다.

레피두스 너무 감정적으로 말하지 말게나. 그리고 다 꺼진 불을 다시 일으켜서는 안 되네. 마침 안토니우스 장군이 오시는군.

안토니우스가 벤티디우스와 이야기를 하면서 등장.

이노바르부스　아, 저기 카이사르 각하도.

　　카이사르, 미시너스, 아그리파 다른 쪽 문에서 등장.

안토니우스　합의가 되면 우리는 파르티아로 떠나게 되지. 여보게, 벤티디우스.
카이사르　글쎄 잘 모르겠소, 미시너스. 아그리파한테 물어보시오.
레피두스　두 분 동료 각하, 우리를 결속시킨 것은 중대한 사태 때문이니 사소한 일로 분열해서는 안 됩니다. 서로 불평이 있다면 점잖게 논의합시다. 우리가 사소한 의견 차이로 크게 다투면, 상처를 치료하려다가 도리어 생명을 잃고 마는 격이 됩니다. 그러니 정권을 나눠 가진 나의 동료 두 분 각하, 간청이오니 언짢은 것은 부드러운 말로 논하시고, 시비조로 사건을 키우지는 말아주십시오.
안토니우스　좋은 말씀이오. 우리가 진두에 서서 서로 싸우게 될 경우라도 나는 이렇게 할 것이오. (카이사르의 손을 쥔다)
카이사르　잘 돌아오셨소.
안토니우스　고맙소.
카이사르　앉으시지요.
안토니우스　예, 먼저 앉으시지요.
카이사르　그럼, 내가 먼저 앉겠소.
안토니우스　내가 알기로는, 각하께서는 오해하시고 당신과 상관없는 일을 비난하고 계시오.
카이사르　나는 비웃음을 받을 것이오, 만약 근거도 없는 일에 또는 관계도 없는 일로 다른 사람도 아닌 당신에게 화를 냈다면 말이오. 더구나 나와 아무런 상관도 없는 경우에 당신을 비난했다면 더욱더 비웃음을 받아야 마땅할 것이오.

안토니우스 카이사르 각하, 나의 이집트 체류가 도대체 당신과 무슨 관계가 있단 말씀이시오?

카이사르 내가 이곳 로마에 있음과 마찬가지로 당신의 이집트 체류는 무관한 일일 것이오. 그러나 당신이 그곳에서 음모를 계획했다면, 당신의 이집트 체류가 나로서는 문제가 될 수밖에 없소.

안토니우스 음모라니, 대체 무슨 뜻이오?

카이사르 이곳에서 내게 벌어진 사건으로 미루어 내 뜻을 추측할 수 있지 않소! 당신의 부인과 동생이 나에게 싸움을 걸어왔는데, 그 목적은 당신을 위한 것이었고, 당신의 이름이 싸움의 명분이었소.

안토니우스 당신은 사태를 오해하고 계시오. 내 아우는 이 형을 전쟁의 구실로 내세우지는 않았소. 나는 벌써 그 싸움에 대해 당신 진영의 신빙성 있는 어떤 자로부터 보고를 받았소. 내 아우는 당신의 위신뿐 아니라 내 위신도 깎은 것이 되었소. 그뿐 아니라 내가 당신과 같은 길을 가려는 이상, 그 싸움은 내 의사에도 반대되는 것이 아니겠소? 이에 관해서는 먼저 보낸 편지에 이미 해명했을 거요. 당신은 그 싸움의 진상을 규명하지 못하고 그 동기만을 조작하시려 하겠지만, 그건 부당한 말씀이시오.

카이사르 당신은 이쪽의 무분별을 비난하고 당신 자신을 칭찬하고 있지만, 당신이야말로 변명을 하고 있소.

안토니우스 아니오, 그렇지 않소. 당신이 그만한 판단이 없을 리는 없소. 당신의 동료로서 당신과 동맹하여 싸운 내가, 자기의 평화를 위협하는 그 전쟁을 선의의 눈으로 볼 수는 없는 일이오. 내 아내로 말하자면, 그런 여걸을 아내로 맞아보면 알겠지만, 천하의 삼분의 일은 간단한 재갈로 쉽게 제어할 수 있을지 몰라도, 그런 아내는 도저히……

이노바르부스 (방백) 다들 그런 아내를 가졌다면 부부가 동반해서 전쟁에 나갈 수 있을 것 아닌가!

안토니우스 그렇게도 다루기 힘든 여자요. 카이사르, 그녀의 소동은 성마른 본성의 소치인 데다가 심술궂고 민첩한 계략도 있었소. 그 때문에 당신을 괴롭히게 된 것은 유감스럽게 되었지만, 나로서는 도저히 어떻게 할 수 없는 일이었소.

카이사르 서한을 보냈더니, 당신은 알렉산드리아에서 방탕한 생활을 하고 있는 중이라 그 서한을 품속에 집어넣어버리고, 내 사자를 모욕하고 접견도 하지 않았소.

안토니우스 아니오, 그때 그자는 나의 승인도 없이 함부로 들어왔소. 마침 세 사람의 왕을 새로 대접하고 난 후라 좀 취해서 아침나절의 내가 아니었다오. 그러나 이튿날 직접 그자에게 사정을 설명했으니, 그건 용서를 구한 거나 다름없소. 우리의 시비에 그자를 개입시키지 맙시다. 우리가 시비를 다투더라도 그자는 문제 밖으로 돌려야 하오.

카이사르 당신은 맹세한 조문을 자기 스스로 깼소. 설마 그 책임을 내게 전가시키진 않으실 거라 믿소.

레피두스 좀 진정하십시오, 카이사르!

안토니우스　아니오, 레피두스. 말하게 그냥 두시오. 나더러 신의가 없다고 하시는 모양이나, 신의란 건 성스러운 것이오. 어서 계속하시오, 카이사르. 내가 맹세한 조문은……

카이사르　나의 요청이 있을 때 무력 원조를 한다는 맹약을 당신은 거부했소.

안토니우스　그런 게 아니라 태만했던 탓이오. 그때로 말하면 환락에 마비되어 내 자신을 잃고 말았던 때였소. 정중히 사과하겠소. 그러나 내 자신의 솔직함이 내 위신을 손상하지도 않을 것이고, 나의 위신 또한 그와 같은 솔직함 없이는 존재할 수 없소. 사실 풀비아는 나를 이집트에서 불러내기 위하여 이곳에서 반란을 일으킨 것이오. 나로서는 알지 못한 일이었으나, 내가 그 원인이었으니 내 명예로써 구할 수 있는 최대한의 용서를 구하겠소.

레피두스　훌륭한 말씀입니다.

미시너스　죄송하지만, 이 정도로 서로의 주장을 굽혀주시기 바랍니다. 서로의 불만은 이제 완전히 잊어버리시고, 지금 가장 급한 일이 두 분 각하의 화해를 요청하고 있음을 기억하시기 바랍니다.

레피두스　좋은 말이오, 미시너스.

이노바르부스　아니면 당분간만이라도 화해하시고, 폼페이우스의 일이 끝난 뒤에 다시 시작할 수도 있잖겠습니까? 그 일이 끝나면 많은 시간이 생길 테니까요.

안토니우스　자네 같은 일개 군인은 참견하지 마.

이노바르부스　진실을 말해서는 안 된다는 걸 깜빡 잊고 있었군요.

안토니우스　자네의 말은 이 자리에 도움이 전혀 안 되니 아무 말 하지 말게.

이노바르부스 그러면 앞으로 돌이 되겠습니다.

카이사르 저자의 말은 마음에 들지 않지만, 이야기 내용은 일리가 있군. 우리 두 사람의 성격이 이렇게 차이가 있어서야 우정을 오래 지속할 수 없을 것 아닌가. 우리 두 사람을 결합시킬 무슨 테는 없을까. 있다면 세계의 끝까지라도 찾아가서 구해보겠는데.

아그리파 황송하오나, 카이사르 각하.

카이사르 어서 말해보시오, 아그리파.

아그리파 각하께서는 이복 누님이 계십니다. 칭찬이 자자한 옥타비아 말입니다. 그런데 마르쿠스 안토니우스 각하는 지금 독신이십니다.

카이사르 함부로 그런 말을 하지 마시오, 아그리파. 클레오파트라가 그 말을 들으면 당신은 큰 비난을 받게 될 거요.

안토니우스 카이사르, 나는 아내가 없소. 아그리파의 얘기를 좀 더 듣고 싶소.

아그리파 두 분 각하가 영원한 친목을 도모하고, 형제가 되어 마음을 풀리지 않을 매듭으로 결합시키기 위해서, 안토니우스 각하께서 옥타비아를 아내로 맞으십시오. 그분의 미모로 말하자면, 마땅히 가장 탁월한 대장부를 남편으로 삼을 만하며, 다른 부인네들로서는 감히 자랑하지 못할 만한 숙덕과 여러 미덕을 지니고 계십니다. 지금은 크게만 보이는 온갖 소소한 의혹이며, 위험한 듯 보이는 온갖 큰 공포들은 이 결혼으로 다 없어지고 말 것입니다. 그렇게 되면 사실도 뜬소문이 되고 말 것입니다. 지금의 상태로는 거짓말도 진실인 양 믿어지고 있습니다만, 두 분에 대한 그분의 애정으로 두 분 각하는 유대가 강해질 것이며 대중 또한 두 분 각하를 사랑하게 될 것입니다. 주제넘게 소견을 말씀드려 죄송합니다만, 이건 즉흥적인 생각이 아니라 의무감에서 항상 생각해오던 의견입니다.

안토니우스 카이사르의 의견은?

카이사르 아그리파의 제안에 대해서 안토니우스의 의견을 먼저 들려주시오.

안토니우스 그럼 내가 "아그리파, 부탁하오" 한다면, 아그리파는 이 일을 무사히 주선해낼 거란 말입니까?

카이사르 카이사르의 전권을 위임하겠소. 그리고 옥타비아에 대한 카이사르의 전권도.

안토니우스 경사스러운 이 좋은 제안에 이견이 있을 리 있겠소? 자, 손을 이리 주시오. 화해를 합시다. 이제부터는 형제지간의 애정을 가지고, 우리의 대업을 추진합시다.

카이사르 악수합시다. 어떤 형제라도 그토록 사랑하지는 않았을 누님을 당신에게 드리겠소. 그녀는 우리 두 사람의 영토와 마음을 결합시키는 요인이 될 것이오. 이제 다시는 서로 의를 상하지 않게 합시다!

레피두스 경사스런 일입니다. 아멘!

안토니우스 내가 폼페이우스에게 칼을 뽑는다는 것은 뜻밖의 일이오. 그는 얼마 전에 나에게 비상한 친절을 베풀었었소. 그러니 후세의 비난을 면하려면 나는 응당 답례를 한 후에 도전을 해야 할 것 같소.

레피두스 시기가 절박합니다. 이쪽에서 당장 폼페이우스를 찾아 공격해야 합니다. 지체하고 있으면 우리가 공격을 당합니다.

안토니우스 그는 지금 어디에 박혀 있소?

카이사르 미세늄 산 부근에.

안토니우스 그쪽의 병력은?

카이사르 막강한 데다가 증강 중이오. 해상은 그쪽에서 완전히 장악하고 있소.

안토니우스 의기충천한가 보군. 이럴 줄 알았으면 좀 더 빨리 화해를 할걸. 서두릅시다. 하지만 무장을 하기 전에 아까 그 얘기를 결말 지읍시다.

카이사르 대찬성이오, 곧 안내하여 누님을 만나게 해드리겠소.

안토니우스 자, 레피두스, 당신도 반드시 참석해주시오.

레피두스 설령 아프더라도 어떻게 안 갈 수 있겠습니까? (트럼펫 소리. 카이사르, 안토니우스, 레피두스 퇴장)

미시너스 귀국을 축하하네.

이노바르부스 카이사르의 충신 미시너스! 내 친구 아그리파!

아그리파 이노바르부스!

미시너스 일이 잘돼서 기쁘군. 이집트에 있는 동안 좋았지?

이노바르부스 그렇다네. 매일 주연으로 밤을 새웠지.

미시너스 아침에 두 사람이 멧돼지 여덟 마리를 구워 먹었다는데, 사실인가?

이노바르부스 굉장한 주연이었지.

미시너스 여왕이 대단하다던데?

이노바르부스 시드누스 강에서 안토니우스 장군을 만났을 때, 장군은 여왕에게 마음을 사로잡혔지.

아그리파 꾸며낸 소문이 아니라면, 여왕은 정말 굉장했다더군.

이노바르부스 맞다네, 내 얘길 들어보게. 여왕이 탄 배는 황금 옥좌처럼 빛났다네. 선미의 갑판에는 황금 마루가 깔렸고, 자줏빛 돛이 풍기는 향기에 바람도 사랑에 빠진 듯 흐느적거렸지. 온통 은빛인 노를 피리 소리에 맞춰 저어나가자 물결도 사랑에 빠졌는지 뒤쫓아 오더군. 여왕의 모습은 말이 필요 없었지. 금실로 짠 비단 차일 아래 누워 있는 모습은 그림 속 비너스보다 아름다웠고, 오목하게 파인 보조개는 미소년 큐피드를 뛰어넘었으며, 오색 부채로 부채질을 하는 사이사이 보이는 두 볼엔 홍조가 황홀하게 빛나더란 말이야.

아그리파 안토니우스 장군이 감격하실 만하군!

이노바르부스 바다의 요정 같은 시녀들이 인어 떼처럼 여왕에게 시중드는 모습은 여왕을 더 빛나게 했지. 배에서 풍기는 신기한 향기가 해안에 모인 사람들의 코를 간지럽혔다네. 부근에 있는 사람들이 모두 여왕을 보기 위해 몰려왔고, 안토니우스 장군은 광장에 홀로 앉아 하늘에 대고 휘파람을 불고 있었지.

아그리파 정말 황홀하군!

이노바르부스 여왕이 상륙하자 장군은 만찬에 초대했지. 그런데 여왕은 도리어 안토니우스 장군을 손님으로 모시고 싶다고 청해왔다네. 예의 바른 장군은 열 번이나 얼굴을 만지고 만찬에 참석했지. 만찬의 대가로 심장을 내주었을 거야. 사실 장군의 눈이 먹어치웠을 텐데 말이야.

아그리파 굉장한 여인임엔 틀림없다는군! 카이사르도 장검을 내던지고 여왕을 경작했지, 여왕이 그 수확을 거두었지만 말이야.

이노바르부스 언젠가 여왕이 마흔 걸음이나 뛰다시피 달리는 걸 본 적 있는데 숨이 차서 헐떡거리며 말을 하는 모습이 정말 아름다웠다네.

미시너스 이제 안토니우스 장군은 여왕과 헤어져야 하네.

이노바르부스 그렇게 안 될걸. 여왕은 나이가 들어도 시들지 않고, 재주가 많아 항상 새로움을 보여준다네. 다른 여자들로 만족을 얻고 나면 싫증이 나는데, 여왕은 포식한 후에도 항상 욕구가 생기게 하지. 세상에서 제일 비열한 일도 여왕이 하면 근사해 보이거든. 사제들도 여왕의 방종을 축복할 정도니 말이야.

미시너스 미모와 정절이 안토니우스의 마음을 사로잡을 수 있다면 옥타비아야말로 장군에게 행운의 여신이 될 텐데.

아그리파 자, 가세. 이노바르부스, 이곳에 머무는 동안 나의 손님이 되어주게.

이노바르부스 고맙네. (모두 퇴장)

제3장
로마, 카이사르의 저택

안토니우스와 카이사르 등장. 두 사람 사이에 옥타비아가 앉아 있다.

안토니우스 위급한 상황에 처할 때도 있는 나의 직책이 종종 이 몸을 당신의 품으로부터 떼어놓을는지도 모르오.

옥타비아 그런 때는 언제나 신들 앞에 무릎을 꿇고 당신을 위하여 기도드리겠어요.

안토니우스 잘 자요, 옥타비아. 나의 흠을 세상의 소문대로 듣지 마시오. 지금까지는 행실이 단정치 못했으나 앞으로는 모든 규율을 지키겠소. 그럼 잘 자요, 사랑하는 여인이여.

옥타비아 안녕히 주무세요.

카이사르 푹 쉬시오. (카이사르가 옥타비아를 데리고 퇴장)

　　예언자 등장.

안토니우스 아니, 자넨 이집트로 돌아가고 싶은가 보군?

예언자 제가 이곳으로 오지 않았거나, 아니면 장군님께서 그곳에 오시지 않더라면 좋았을 거라고 생각하고 있습니다.

안토니우스 왜 그렇지?

예언자 전 마음속으로는 알지만, 입 밖으로는 표현하지 못합니다. 하지만 다시 이집트로 가십시오.

안토니우스 어서 말해보게. 어느 쪽 운수가 좋을 것 같은가, 카이사르인가, 나인가?

예언자 그거야 카이사르의 운수죠. 그러니 오, 안토니우스 각하, 카이사르 곁을 피하십시오. 각하의 수호신, 각하를 수호하는 정령은 카이사르만 없으면 고귀하고 용감하고 숭고하여 아무도 대항할 수 없습니다. 그러나 카이사르가 곁에 있으면 각하의 수호신은 겁을 내고 압도당해버립니다. 그러니 그분과는 멀리 떨어져 계셔야 합니다.

안토니우스 그런 소린 이제 그만하게.

예언자 각하 이외의 다른 사람에게는 말하지 않겠습니다, 각하 이외의 다른 분에게는 절대로. 그분과는 어떤 승부를 해서도 반드시 각하께서 지십니다. 타고난 운수가 좋아서 그분은 불리한 입장에서도 각하를 넘어뜨립니다. 그분이 곁에서 빛나고 있으면 각하의 빛은 흐려지고 맙니다. 각하의 정령이 그분이 곁에 있으면 전부 겁을 내어 각하를 수호하지 못하니까 그렇습니다. 그러나 그분만 곁에 없으면 다시 훌륭해지십니다.

안토니우스 물러가게. 벤티디우스에게 내가 보잔다고 전해주게. 그를 파르티아에 파견해야겠어. (예언자 퇴장) 신통력인지 우연인지 몰라도 예언자 말이 맞아. 주사위조차 카이사르 뜻대로 나오고 두 사람이 시합을 하면 내 솜씨가 나을 때도 그 사람의 좋은 운수 때문에 나는 맥을 못 추거든. 둘이서 제비를 뽑아도 그 사람이 이기고 닭싸움을 붙여봐도 그 사람 닭이 이기잖아, 전혀 비교도 안 되는 경우에도 말이야. 그리고 메추리를 새장에 넣어서 싸움을 붙여보면 형편없는 그 사람 것이 내 것을 때려눕히거든. 나는 이집트로 가야겠어. 화목을 위해서 이번 결혼을 하기로 했지만, 나의 쾌락은 동방에 있지 않는가.

벤티디우스 등장.

오, 벤티디우스, 자넨 파르티아로 가봐야겠네. 자네 임명장은 나와 있으니, 이리 따라오게, 그걸 줄 테니. (두 사람 퇴장)

제4장
같은 장소, 거리

레피두스, 미시너스, 아그리파 등장.

레피두스 이젠 그만 염려들 하고, 어서 장군님들 뒤를 쫓아가보게.
아그리파 예, 마르쿠스 안토니우스 각하께서 옥타비아 님과의 키스만 끝나면, 저희들은 따라가게 됩니다.
레피두스 다음에 만날 때 갑옷 입은 자네 두 사람을 보겠군. 두 사람에게 잘 어울릴 테지. 그럼 그때 또 만나세.
미시너스 예, 레피두스 각하. 여정으로 보아 저희들이 각하보다 먼저 그 산에 도착할 것 같습니다.
레피두스 자네들 길은 지름길이거든. 나는 볼일 때문에 부득이 돌아서 가야 하네. 자네들이 나보다 이틀은 먼저 도착하겠지.
미시너스, 아그리파 그럼, 성공을 빌겠습니다!
레피두스 그럼 잘들 가보게. (모두 퇴장)

제5장
알렉산드리아, 클레오파트라의 대궐

클레오파트라, 차아미안, 아이래스, 알렉사스 등장.

클레오파트라 음악을 좀 들려다오. 음악은 사랑하는 사람들의 우울한 음식이니.

모두 자, 음악을!

클레오파트라 음악은 그만두고 당구를 치자꾸나, 차아미안, 자.

차아미안 전 팔이 아프니 마르디안과 치시는 게 좋을 거예요.

클레오파트라 여자와 여자가 칠 수 있으니, 내시와도 칠 수 있을 테지. 마르디안, 나와 쳐보겠니!

마르디안 최선을 다해 쳐보겠습니다, 여왕님.

클레오파트라 마음만 있으면 부족함이 있더라도 변명은 되는 법이다. 하지만 당구는 그만두겠다. 낚싯대를 가져오너라. 강으로 나가봐야겠다. 저기 멀찌감치 음악을 연주시켜놓고 지느러미가 누런 생선들을 꾀어 낚아야겠다. 구부러진 내 낚싯바늘에 미끄러운 고기들의 아가미가 걸릴 것이다. 그러면 나는 잡아챌 때마다 그놈들 하나하나를 안토니우스로 보고 이렇게 말하겠다. "아, 하! 드디어 잡혔지"라고.

차아미안 그땐 재미있었지요. 두 분이 내기를 걸고 낚시질을 하셨을 때 말이에요. 그때 물속에서 잠수하는 사람이 그분 낚싯줄에 생선을 걸어놓은 것을 그분은 신이 나서 끌어올리셨지요.

클레오파트라 그때…… 아, 그때! 나는 폭소로 그분의 기분을 망치고, 그날 밤에는 웃음으로 겨우 그분의 기분을 바꿔드렸지. 그리고 다음 날 아침에는, 아홉 시도 되기 전에 술을 먹여서 잠들게 했지. 그리고 나의 머리 장식이며 망토를 그분에게 씌워드리고, 그분이 필리핀 전장에서 휘둘렀던 명검을 내가 차봤지.

사자 등장.

클레오파트라 오, 이탈리아에서 왔구나! 너의 풍요로운 소식을 내 귀에 부어 넣어다오, 오랫동안 굶주린 이 귀에다 말이다.

사자 여왕님, 여왕님.

클레오파트라 안토니우스께서 돌아가셨느냐! 그렇다고 말만 해봐라, 이 나쁜 놈 같으니. 넌 이 여왕을 죽이는 것이 된다. 그러나 아무런 일도 없으시고 자유로운 몸이시라고 말한다면 네게 황금을 주고, 이 손의 파란 정맥에 키스를 시켜주겠다. 여러 국왕들이 입술을 갖다대고 몸을 부르르 떨며 키스하던 이 손에 말이다.

사자 첫째, 여왕님, 그분은 안녕하십니다.

클레오파트라 아, 그럼 황금을 더 보태주겠다. 그러나 우린 죽은 사람보고도 안녕하다고 하는 수가 있는데, 그런 의미라면 네게 주겠다던 그 황금을 녹여서 불길한 소식을 토한 네 목구멍에다 부어넣겠다.

사자 여왕님, 제 말씀을 들어보십시오.

클레오파트라 그럼 말해봐라, 들어보자. 하지만 네 안색이 수상하구나. 글쎄 안토니우스께서 자유로운 몸으로 건강하시다면…… 그렇게 좋은 소식을 그와 같이 시큼한 얼굴로 알리지는 않을 것 아니냐? 하지만 나쁜 소식이라면, 넌 뱀을 머리에 이고 있는 분노의 여신 모습을 하고 왔어야 마땅할 것이고, 이렇게 멀쩡하게 인간의 모습으로 오지는 않았을 텐데.

사자 제 말씀을 들어보십시오.

클레오파트라 네 얘길 들어보느니, 널 때려주고 싶은 마음이다. 하지만 안토니우스께서 살아 계시고, 무사하시고, 카이사르와는 의가 좋으시고, 그리고 그분의 포로는 아니라고 네가 말하면, 네게 황금의 소낙비를 쏟아주고, 진주알의 우박을 뿌려주겠다.

사자 여왕님, 그분은 무사하십니다.

클레오파트라 좋은 소식이다.

사자 그리고 카이사르와도 의가 좋으십니다.

클레오파트라 넌 참 정직한 사람이다.

사자 카이사르와의 사이는 어느 때보다도 훨씬 좋으십니다.

클레오파트라 너에게 한몫을 줘야겠구나.

사자 하오나, 여왕님……

클레오파트라 '하오나', 그 말은 듣기 싫다. 그 말로 지금까지의 그 좋은 소식을 망치고 마는구나. '하오나'가 뭐냐! '하오나'는 무슨 흉악한 죄인을 잡으러 오는 간수들이 하는 말이 아니냐? 좋은 소식, 나쁜 소식 모두 내 귀에다 부어 넣어다오. 그분은 카이사르와 의가 좋으시고 건강하시다고 너는 말했지. 그리고 자유의 몸이시라고 말했다.

사자 자유의 몸이시라니, 천만에요, 여왕님! 그런 보고를 드린 기억은 없습니다. 지금 그분은 옥타비아와 관계가 있습니다.

클레오파트라 관계라니?

사자 잠자리에서의 근사한 관계 말입니다.

클레오파트라 아, 차아미안, 내 얼굴이 창백해졌지?

사자 여왕님, 그분은 옥타비아와 결혼하셨습니다.

클레오파트라 무서운 염병이나 걸려라! (사자를 때려눕힌다)

사자 여왕님, 진정하십시오.

클레오파트라 뭐라고? (또 때린다) 썩 물러가라, 나쁜 놈아! 물러가지 않으면 네 눈알을 다 뽑아 공같이 차버리고 네 머리칼을 쥐어뜯어 놓겠다. (사자를 쥐어박는다) 이놈을 철사로 매질하고 소금물로 간해두고, 영원히 고통을 맛보게 해줄 테다.

사자 여왕님, 저는 소식을 가져왔을 뿐이지, 제가 결혼을 주선한 건 아닙니다.

클레오파트라 조금 전에 한 말을 취소하면 네게 영토를 주고, 당당한 신분으로 만들어주겠다. 그리고 너를 때린 것에 대해서도 용서를 구하겠다. 또 엉뚱한 부탁만 아니라면 네 소원은 무엇이든지 들어주겠다.

사자 그분은 결혼하셨습니다, 여왕님.

클레오파트라 악당 같으니, 넌 너무 오래 살았어. (칼을 뺀다)

사자 그럼, 전 도망치겠습니다. 왜 이러십니까, 여왕님? 저는 잘못을 하지 않았는데요. (퇴장)

차아미안 여왕님, 마음을 진정하셔요. 사자는 죄가 없습니다.

클레오파트라 죄 없는 사람도 벼락을 면치 못하는 법이다. 이집트는 나일 강에 녹아버려라! 그리고 온순한 동물들도 모두 뱀이 돼버려라! 그 녀석을 다시 불러들여라. 나는 미쳐 있지만 그 녀석을 물어뜯지는 않을 테니까. 어서 불러들여라!

차아미안 무서워서 오지 않을 거예요.

클레오파트라 그 녀석을 해치지는 않을 테다. (차아미안 퇴장) 이 손은 버릇도 없지, 나보다도 못한 자를 때리다니. 원인은 내 스스로 만들어놓은 것이 아닌가. (차아미안이 사자를 데리고 돌아온다) 자, 이리 오너라. 정직하긴 하지만 나쁜 소식을 알려오는 건 좋지 않느니라. 좋은 소식이라면 떠들썩하게 말을 해도 관계없지만, 나쁜 소식은 저절로 알게 놔둬야 한다.

사자 저는 의무를 다했을 뿐입니다.

클레오파트라 그분이 결혼하셨느냐? 나는 더 이상 너를 미워할 까닭이 없다. 네가 또다시 "예" 하더라도 말이다.

사자 예, 결혼하셨습니다.

클레오파트라 오, 신이여, 저 녀석에게 저주를! 계속 네 말만 고집 피울 테냐?

사자 그럼 거짓말을 하란 말씀이십니까, 여왕님?

클레오파트라 오, 거짓말이라도 해주었으면 좋으련만. 이 이집트의 절반이 가라앉아 비늘 달린 뱀과 구렁이가 돼도 상관없으니까! 그만 물러가라. 네가 나르시스 같은 미소년이더라도 내게는 밉게만 보일 것이다. 정말 그분이 결혼하셨느냐?

사자 여왕님, 용서해주시기 바랍니다.

클레오파트라 결혼하셨단 말이냐?

사자 노여워 마십시오. 소신은 여왕님의 역정을 사고자 말씀드린 건 아니니까요. 소신에게 말을 하라고 시켜놓고서 벌을 주시는 건 너무나 부당합니다. 그분은 옥타비아와 결혼하셨습니다.

클레오파트라 오, 그분의 잘못 때문에, 전혀 잘못이 없는 너마저 악당이 됐구나! 물러가라. 네가 로마에서 가져온 그 물건은 너무 비싸서 나는 살 수가 없구나. 두고두고 팔리지 않다가 끝내는 네 파멸거리나 돼라!

차아미안 여왕님, 진정하셔요.

클레오파트라 나는 안토니우스를 칭찬하면서 카이사르를 험담하곤 했었지.

차아미안 예, 여러 번 그랬었지요, 여왕님.

클레오파트라 이제야 그 보복을 받는구나. 날 좀 부축해서 안으로 데려가주렴. 기절할 것만 같구나. 오, 아이래스, 차아미안. 아, 이젠 괜찮다. 알렉사스, 아까 그자한테 가서 옥타비아의 모습을 물어보고 오너라. 그리고 나이와 성격도 들어보고, 머리칼 빛깔도 잊지 말고 물어봐라. 그리고 속히 내게 보고해라. (알렉사스 퇴장) 이젠 그분을 잊어버려야겠어. 아니, 그럴 수는 없지. 차아미안, 그분은 어떤 때는 괴물같이 보이다가 어떤 때는 군신같이 보이기도 한다. (마르디안에게) 너는 가서 알렉사스한테 그 여자의 키도 물어보라고 해라. 나를 가엾게 여겨다오, 차아미안. 하지만 아무 말도 하지 마라. 내 방으로 좀 데려가다오. (모두 퇴장)

제6장
미세눔 바닷가

나팔 소리. 북과 나팔이 울리는 가운데 한쪽에서 폼페이우스와 메나스가 등장. 다른 쪽에는 카이사르, 안토니우스, 레피두스, 이노바르부스, 미시너스, 아그리파, 그리고 병사들이 등장.

폼페이우스 나는 당신들의 인질을 잡고 있고, 당신들 또한 우리의 인질을 잡고 있소. 그러니 우리 개전에 앞서 담판을 합시다.

카이사르 우선 그렇게 하는 것이 상책일 것 같소. 그래서 우리는 앞서 우리의 의도를 적어 보냈던 것이오. 그러니 그 의도를 잘 검토하셨다면 당신은 불만의 칼을 칼집에 넣고, 수많은 용사들을 시칠리아로 이끌고 돌아갈 것으로 아오. 그렇게 하지 않으면 그 용사들은 이곳에서 죽임을 당할 수밖에 없소.

폼페이우스 당신들 세 사람은, 즉 신들을 대신하여 이 천하의 권력을 장악하고 있는 당신들에게 말하지만, 나의 선친에게는 자식과 친구들이 있는데 원한을 씻지 못해서야 되겠소. 당신들은 필리피에서 유령으로 나타나서 저 브루투스를 위협한 율리우스 카이사르를 위해서 복수전을 하지 않았습니까. 대체 저 창백한 카시우스가 음모를 꾸민 것은 무엇 때문이며, 덕망 높은 로마인 브루투스가 자유를 사랑하는 무장한 동지들과 의사당을 피로 물들인 이유는 무엇 때문이오? 이는 오직 인간을 인간으로 대접받게 하기 위한 것 아니겠소. 내가 지금 해군을 진격시킨 것도 그와 같은 이유에서요. 나는 이 함대를 가지고서 선친을 모욕한 로마 시민의 배은망덕을 응징할 참이오.

카이사르 충분히 더 생각하시오.

안토니우스 폼페이우스, 함대로 우리를 위협하지는 못하오. 바다에서 상대해드리지. 당신도 잘 알겠지만 육지에서는 우리의 세력이 압도적이니 말이오.

폼페이우스 육지에서, 당신은 나의 선친의 집을 빼앗아 나를 골탕 먹였소. 하지만 뻐꾹새는 제 자신의 집을 짓지 않는다니, 당신도 영원히 그 집을 차지하고 살 만큼 살아보구려.

레피두스 아니, 그 얘기보다, 그 얘기는 지금 관계없는 문제니까, 우리가 보낸 조건을 어떻게 생각하는지 말씀해보시오.

카이사르 그것이 요점이오.

안토니우스 우리가 구태여 간청하지는 않겠으니, 수락하면 당신이 어떤 이득을 얻게 되는지 따져보구려.

카이사르 그리고 그 이상을 무리하게 요구하면, 무슨 일이 일어날 것인지도 생각해보시오.

폼페이우스 당신들이 시칠리아와 사르데냐를 제공하는 대신 나는 해상 해적들을 소탕하고, 또한 로마에 일정량의 밀을 보내야 되는 의무를 갖게 되오. 이것이 합의되면, 피차 칼날의 이를 부러뜨리거나 방패가 상할 것 없이 작별하게 되오.

카이사르, 안토니우스, 레피두스 그런 조건이었소.

폼페이우스 실은 나는 이 조건을 수락할 생각으로 여기 나온 것이오. 그러나 마르쿠스 안토니우스가 그만 내 부아를 터뜨려놓았소. 내 입으로 이런 말을 한다는 것이 명예롭진 않겠지만 들어주어야겠소. 안토니우스, 카이사르와 당신의 동생이 싸우고 있을 때 당신의 모친은 시칠리아로 피신해와서 나의 환대를 받았소.

안토니우스 그 일은 나도 벌써 알고 있소. 그리고 당신께 진 신세에 대해서는 충분한 감사를 할 생각이었소.

폼페이우스 우리 악수를 합시다. 여기서 당신을 보리라고는 생각하지 못했소.

안토니우스 동방의 침상은 포근하다오. 아무튼 감사하오. 당신 덕분에 의외로 이곳에 빨리 오게 되었으니까.

카이사르 요전에 만났을 때와 달리 변하셨소.

폼페이우스 글쎄, 가혹한 운명이 내 얼굴에 무엇을 적어놓았는지는 몰라도, 그것이 이 가슴속에 들어와서 마음까지 노예로 만들지는 못할 거요.

레피두스 참 잘 만났습니다.

폼페이우스 나 역시 같은 마음입니다, 레피두스 각하. 그럼 우린 합의를 보았으니까 성문成文을 작성하여 조인하기로 합시다.

카이사르 곧 그렇게 합시다.

폼페이우스 그리고 작별하기 전에 주연을 베풀기로 합시다. 순번은 제비뽑기로 결정합시다.

안토니우스 내가 먼저 대접하죠, 폼페이우스.

폼페이우스 아니오, 안토니우스. 제비뽑기로 정합시다. 그러나 조만

간 당신의 저 유명한 이집트식 요리를 맛보게 되겠지요. 소문에 율리우스 카이사르도 그곳에서의 향연으로 살이 쪘다죠.

안토니우스 무던히도 소문을 들으셨군요.

폼페이우스 나쁜 의미는 아닙니다.

안토니우스 말투는 고상하기까지.

폼페이우스 하긴 무던히 소문을 들었지요. 그리고 또 듣자니 아폴로도로스란 자가 어떤 여왕을……

이노바르부스 (낮은 소리로) 그 얘긴 하지 마시오. 사실인즉 그랬지만.

폼페이우스 아니, 무슨 얘기 말이오?

이노바르부스 저, 어떤 여왕을 거적에 싸가지고 카이사르한테 짊어지고 간 이야기 말입니다.

폼페이우스 아, 이제야 자네를 알아보겠네. 잘 있었나, 용사?

이노바르부스 예, 이 입이 호강을 하게 될 것 같군요. 앞으로 네 차례나 주연이 벌어질 테니까요.

폼페이우스 자, 우리 악수를 하세. 나는 자네를 한 번도 미워하지 않았네. 나는 자네가 싸우는 모습을 내심 부러워했다네.

이노바르부스 예, 저는 당신을 사랑한 적은 없습니다만, 그래도 제가 생각한 것보다 열 배나 더 훌륭하실 때는 당신을 칭찬하곤 했답니다.

폼페이우스 솔직해서 좋아. 그게 자네에게 잘 어울리거든. 그럼 내 배로 모두를 초대하겠습니다. 자, 가실까요?

카이사르, 안토니우스, 레피두스 그럼, 안내해주시오.

폼페이우스 이리들 오시오. (세 사람을 바다 쪽으로 안내해 간다. 메나스와

이노바르부스는 뒤처져서 망설인다)

메나스 (방백) 폼페이우스여, 당신 아버지 같으면 그따위 조약을 체결하지는 않았을 것이오. (이노바르부스를 보고) 당신과 나는 만났던 적이 있는 걸로 기억하는데요.

이노바르부스 아마, 바다에서 만났겠지요.

메나스 맞아, 그런 것 같소.

이노바르부스 당신은 바다에서 잘 싸우셨소.

메나스 당신은 육지에서.

이노바르부스 나를 칭찬해주는 분께는 나도 칭찬해드린답니다. 내가 육지에서 보인 활약은 사실입니다.

메나스 내가 바다에서 세운 공 역시 사실입니다.

이노바르부스 하지만 당신의 안전을 위해서는 좀 겸손한 것이 좋지 않을까요. 당신은 해상의 큰 도둑이었으니까요.

메나스 당신은 육지의 도둑이고.

이노바르부스 육지에서 내가 그런 활약을 한 기억은 없소. 하지만 우리 악수합시다. 만약 우리들의 눈이 경관이라면, 도둑 둘이 악수하고 있는 것을 보고 당장에 체포할 게 아니겠소.

메나스 누구나 다 얼굴만은 멀쩡한 법이죠. 손목이 무슨 짓을 하든 말이오.

이노바르부스 하지만 미녀의 얼굴치고 가짜가 아닌 것은 없소.

메나스 그야 당연하지요. 미녀의 얼굴은 남자의 마음을 도둑질하니까요.

이노바르부스 우리가 여기 온 것은 당신네와 싸우기 위해서였는데……

메나스 나도 싸움이 주연으로 변하게 된 것이 유감입니다. 폼페이우스는 오늘 일생의 행운을 웃음으로 내던져버린 셈입니다.

이노바르부스 그렇다고 울음으로 되찾을 수도 없는 일이죠.

메나스 그 말씀이 옳습니다. 그런데 우린 마르쿠스 안토니우스를 여기서 보게 될 줄은 몰랐습니다. 그분이 클레오파트라와 결혼하셨다는 게 사실입니까?

이노바르부스 카이사르에게는 누님인 옥타비아가 있습니다.

메나스 그래요. 그 여인은 카이우스 마르셀루스의 부인이었지요.

이노바르부스 그렇지만 지금은 마르쿠스 안토니우스의 부인이오.

메나스 아니, 사실인가요?

이노바르부스 사실이고말고요.

메나스 그럼 카이사르와 안토니우스는 영원히 결합한 셈이군요.

이노바르부스 내가 이 결합에 대하여 예언한다면, 그렇게 점치진 않겠소.

메나스 이번 결혼은 서로의 우정보다는 정략에 목적이 있는가 보군요.

이노바르부스 나 역시 그렇게 생각하오. 어쩌면 우정을 동여매는 줄이 도리어 두 분의 우정을 졸라 죽이는 줄이 될는지도 모르오. 하지만 옥타비아는 정숙하고 침착하고 말수가 적은 여자요.

메나스 그런 아내를 누가 마다하겠소?

이노바르부스 그런 여자를 좋아하지 않는 남자도 있습니다. 마르쿠스 안토니우스가 그런 사람입니다. 그분은 다시 이집트 요리를 먹으러 돌아갈 것이오. 그렇게 되면 옥타비아의 한숨이 카이사르의 가슴에 불을 일으켜놓을 것이오. 아까 말한 바와 같이 친목의 줄이 도리어 불화의 줄이 될 것이오. 안토니우스는 정이 가는 곳에만 애정을 쏟는 분이오. 이번 결혼은 그분으로선 편의상 한 것뿐이오.
메나스 아마 그런 것 같군요. 자, 배로 가보시겠소? 술을 드리겠습니다.
이노바르부스 받지요. 목은 이집트에서 충분히 단련시켜놨습니다.
메나스 자, 가봅시다. (퇴장)

제7장
미세눔 해안, 폼페이우스 기함의 갑판

음악. 하인 세 명이 술상을 들고 등장.

하인 1 이제들 나오실 거네. 이봐, 몇 분의 다리는 벌써 휘청거리는군. 바람이 조금만 불어도 쓰러질걸.
하인 2 레피두스 장군은 홍당무가 됐네.
하인 1 다들 그 사람에게만 퍼먹였거든.
하인 2 제각기 자기네 성미대로 굴고 있는데, 그 사람은 "그만들

두시오" 하고 소리를 질러서, 간신히 화해를 붙여놓고는 그때마다 건배를 해야만 했다네.

하인 1 하지만 덕분에 그 머릿속에서는 더 큰 전쟁이 일어났겠지.

하인 2 누가 아니래. 실력 없이 큰 양반들 사이에 끼면 그렇게 되기 마련이야. 나 같으면 감당하지 못하는 창보다는 실속 없기론 마찬가지니까 갈대를 들겠어.

하인 1 거대한 세력 속에 끌려들어가서도 그 안에서의 작용이 보이지 않는다면 눈알이 없는 눈자위와 같이 그야말로 꼴불견이 아니겠는가 말이야.

나팔소리. 카이사르, 안토니우스, 폼페이우스, 레피두스, 기타 부대장들 갑판 위에 등장. 폼페이우스는 레피두스를 부축하고 있다.

안토니우스 (카이사르에게) 그자들은 나일 강의 수위를 피라미드에 표시해놓은 눈금으로 잽니다. 그리고 높은가, 중간인가, 낮은가에 따라서 흉년이 올 것인지, 풍년이 올 것인지를 압니다. 강물이 범람할수록 풍년이 들 가망이 크다고 합니다. 물이 빠진 뒤 끈적끈적한 개흙 위에 씨를 뿌려놓으면 얼마 안 돼서 수확기가 되니까요.

레피두스 그곳에는 괴상한 뱀이 있다죠?

안토니우스 예, 그렇습니다.

레피두스 이집트의 뱀은 태양의 작용으로 진흙에서 자란다죠? 악어도 그렇고요.

안토니우스 그렇습니다.

폼페이우스 앉으시오. 술을 더 합시다. 자, 레피두스 각하, 건배!

레피두스 기력이 평소 같지는 않습니다만, 저는 잔을 마다할 사람이 아닙니다.

이노바르부스 이제 곧 잠이 들 정도면서, 이 양반이 술독에 빠질 작정인가 보군.

레피두스 그건 그렇고, 나도 들었지만 프톨레마이오스 왕실의 피라미드는 굉장한 물건이라더군. 그 얘기엔 나도 이의가 없소.

메나스 (폼페이우스에게 방백) 폼페이우스 각하, 한 마디만.

폼페이우스 (메나스에게 방백) 내 귀에 대고 말하게. 뭔가?

메나스 (귀에 대고 속삭인다) 잠깐 이 자리를 떠나셔서 제 이야기를 좀 들어보십시오.

폼페이우스 잠깐만 기다리게. (큰 소리로) 자, 잔을 받으시오, 레피두스 각하!

레피두스 악어란 건 어떻게 생긴 동물입니까?

안토니우스 제 꼴같이 생기고, 폭은 제 폭만 하고, 키는 제 키만 하고, 그리고 제 수족으로 움직입니다. 그리고 여러 가지 자양분을 먹고 살며, 일단 그 세포가 해체되면 이 세상을 이탈하는 습성이 있습니다.

레피두스 빛깔은요?

안토니우스 제 자신의 빛깔을 하고 있지요.

레피두스 거참, 이상한 뱀이군요.

안토니우스 그렇습니다. 그리고 그놈의 눈은 축축합니다.

카이사르 그런 설명으로 저 사람이 납득할까요?

안토니우스　폼페이우스의 건배까지 있었는데 납득이 안 된다면 그런 사람은 무신론자요.

메나스가 폼페이우스에게 한참 무엇을 속삭인다.

폼페이우스　(메나스에게) 제기랄! 그따위 소리가 어디 있어? 저리 가! 저리 가라니까. (큰 소리로) 내가 가져오라는 잔은 어디 있나?
메나스　소생의 과거의 공로를 보아서 제 얘기를 좀 들어주십시오. 자리에서 좀 일어서주십시오.
폼페이우스　자네가 미쳤나 보군. 대체 무슨 얘긴가? (일어서서 구석으로 걸어간다)
메나스　소생은 지금까지 각하께 충성을 다해왔습니다.
폼페이우스　자네가 충성을 다해온 건 나도 잘 알고 있네. 그 밖에 무슨 얘기가 있는가? (큰 소리로) 여러분, 유쾌하게 노시오. (하인이 레피두스의 잔에 술을 따른다)
안토니우스　레피두스 각하, 이 술은 모래 사태 같소. 삼가지 않으면 침몰당하시겠소.
메나스　각하는 천하의 주인공이 되고 싶지 않으십니까?
폼페이우스　무슨 얘긴가?
메나스　온 천하의 주인공이 되고 싶지 않으시냔 말입니다. 두 번 얘기했습니다.
폼페이우스　어떻게 하면 그렇게 될 수 있나?
메나스　그럴 의향만 있으시면 됩니다. 각하는 저를 무시하고 계시지만, 저는 온 천하를 각하께 드릴 수 있는 사람입니다.

폼페이우스 자네가 어지간히 취했나 보군.

메나스 아닙니다. 각하, 잔엔 손도 대지 않았습니다. 의향만 있으시면 각하는 이 지상의 주피터 신이 되실 수 있습니다. 태양이 둘러싸고 하늘이 덮은 이 대지는 다 각하의 것이 될 수 있습니다. 가질 의향만 있으시면 말입니다.

폼페이우스 그 방법을 말해보게.

메나스 세계의 세 공동 소유자, 각하의 경쟁자 세 사람은 지금 각하의 배 안에 있습니다. 제가 닻줄을 끊어놓겠습니다. 그리고 바다로 나가서 그분들의 목을 자릅시다. 그러면 모든 것이 각하의 차지가 됩니다.

폼페이우스 아, 아무 말도 하지 말고 자네가 실행했더라면 좋았을걸! 나로선 비겁한 일이야. 자네가 했다면 충성이 됐을지는 몰라도. 하지만 실속을 차리는 것이 내 명예는 되지 못하네. 내게는 명예가 있고서야 실속이 아니겠는가. 자네가 혀를 함부로 놀린 것을 후회하게 되리라. 은밀히 했다면 나중에 칭찬을 받았을 텐데. 그러나 이제는 안 되네. 포기하고 술이나 들게.

메나스 (방백) 그럼, 이제 나는 당신의 시들어가는 운명을 그만 따르겠어. 탐내면서도 주겠다는데 받지 못하는 위인이 무엇을 차지하겠느냔 말이야.

폼페이우스 (돌아다니며 큰 소리로) 자, 이 잔은 레피두스 각하를 위해 건배요.

안토니우스 그 사람을 육지로 올려 보냅시다. 그 잔은 내가 대신 받겠소, 폼페이우스.

이노바르부스 이건 당신께 건배요, 메나스.

메나스 자, 얼마든지, 이노바르부스!

폼페이우스 잔이 철철 넘치도록 따르시오.

이노바르부스 메나스, 굉장한 장사가 있군요. (레피두스를 업고 가는 시종을 손가락질하면서 말한다)

메나스 왜요?

이노바르부스 천하의 삼분의 일을 업고 가는 걸 좀 보시오. 안 그렇소?

메나스 그렇다면 천하의 삼분의 일이 취해 있는 게로군. 나머지 삼분의 이마저 취하게 되면 세상은 잘 돌아가겠습니다그려!

이노바르부스 자, 술을 드시오. 그리고 더 빙빙 잘 돌아가게 하시오.

메나스 자, 잔을 주시오.

폼페이우스 아직 알렉산드리아식 잔치엔 못 미칩니다.

안토니우스 차츰 가까워 갑니다. 술통을 더 따라. 자! 카이사르께 건배!

카이사르 나는 더 이상 들지 않겠소. 술로 뇌를 씻었는데 도리어 더러워만 진다면 그건 당치 않은 수고로움이니까요.

안토니우스 그러지 마시고 분위기에 따르십시오.

카이사르 나 같으면 분위기를 지배하겠소. 오히려 나는 나 홀로 단식하겠소. 한꺼번에 이렇게 많이 마시느니.

이노바르부스 (안토니우스에게) 여, 용감한 황제님! 우리 이젠 이집트식 춤을 추고, 이 주연을 축하해볼까요.

폼페이우스 그러게나, 용사.

안토니우스 자, 손들을 맞잡고, 기운이 돌기 시작한 술이 우리의 감각을 부드럽고도 감미로운 망각의 강물에 잠겨 넣을 때까지 춤을 춥시다.

이노바르부스 전부 손을 잡읍시다. 그리고 요란한 음악으로 우리의 귀를 때려부숩시다. 그동안 나는 여러분 각자의 자리를 정해드리고, 소년에게는 노래를 부르게 하겠습니다. 다들 후렴을 크게 부르시오. 옆구리가 터질 정도로. (음악이 연주된다. 이노바르부스가 손을 맞잡아서 각각 위치에 세운다)

소년 (노래한다)

> 그대 술의 왕,
> 눈이 가느다란 뚱뚱보 바커스여, 오라!
> 그대의 술통 속에 세상 걱정 파묻고,
> 머리에 포도의 관 쓰자꾸나.
> 마셔라, 세계가 돌 때까지,
> 마셔라, 세계가 돌 때까지! (모두 후렴을 부르면서 돛대를 돈다)

카이사르 더 하시겠어요? 폼페이우스, 안녕히 주무시오. (안토니우스를 보고) 그만 물러갑시다. 이렇게 경솔하게 굴면 우리의 중대한 임무에 체면이 서지 않습니다. 여러분, 그만 헤어집시다. 우리의 얼굴은 불덩이처럼 달아올라 있소. 이노바르부스, 장사도 술한텐 당해내지 못하는가 보군. 내 혀도 잘 돌지 않는구려. 이 추태로 다들 어릿광대 꼴이 되었소. 더 할 말은 없잖소? 안녕히들 주무시오. 안토니우스 각하, 자, 손을.

폼페이우스 그럼 이다음에는 육지에 올라가서 상대하겠습니다.

안토니우스 그렇게 하시오. 자, 악수합시다.

폼페이우스 오, 안토니우스, 당신은 내 선친의 집을 차지하고 있소. 하지만 그게 다 뭐람? 우리는 친구가 아닙니까. 자, 조그만 배를 타십시오. (이들이 조그만 배에 내려탄다)

이노바르부스 (그들을 바라보면서) 조심들 하십시오, 물에 떨어지지 않도록. (이노바르부스와 메나스만 남는다) 메나스, 나는 상륙하지 않겠소.

메나스 아! 그럼, 내 선실로 갑시다. (그의 눈길이 조용한 악사들 위에 떨어진다) 이것들은! 나팔들은! 다들 뭐냐? 저 호걸들과 우리의 작별을 소리 높여 해왕海王님께 알려드리지 않고. 어서, 제기랄, 어서 음악을! (악사들이 나팔과 북을 울려댄다)

이노바르부스 (큰 소리로) 오! 자, 내 모자다. (모자를 공중에 내던진다)

메나스 오! 훌륭한 용사, 이리 오시오. (두 사람은 아래로 퇴장)

제3막

제1장
시리아의 어느 벌판

벤티디우스가 파르티아 왕자 파코루스의 시체를 앞에 메고 승리자의 모습으로 등장. 휘하의 부대장 실리우스, 기타 로마인, 장교, 병사들 등장.

벤티디우스 창던지기로 이름난 파르티아인들이여, 너희들은 이미 패배했다. 행운의 여신 덕택으로 나는 마르쿠스 크라수스의 죽음에 복수를 했다. 왕자의 시체를 진두에 세워라. 파르티아 왕 오로데스여, 왕자 파코루스의 죽음은 마르쿠스 크라수스의 죽음에 대한 대가다.

실리우스 고귀하신 벤티디우스 님, 당신의 칼이 파르티아인들의 피로 아직 따뜻한 동안, 달아나는 파르티아인들을 추격하십시오. 메디아로부터 메소포타미아까지 패주한 자들이 도피하는 곳엔 어디든지 진격하십시오. 그러면 당신의 상전 안토니우스 장군님은 당신을 개선차에 태우고 머리에 화환을 씌워주실 테니까요.

벤티디우스 오, 실리우스, 실리우스, 나는 이 정도로도 충분하네. 아랫사람은 너무 공을 내세우기 일쑤지. 실리우스, 이걸 알아둬야 하네. 상관이 없을 때에 너무 명성이 높아지면, 공을 세우지 않느니보다 못하네. 카이사르나 안토니우스는 언제나 자기네 힘보다는 부하의 힘으로 얻은 것이 더 많았다네. 안토니우스의 부하 소시우스는 시리아에서 지금 나와 같은 지위였는데, 시시각각 잇달아 쌓아올린 공으로 오히려 주인의 총애를 잃고 말았지. 전시에 자기네 대장 이상으로 공을 세울 수 있는 자는 대장의 대장이 아니겠는가. 군인의 특징인 공명심은 자기의 명성을 어둡게 할 승리보다는 도리어 패배를 택하거든. 나도 안토니우스를 위하여 더 이상 공을 세우면 그분의 노여움을 사게 될 거야. 그분의 노여움을 사게 되면 내 공로는 무너지고 말 것이 아닌가.

실리우스 벤티디우스, 당신은 지혜롭습니다. 지혜 없는 무인은 한낱 칼과 다를 바 없습니다. 그럼 안토니우스께 보고서를 내시겠습니까?

벤티디우스 겸손하게 보고할 생각이네. 전쟁의 부적 같은 그분의 이름 아래 우리가 승리하고, 그분의 군기軍旗와 충분한 보수를 받은 군졸의 힘으로, 패배를 모르는 파르티아 기병을 마침내 무찌른 상황을.

실리우스 그 어른은 지금 어디 계십니까?

벤티디우스 아테네로 이동하실 모양이야. 무거운 짐이 허락하는 한

우리가 그곳에 먼저 도착해야겠어. 자, 앞으로 전진! (모두 전진하며 퇴장)

제2장
카이사르 저택의 대기실

한쪽 문으로 아그리파, 다른 쪽 문으로 이노바르부스가 각각 등장.

아그리파 아니, 형제들은 벌써 떠났나?
이노바르부스 폼페이우스와는 담판이 끝났으니, 그자는 돌아갔고. 나머지 세 분은 지금 협정에 조인 중이네. 옥타비아는 로마를 떠나는 것 때문에 울고 있지. 카이사르는 우울증에 걸려 있고, 그리고 메나스 말에 의하면 레피두스는 폼페이우스의 향연 이후로 일종의 빈혈로 고생하고 있다 하네.
아그리파 참 고귀한 레피두스지 뭔가.
이노바르부스 참 훌륭한 분이고말고! 아, 그분은 카이사르를 무던히 사랑하고 있지!
아그리파 아니야. 마르쿠스 안토니우스를 깊이깊이 숭배하고 있지.
이노바르부스 카이사르? 아, 그분은 인간 세계의 주피터 신이지.

아그리파   그럼 안토니우스는? 그러면 그분은 주피터 신의 신이시지.
이노바르부스   카이사르 말씀입니까? 아! 그분은 둘도 없는 인물이야!
아그리파   오, 안토니우스! 오, 그분은 아라비아의 봉황이네!
이노바르부스   카이사르를 칭찬하려거든 '카이사르'라고만 하고 더는 말하지 말게.
아그리파   사실 레피두스는 두 분 모두에게 최고의 찬사를 하며 잘 조종했지.
이노바르부스   허나 그분은 카이사르를 가장 사랑하고 있어. 그리고 그분은 안토니우스도 사랑하고 있지. 허! 마음도, 혀도, 숫자도, 붓도, 음영 시인도 생각하거나 말하거나 헤아리거나 쓰거나 노래하거나 시로 읊거나 하지 못할 거야…… 허! 그분의 안토니우스에 대한 사랑을 말이야. 그러나 카이사르에 대해서는 그분은 무릎을 꿇고, 또 무릎을 꿇고, 경탄해 마지않을 뿐이라네.
아그리파   그분은 두 분을 다 사랑하고 있지.
이노바르부스   딱정벌레에 비한다면 두 분은 날갯죽지고, 그분은 몸뚱이라네. (안에서 나팔 소리) 아! 말에 오르라는 신호군. 그럼, 잘 있게, 아그리파.
아그리파   행운을 비네. 용사여, 그럼 잘 가게.

　　카이사르, 안토니우스, 레피두스, 옥타비아 등장.

안토니우스   그만 들어가시오.

카이사르 나의 귀중한 부분을 나로부터 떼어가는 거요. 나를 보아 소중히 해주시오. 누님, 내가 생각하는 바와 같은, 내가 어디까지나 보증할 수 있는 그런 아내가 돼주기를 바랍니다. 안토니우스 님, 우리의 정분을 굳게 하는 맹세로 두 사람 사이에 있는 이 숙녀가 우정의 성곽을 쳐부수는 망치가 되는 일이 없도록 하시오. 우리 두 사람 다 이 성곽을 소중히 하지 않을 바에야 차라리 숙녀가 없는 편이 서로의 우정에 더 좋을 것이오.

안토니우스 괜한 의심으로 나를 화나게 하지 말아주시오.

카이사르 더 이상 할 말은 없소.

안토니우스 몹시 염려되시는 모양이나, 그건 기우일 뿐이오. 그럼 신들의 가호가 함께하길. 그리고 로마인들의 마음이 당신의 뜻에 따르기를 바랍니다. 이만 작별합시다.

카이사르 잘 가시오. 친애하는 누님, 안녕히 가시오. 순풍에 즐거운 여행을 하시기 바랍니다! 안녕히 가시오.

옥타비아 (눈물을 흘리며) 아, 훌륭한 내 동생!

안토니우스 아내의 눈에 사월의 소나기가 깃들어 있군. 이건 사랑의 샘, 봄을 가져오는 소나기랄까, 기운을 내요.

옥타비아 귀를 이리 좀.

안토니우스 (방백) 혀는 감정을 순순히 따르지 못하고, 감정 또한 혀에게 마음을 전달하지 못하는군…… 밀물에 떠 있는 백조의 깃털이 어느 쪽으로도 기울지 않는 것같이.

이노바르부스 (아그리파에게) 카이사르가 눈물을 쏟을까?

아그리파 (이노바르부스에게) 글쎄, 울상이군.

이노바르부스　(아그리파에게) 말[馬]이라면 더욱 흉할 텐데 인간이라서 저 정도군.

아그리파　(이노바르부스에게) 아니, 안토니우스는 율리우스 카이사르의 시체를 봤을 때 대성통곡하다시피 했고, 필리피에서 브루투스가 죽었을 때도 통곡을 했었네.

이노바르부스　(아그리파에게) 그해, 사실 장군님은 울음병에 걸려 있었지. 자기 손으로 죽여놓고서도 애통해하셨으니까. 정말이지 나까지 같이 울었을 정도였다고.

카이사르　아니오. 사랑하는 누님, 늘 소식을 올리리다. 한시도 누님을 잊지 않겠습니다.

안토니우스　자, 자, 당신과 씨름이라도 하여 내 애정을 과시하리다. 자, 이렇게 안아보고, (카이사르를 포옹한다) 그리고 놔드리겠소. 그럼 당신을 신들께 맡기겠습니다.

카이사르　안녕히 가시오! 행복을 비오!

레피두스　온갖 성신들이 두 분이 가는 길을 아름답게 비추시길!

카이사르　안녕히, 안녕히! (옥타비아와 키스를 한다)

안토니우스　안녕히 계시오! (나팔 소리. 모두 퇴장)

제3장
알렉산드리아, 클레오파트라의 궁전

클레오파트라, 차아미안, 아이래스, 알렉사스 등장.

클레오파트라 사자는 어디 있느냐?

알렉사스 두려워서 나타나지 못합니다.

클레오파트라 아니, 무슨 소릴! (사자가 들어온다) 아! 저기 오는군. 이리 오너라.

알렉사스 여왕님, 여왕님의 기분이 언짢으실 때는 유대의 폭군 헤롯 왕일지라도 감히 얼굴을 쳐다보지 못할 겁니다.

클레오파트라 바로 그 헤롯의 목을 갖겠단 말이다. 그러나 안토니우스 님이 안 계셔서 그 일이 어찌 가능하겠는가? 그분의 힘을 빌려야 명령을 내릴 수 있을 텐데 말이다. 여봐라, 이리 오너라.

사자 자비로우신 여왕님……

클레오파트라 그래, 옥타비아를 보았느냐?

사자 예, 여왕님.

클레오파트라 어디서?

사자 예, 로마에서 그 얼굴을 정면으로 보았습니다. 그분의 아우님과 마르쿠스 안토니우스 님이 양쪽에서 모시고 가더군요.

클레오파트라 키는 나보다 크더냐?

사자 그렇지는 않습니다.

클레오파트라 얘기하는 소리는 들어보았느냐? 목소리는 높더냐, 낮더냐?

사자 예, 목소리를 들어봤습니다. 낮은 음성이었습니다.

클레오파트라 그의 사랑이 오래 지속될 리는 없겠구나. 그분이 낮은 목소리를 좋아하실 리 없지.

차아미안 좋아하시다뇨! 어머나! 그럴 리가 없어요.

클레오파트라 나도 그렇게 생각한다. 차아미안, 둔한 목소리에 난쟁이 같다면 말이다. 걸음걸이는 위엄이 있더냐? 네가 위엄이란 것을 본 일이 있으면 생각해보아라.

사자 기어가는 것처럼 걷습니다. 움직여도 가만히 있는 것 같습니다. 생명이 있는 사람이라기보다는 시체나 조각 같았습니다.

클레오파트라 그게 정말이냐?

사자 정말이 아니라면 저는 관찰력이 없는 사람이지요.

차아미안 이집트에서는 세 사람을 합쳐도 이만한 관찰력을 가진 사람이 없어요.

클레오파트라 퍽 영리한 자로구나. 그래, 알겠다. 그 옥타비아는 대단치 않은가 보구나. 이자는 꽤 날카로운 관찰력을 가진 사람이구나.

차아미안 예, 소문난 사람입니다.

클레오파트라 그래, 몇 살쯤 되어 보이더냐?

사자 예, 그분은 미망인이온데……

클레오파트라 미망인이라고…… 차아미안, 좀 들어보아라.

사자 서른 살쯤 되어 보였습니다.

클레오파트라 용모를 기억하느냐? 갸름한 얼굴이더냐, 둥근 얼굴이더냐?

사자 매력 없어 보이는 둥근 얼굴입니다.

클레오파트라 그런 둥근 얼굴을 한 여자들이란 대개 미련하기 마련이지. 그럼, 머리칼은 무슨 빛깔이더냐?

사자 예, 갈색입니다. 그리고 이마는 더할 나위 없이 좁습니다.

클레오파트라 상으로 돈을 주겠다. 아까는 내가 너무 화가 났었으니 언짢게 생각지 말아다오. 너를 다시 사자로 보내야겠다. 이 일에는 네가 가장 적당한 사람 같구나. 어서 준비를 하여라. 내 편지는 금방 쓸 수 있으니까. (사자 퇴장)

차아미안 훌륭한 사람이잖아요.

클레오파트라 그렇구나. 아까 너무 심하게 대한 것이 후회스럽다. 지금의 보고 같아서는 그 여자는 대단치도 않은데.

차아미안 대단치 않고말고요.

클레오파트라 그자는 위엄 있는 사람을 어느 정도는 보아왔으니까, 틀림없겠지.

차아미안 위엄 있는 사람을 본 적이 있다고요? 그야 보지 못했을 리가 있겠습니까. 그렇게 오랫동안 여왕님을 모셨는데요!

클레오파트라 한 가지 더 물어볼 것이 있는데. 차아미안, 내가 편지를 쓰고 있는 곳으로 그자를 데리고 오너라. 모든 일이 순조롭게 될 것 같구나.

차아미안 그야 물론이죠, 여왕님. (모두 퇴장)

제4장
아테네, 안토니우스의 저택

안토니우스와 옥타비아 등장.

안토니우스 아니, 아니, 옥타비아, 비단 그것만이 아니오. 그 정도 같으면 변명이 될 수 있소. 그와 비슷한 수천 가지 일들이 더 있지만, 그것들도 변명이 될 수 있소. 하지만 그는 폼페이우스와의 전쟁을 일으키고, 자신의 유언장을 만들어 민중들 앞에서 읽었는데, 나에 관해서는 한 마디의 말도 없었다는 거요. 그리고 부득이 내게 경의를 표해야 할 경우에도 마지못해 냉담하게 말하며, 사람을 무시하다시피 하고, 칭찬할 좋은 기회가 와도 일부러 피하고, 입으로만 겨우 칭찬했다고 하오.

옥타비아 어머나, 그런 건 조금도 귀담아듣지 마세요. 들더라도 일일이 화를 내진 마세요. 저보다도 불행한 여자는 없을 거예요. 만약 이 일로 해서 불화가 생긴다면, 저는 중간에 서서 양쪽을 위하여 기도를 드려야 할 테니 말이에요. 위대하신 신들이 절 비웃지 않으시겠어요. 제가 "오, 남편에게 복을 주옵소서!" 하고 기도를 드려놓고서, "오, 동생에게 복을 주옵소서!" 하고 큰 소리로 앞의 기도를 취소한다면 말이에요. "남편이 이기게 하소서!" 하고 기도했다가, "동생이 이기게 하소서!" 하고 기도하는 건 스스로 기도를 깨뜨리는 것이지요…… 이 양극 사이에는 중간이란 절대로 없어요.

안토니우스 옥타비아, 진실로 당신을 아끼는 사람에게 뜨거운 사랑을 쏟아야 하오. 내가 명예를 잃는다는 건 내 자신을 잃는 것이나 마찬가지요. 명예를 잃고 당신의 것이 되기보다는 차라리 당신의 것이 아닌 게 나을 것이오. 그러나 당신이 바란다면, 중재자로 나서도 좋소. 그동안 나는 당신 동생을 무찌르기 위해 전쟁 준비를 하겠소. 어서 바삐 떠나시오. 당신 소원대로 해보시오.

옥타비아 고맙습니다. 위대하신 주피터 신이시여, 이 약하디약한 저로 하여금 두 분의 중재자 역할을 하게 해주십시오! 두 분 사이에 전쟁이 일어나면 이 대지가 갈라지고 그 갈라진 틈은 전사자들로 메워지게 될 것입니다.

안토니우스 불화의 원인이 밝혀지거든 그쪽에다 화를 내구려. 당신이 양쪽을 똑같이 사랑하는 만큼 양쪽의 잘못이 같을 순 없는 일이니까. 떠날 준비를 하오. 동행은 마음대로 데려가시고 비용도 얼마든지 당신 마음대로 쓰시오. (두 사람 퇴장)

제5장
같은 장소, 다른 방

이로스와 이노바르부스가 등장하여 마주친다.

이노바르부스 이로스!

이로스 이상한 소식이 도착했소.

이노바르부스 아니, 무슨 소식인데?

이로스 카이사르와 레피두스가 폼페이우스와 전쟁을 시작했다는 거요.

이노바르부스 그건 지난 소식이오. 그 결과는 어떻게 됐소?

이로스 카이사르는 폼페이우스와의 전쟁에서 레피두스를 이용할 대로 이용하고선, 승리의 영광을 같이 나누지 않았을뿐더러 그것으로 만족하지 않고 예전에 레피두스가 폼페이우스에게 보낸 편지를 빌미로 레피두스를 직접 고발하여 체포했소. 이제 천하의 삼분의 일 레피두스는 불쌍하게도 갇힌 신세가 되었소. 죽어서 자유를 얻을 때까지는 말이오.

이노바르부스 그럼, 세계는 위아래 두 턱만이 남아 있는 셈이구려. 세계의 온갖 먹이를 그 속에 던져넣으면 위아래 턱이 맷돌질을 할 테지. 안토니우스는 어디 계시오?

이로스 지금 뜰을 산책 중인데…… 발 앞의 풀들을 걷어차면서 "바보 같은 레피두스!" 하고 외치고, 피신 온 폼페이우스를 죽인 자기 부하의 목을 자르겠다고 소리를 지르고 있소.

이노바르부스 우리 쪽 대함대는 준비가 다 되었소.

이로스 이탈리아로 가서 카이사르와 싸워야 하오. 할 얘기가 더 있지만 지금 장군님께서 당신을 곧 만나자고 하시오. 내 얘기는 뒤로 미룹시다.

이노바르부스 별 용무는 아니실 겁니다. 하지만 가보리다. 그곳으로 안내해주시오.

이로스 자, 따라오시오. (두 사람 퇴장)

제6장
로마, 카이사르의 저택

카이사르, 아그리파, 미시너스 등장.

카이사르 그 사람은 로마를 모독하고, 알렉산드리아에서는 이보다 더한 짓들을 했소. 들어보시오. 사람들이 모인 광장 가운데서 클레오파트라와 함께 은으로 쌓은 단상 위 황금 의자에 앉고, 단상 밑에는 나의 선친의 아들이라고들 하는 카이사리언과 그 후에 두 사람

안토니우스와 클레오파트라 197

의 음욕으로 태어난 불륜의 자식들을 앉혔소. 그리고 그 사람은 클레오파트라에게 이집트의 왕권을 주고, 시리아의 낮은 지대와 키프로스와 리디아를 통치하는 여왕으로 만들어주었소.

미시너스 그것이 민중의 눈앞에서 일어난 일들입니까?

카이사르 평소에 경기가 행해지는 공설 운동장에서 행한 일이오. 그리고 그곳에서 자기 아들들을 왕의 왕으로서 선포했소. 대메디아와 파르티아와 아르메니아는 알렉산더에게 주고, 시리아와 실리시아와 페니키아는 프톨레마이오스에게 주었소. 클레오파트라는 그날 아이시스 여신 차림으로 나타났소. 소문으로는 예전에도 자주 그런 모습으로 나타났다는 거요.

미시너스 로마 시민에게 있는 그대로 알립시다.

아그리파 그 사람의 오만엔 이미 싫증이 나 있으니까, 이제 로마 시민들은 그 사람을 좋게 평가하진 않을 것입니다.

카이사르 시민들은 알고 있소. 그리고 그 사람이 보내온 고발장까지 받았을 거요.

아그리파 누구를 고발했단 말입니까?

카이사르 이 카이사르를. 우리가 시칠리아에서 섹스투스 폼페이우스의 영토를 점령하고도 자기 몫의 섬을 주지 않았다는 것, 그리고 전에 빌려준 선박들을 내가 돌려주지 않았다는 것, 마지막으로 삼두정치 하에서 레피두스를 제거하고 내가 그의 수입을 다 몰수했다는 것. 이렇게 세 가지 항목이오.

아그리파 각하, 그 일에 대해서는 해명서를 보내셔야 합니다.

카이사르 해명서는 이미 사자가 들고 떠났소. 레피두스는 근자에 너무 포악해지고 높은 권력을 남용하기에 주저함이 없었으므로 그 정도의 죄과는 마땅히 받아야 한다고 해명했소. 그리고 내가 정복한 영토는 일부 분배하겠다고 했소. 단, 그 사람이 정복한 아르메니아를 비롯하여 다른 왕국에 대해서도 같은 권리를 요구했소.

미시너스 그는 그 요구엔 결코 응하지 않을 것입니다.
카이사르 그렇다면 이쪽에서도 절대로 양보하지 않겠소.

옥타비아, 시종들과 함께 등장.

옥타비아 영광이 함께하길, 카이사르여! 가문의 우두머리여! 경애하는 카이사르여!
카이사르 버림받고 돌아온 건 아니시겠지요!
옥타비아 날 그렇게 생각하진 말아요, 그런 염려는 필요 없으니.
카이사르 그렇다면 왜 이렇게 은밀히 돌아오셨소? 카이사르의 누님답게 오시질 않고. 안토니우스의 아내라면 호위병들이 앞을 안내하고, 모습을 나타내기 전에 도착을 알리는 말 울음소리가 있어야 될 것 아니오. 그리고 길목의 수레에는 사람들이 올라앉아 기다리다 개중에는 지쳐서 실신한 사람도 있어야 할 것 아니오. 아니, 수많은 종자들이 일으키는 먼지가 하늘 끝까지 올라가야 하는 것 아니오. 그런데 누님은 시골 처녀처럼 로마에 돌아오셔서, 나로 하여금 애정의 표시도 못하게 했소. 애정이란 표시하지 않으면 흔히 잊혀지고 마는 것입니다. 바다와 육지에 사람을 보내고 곳곳마다 병사들을 더하여 환영해드려야 했습니다.

안토니우스와 클레오파트라

옥타비아   고마워요, 카이사르. 나는 억지로 온 것이 아니라, 내 스스로, 자발적으로 온 거예요. 내 남편 마르쿠스 안토니우스가 카이사르가 전쟁 준비를 한다는 그 슬픈 소식을 나에게 전해주었어요. 그래서 나는 남편에게 귀국을 부탁드렸어요.

카이사르   그래서 떠나도록 즉석에서 승낙을 했군요. 그 방법만이 자기의 음욕을 충족시키는 것이니까요.

옥타비아   그렇게 말씀하지 마세요.

카이사르   나는 전부 알고 있습니다. 그 사람의 동정은 바람을 타고 전해오거든요. 지금 그 사람은 어디 있습니까?

옥타비아   아테네에 있어요.

카이사르   아니오, 심한 모욕을 당한 누님이여, 클레오파트라가 그 사람에게 오라고 손짓을 했소. 그 사람은 자신의 제국을 창녀 같은 그 이집트 여왕에게 줘버렸소. 그리고 두 사람은 전쟁 준비를 하며 지금 지상의 여러 국왕들을 규합 중이오. 이미 그 사람 휘하에 모인 리비아의 왕 보카스, 카파도키아의 왕 아르켈라, 파플라고니아의 왕 필라델포스, 트라키아의 왕 아달라스, 아라비아의 왕 만쿠스, 폰드의 국왕, 유대국의 헤롯, 코마게네의 왕 미트리다테스, 그리고 메디아의 왕 폴레먼과 리카오니아의 왕 아민타스 등등, 이 밖에도 수많은 국왕들이 집합해 있소.

옥타비아   아, 비참한 내 신세! 소중한 두 분 사이에서 내 마음은 갈라지고, 그 두 분은 서로 미워하고 증오하는구나!

카이사르   잘 오셨습니다. 누님의 편지를 보고서 누님이 얼마나 모욕을 당하고 있는지 생각하며 분을 참을 길이 없었습니다. 그리고 마침내 내가 이대로 있으면 얼마나 위험한가를 깨달았습니다. 자, 기운을 내세요. 이 같은 부득이한 조치에 괴로워하지 마시고 마음을 달래시기 바랍니다. 그리고 비탄에 잠기지 마시고 만사를 숙명에 맡기십시오. 로마로 잘 돌아오셨소. 내게는 가장 소중한 누님입니다. 누님은 상상할 수 없을 만큼 모욕을 당하고 있습니다. 그래서 하늘의 신들이 누님을 위하여, 누님을 사랑하는 나와 나의 부하를 시켜 정의를 행사하게 하신 것입니다. 부디 진정하십시오. 잘 오셨습니다.

아그리파 잘 돌아오셨습니다.

미시너스 잘 돌아오셨습니다. 로마 사람들은 모두 마님을 사랑하고 애석해합니다. 호색가요, 지독한 방탕가인 저 안토니우스만이 마님을 소홀히 대하고 있었습니다. 그리고 그 사람은 음탕한 계집에게 권력을 내주고, 우리와의 싸움을 일으키고 있는 것입니다.

옥타비아 그럴까요?

카이사르 사실이 그렇습니다. 누님, 잘 돌아오셨습니다. 부디 마음을 달래십시오. 소중한 누님! (모두 퇴장)

제7장
악티움, 안토니우스의 진영

클레오파트라와 이노바르부스 등장.

클레오파트라 정말, 너를 가만두지 않을 테다.
이노바르부스 아니, 왜 그러십니까?
클레오파트라 그대는 나의 출전을 반대하고, 못마땅하게 말하니 말이다.
이노바르부스 아, 그렇다면 찬성할까요?
클레오파트라 내게 선전포고된 전쟁이 아닌가? 설사 그런 전쟁이 아니라 하더라도 내가 직접 출전해선 안 될 이유가 있단 말인가?
이노바르부스 (방백) 대답할 수 있지. 수말과 암말을 같이 데리고 전장에 나가면, 수말이 완전히 넋을 잃거든. 암말이 군졸과 수말을 같이 태울 테니 말이야.
클레오파트라 아니, 지금 뭐라고 중얼거렸지?
이노바르부스 여왕님과 함께 출전하면 안토니우스 장군은 반드시 혼란스럽게 될 것입니다. 그분의 용기며, 지력이며, 시간이며, 없어서는 안 될 것들을 빼앗기고 말 것입니다. 그렇지 않아도 그분은 경박하다는 비난을 받고 있는 처지입니다. 게다가 이번 전쟁은 내시 포티누스와 여왕님의 시녀들이 지휘한다는 소문이 로마에까지 돌고 있답니다.

클레오파트라 로마는 가라앉고, 내게 그런 욕을 하는 그들의 혀는 썩어버려라! 이번 전쟁의 비용은 내가 부담하고 있다. 또한 이 나라를 다스리는 왕으로서 남자와 동등하게 출전하겠다. 반대하지 마라, 나는 뒤에만 머물러 있지 않을 테니까.

이노바르부스 예, 이젠 반대하지 않겠습니다. 장군께서 오십니다.

　　　안토니우스와 카니디우스 등장.

안토니우스 카니디우스, 뜻밖의 일이 아닌가. 타란토와 브린디시로부터 출범한 사람이 그렇게 신속히 이오니아 해를 가로질러 토린을 점령할 수 있다니. 여보, 당신도 그 얘기를 들었소?

클레오파트라 태만한 사람이나 남의 신속함에 탄복하는 법입니다.

안토니우스 태만을 조롱하는 것은 멋진 비난이오. 현자의 입에서 나와도 어울릴 테지. 카니디우스, 우리는 바다에서 그를 맞아야겠어.

클레오파트라 바다! 물론 그러셔야죠!

카니디우스 왜 바다에서 맞으시려고 하십니까?

안토니우스 바다에서 도전해오니 말일세.

이노바르부스 하지만 장군님께서는 단둘이서 하는 육상에서의 승부를 제의하셨잖습니까?

카니디우스 그렇습니다. 일찍이 율리우스 카이사르가 폼페이우스와 싸운 저 파르살루스에서 이번 전투를 하자고 요청하셨습니다. 그러나 저쪽에선 자기네에게 불리한 제안이라 거부하고 있습니다.

그러니 장군님도 불리하시면 거부하셔야 합니다.

이노바르부스 우리 함대는 훌륭하지 못합니다. 배를 탄 군사들이라야 마부, 농부 등 모두 급히 징발된 자들입니다. 그런데 카이사르의 함대에는 폼페이우스와 싸운 역전의 용사들이 타고 있습니다. 적의 배는 가볍고 민첩하지만 우리 쪽 배는 무겁고 둔합니다. 해전을 거부하셔도 치욕은 아닙니다. 장군님은 육상에서의 전투만을 준비하고 계셨으니까요.

안토니우스 바다에서 싸운다. 해전이다.

이노바르부스 장군님, 그건 육상에서 수립해놓으신 절대적인 전공을 포기하시는 것입니다. 그리고 역전의 보병들로 구성된 병력을 분산시키고, 장군님의 탁월한 전략도 스스로 막는 것이며, 보장된 승리를 포기하시고, 순전히 운명에 맡기시는 것이 됩니다.

안토니우스 그래도 해전을 택하겠소.

클레오파트라 나는 60척의 배를 보유하고 있어요. 카이사르도 이보다는 많지 않아요.

안토니우스 적의 함대보다 많은 여분의 배는 불사르고, 나머지 배들만 충분히 무장하여 쳐들어오는 카이사르를 악티움의 곶에서 격퇴합시다. 만약에 패하면 그때는 육전을 하면 되오.

사자 등장.

안토니우스 무슨 일이냐?

사자 정보는 틀림없습니다. 카이사르가 나타났습니다. 그리고 토린을 점령했습니다.

안토니우스 카이사르가 직접 나타나다니? 그럴 리가! 그건 불가능한 일이다. 카니디우스, 육상에서 19개 군단과 기병 1만2천 기騎를 지휘해주게. 나는 군함으로 가겠네. 그럼, 가봅시다. 물의 여신과 같은 여왕이여!

한 병사 등장.

안토니우스 아니, 또 무슨 일이냐, 용사?

병사 오, 황제 폐하, 해전을 하지 마십시오. 썩은 널빤지를 배라고 믿지 마십시오. 이 칼과 이 상처 자국을 의심하십니까? 이집트인과 페니키아인들은 오리 놀이를 해도 상관없지만, 우리들은 대지에서 싸워 승리해왔으니까요.

안토니우스 좋아, 좋다! 알았어. 물러가라! (클레오파트라와 함께 황황히 퇴장. 이노바르부스 따라 들어간다)

병사 헤라클레스 신께 두고 맹세하지만, 내 말이 틀림없습니다.

카니디우스 병사, 사실 그렇다네. 그러나 장군님의 전력은 병력에 조금도 근거하지 않은 채 지휘당하고 있어. 그러니 우리는 여자들의 부하들이지.

병사 각하는 군단들과 기병대 전부를 육지에서 지휘하시겠죠?

카니디우스 마르쿠스 옥타비아와 마르쿠스 유스테이우스 그리고 퍼블리콜라와 실리우스 등은 바다로 가고, 우리는 모두 육지를 지키기로 되어 있다. 카이사르가 이렇게 빨리 나타날 줄은 정말 몰랐구나.

병사 카이사르가 로마에 있으면서 병력을 여러 부대로 나눠 파견해서 정탐을 했기 때문에 우리 병사들이 속고 만 것입니다.

카니디우스 그쪽의 부사령관은 누구라고 하더냐?

병사 타우르스라는 분이라고 합니다.

카니디우스 그자라면 나도 잘 알고 있지.

　사자 등장.

사자 황제께서 부르십니다.

카니디우스 시간이 새로운 사건을 만들어내느라고 시시각각 애를 쓰는구나. (모두 퇴장)

제8장
악티움 부근의 평원

　카이사르와 타우르스, 군대를 인솔하고 등장.

카이사르 타우르스!

타우르스 예, 각하!

카이사르 육상전은 하지 말고, 병력을 집결하시오. 그리고 해전이 끝나기 전에는 절대 전투를 하지 마시오. 이 명령을 어기면 안 되오. 우리의 운명은 이 한판 승부에 달려 있으니까. (모두 퇴장)

제9장
같은 평원의 다른 곳

안토니우스와 이노바르부스 등장.

안토니우스 카이사르의 진이 보이도록 저 언덕 너머에 진을 쳐라. 그곳에서는 그들의 함대 수가 보일 테니, 상황에 따라 진퇴를 결정할 수 있을 것이다. (모두 퇴장)

제10장
같은 평원의 다른 곳

한쪽에서 카니디우스가 군대를 이끌고 나와 무대를 가로질러 지나간다. 다른 쪽에서는 카이사르의 부장군 타우르스가 역시 진군한다. 양군이 지나간 뒤에는 해전의 함성이 들린다. 이노바르부스 등장.

이노바르부스 틀렸어, 틀렸어, 다 틀렸다! 차마 볼 수가 없구나. 60척의 함대를 이끈 이집트의 기함 안토니우스 호가 키를 돌려 달아나고 있어. 그 모습을 보고 있자니 눈이 멀 지경이야.

스카루스 등장.

스카루스 오, 신들이여, 모든 신들의 회합이여!
이노바르부스 왜 그렇게 흥분했소?
스카루스 바보 중의 바보 때문에 세계의 절반이 날아가고 말았소. 키스하고 있는 사이에 여러 왕국과 여러 영토가 날아가버렸단 말이오.
이노바르부스 전황은?
스카루스 우리 쪽은 염병에 걸려 있소. 죽을 게 확실하오. 이집트의 저 늙은 암말은 문둥병에나 걸리면 시원하겠어! 전투가 한창 절정에 달하고, 쌍둥이같이 세력이 막상막하일 때, 아니 오히려 이쪽이 더 유리한 때…… 글쎄 유월의 암소가 쇠파리에 쏘인 양 돛을 올리고 달아났어요.

이노바르부스 그건 나도 봤소. 그 꼴에 이 눈이 아찔해지고, 차마 그 이상은 볼 수 없었소.

스카루스 여왕이 바람을 잘 맞을 수 있는 곳으로 일단 뱃머리를 돌리자, 여왕한테 얼이 빠져 있는 안토니우스가 배의 날개를 펴고 암컷한테 반한 수컷 오리처럼 한창인 전투를 내팽개치고 여왕을 쫓아 도망쳐버렸소. 이렇게 치욕적인 행동은 처음 봤소. 경험과 기백과 명예를 이렇게 무자비하게 버리고 말다니.

이노바르부스 아, 세상에!

　　카니디우스 등장.

카니디우스 우리 운명은 이제 바다에서 숨이 끊어지고, 슬프게 가라앉는구려. 장군님만 예전처럼 현명하셨던들 이런 처지는 안 되었을 것을. 아, 장군님 스스로가 부하들에게 도망치는 모습을 보이다니.

이노바르부스 아, 당신도 그렇게 생각하시오? 그렇다면 이젠 끝입니다.

카니디우스 다들 펠로폰네소스로 도망쳤소.

스카루스 그곳으로 피하기는 쉽습니다. 나도 그곳으로 피하여 상황을 살펴보겠습니다.

카니디우스 나는 휘하의 군단과 기병을 카이사르께 양도하겠소. 벌써 여섯 명의 왕들이 항복하는 방법을 내게 보여주었소.
이노바르부스 내 이성은 반대 방향을 가리키긴 하지만, 그래도 나는 몰락한 안토니우스 장군의 운명을 따르겠소. (모두 퇴장)

제11장
알렉산드리아, 클레오파트라의 대궐

안토니우스, 시종들과 함께 등장.

안토니우스 아, 대지는 나에게 발도 딛지 말라는구나…… 나를 받들기를 부끄럽게 생각하는구나. 모두들, 이리 오너라. 나는 이 세상에서 영원히 길을 잃고 말았다. 황금을 가득 실은 배가 한 척 있으니 그걸 나누어 가지고 가서 카이사르와 화해를 해라.
일동 도망을 가라고요? 절대로 그럴 수 없습니다.
안토니우스 내 자신이 도망을 쳤다. 적에게 등을 보이는 겁쟁이 같은 모습을 보여주고 말았다. 다들 물러가라. 나는 이미 내가 가야 할 길을 택했으니, 이제 너희들의 도움은 필요하지 않다. 물러가라, 항구에 내 재물이 있으니, 그걸 나누어 가져라. 아, 나는 보기만 해도 치욕스러운 여자의 뒤를 쫓아왔구나. 내 머리칼들조차 서로 싸우고 있다. 흰 머리칼은 갈색 머리칼을 보고 경망스럽다고 비난하는가 하면, 갈색 머리칼은 흰 머리칼 보고 겁쟁이에다 늙었다고 비난한다. 물러들 가라. 내 편지를 써줄 테니 가지고 가라. 너희들을 위하여 길을 열어줄 것이다. 제발 슬픈 표정은 하지 말고, 싫다고도 하지 마라. 절망이 주는 기회를 놓치지 않게 해다오. 스스로를 버리는 자를 그냥 두고 떠나라. 지금 곧 바닷가로 가라. 그 배 안의 재물을 너희에게 주겠다. 제발 물러가다오, 제발. 이제 나는 명령할 자격을 잃고 말았으니 이렇게 애원한다. 언젠가 다시 만나자. (의자에 앉는다)

클레오파트라가 차아미안과 이로스의 부축을 받으며 등장. 아이래스가 뒤따라 들어온다.

이로스   여왕님, 장군님을 위로해드리십시오.
아이래스   그렇게 하세요, 여왕님.
차아미안   그렇게 하세요! 부디 그렇게 하셔야 합니다.
클레오파트라   좀 앉아야겠다. 오, 주노 여신이여!
안토니우스   아니다, 아아, 아아, 아아.
이로스   각하, 여기 여왕님이 계시잖습니까?
안토니우스   아, 제기랄. 다 틀렸어!
차아미안   여왕님!
아이래스   아, 여왕님!

이로스 각하, 각하!

안토니우스 응, 그렇지. 그놈은 필리피에서 무희처럼 칼을 그냥 차고만 있었지. 그때 내가 저 말라빠진 카시우스를 죽였지. 저 미치광이 브루투스를 죽인 것도 나였었지. 그놈은 부하만 파견했을 뿐, 직접 전쟁에는 참가하지 않았지. 그러나 이제는 다 지난 일이야.

클레오파트라 아! 부축을 해다오.

이로스 여왕님이십니다. 각하, 여왕님이십니다.

아이래스 여왕님, 다가가셔서 위로해드리세요. 장군님은 너무 치욕스러워 넋이 빠진 사람 같습니다.

클레오파트라 그래, 그렇게 해보자. 날 좀 부축해다오. 오!

이로스 각하, 일어나십시오, 여왕님이 오십니다. 머리는 떨어뜨리시고, 마치 죽음에 붙들려 있는 것처럼 보입니다. 장군님이 위로하시면 살아나실 겁니다.

안토니우스 나는 명예를 잃고 말았다. 더할 나위 없이 부끄러운 잘못을 저질렀지.

이로스 각하, 여왕님이십니다.

안토니우스 오, 이집트 여왕, 당신은 나를 어디로 인도했소? 여보, 나는 당신 눈에게 내 치욕을 숨기려고 부서진 명예의 과거를 회상하고 있던 중이오.

클레오파트라 아, 겁을 내고 달아난 것을 부디 용서해주세요. 당신이 쫓아오시리라곤 꿈에도 생각하지 못했어요.

안토니우스 여보, 이집트 여왕, 내 마음은 당신 배의 키에 끈으로 묶여 있어서 당신이 이끄는 대로 내가 끌려가리라는 것은 당신도 잘 알고 있소. 또 내 정신은 오직 당신이 지배를 하고 있으니, 당신의 부름이면 신의 명령을 거역하고라도 갈 수밖에 없다는 걸 당신은 잘 알고 있소.

클레오파트라 아, 용서하세요!

안토니우스 이제는 그 젊은이에게 비굴하게 조약을 청하고, 영락零落한 사람으로서 말을 얼버무리고 거짓말이라도 해봐야겠소. 세계의 절반을 마음대로 주무르고, 왕국들을 세우고 없애고 하던 내가 말이오. 당신은 잘 알고 있소. 당신이 얼마나 날 정복했고, 또한 정 때문에 약해진 이 칼은 오직 정에 순종할 수밖에 없다는 것을.

클레오파트라 용서하세요, 용서하세요!

안토니우스 제발 눈물은 흘리지 마오. 그 한 방울 한 방울은 내가 얻고 잃은 전부와 같으니까. 자, 키스를, 그것만이 내게 보상이 되오. 아이들의 가정교사를 사자로 보냈는데 아직 돌아오지 않았는가? 여보, 내 머릿속엔 납이 가득 차 있는 것만 같소. 안에 누구 없나, 술과 안주를 좀 내오너라! 운명이 큰 상처를 받았을 때 우리는 운명을 가장 크게 비웃거든. (모두 퇴장)

제12장
이집트, 카이사르의 진영

  카이사르, 아그리파, 돌라벨라, 타디아스, 그 밖의 사람들 등장.

카이사르 안토니우스로부터 온 사자를 들여보내라. 그자를 잘 아는가?

돌라벨라 예, 그 사람은 안토니우스 아이들의 가정교사입니다. 이렇게 하찮은 사람을 사자로 보내온 것은, 날개가 다 뽑혀 있다는 증거입니다. 몇 달 전만 해도 얼마든지 국왕들을 사자로 보내고도 남았을 텐데 말입니다.

  안토니우스의 사자인 가정교사 등장.

카이사르 이리 가까이 와서 말해보라.

가정교사 하찮은 사람이지만 안토니우스의 사자이올시다. 얼마 전 도금양 잎의 아침 이슬처럼 남아돌 만큼 많은 국왕들이 사자로 있었던 때는 그분의 사자로는 어림도 없던 몸입니다.

카이사르 그럴 테지. 그대 용무를 말하라.

가정교사 그분은 각하를 운명의 지배자로 생각하시니 이집트에서 살게 해주십사 청하십니다. 만약 이 청이 허락되지 않는다면 더 조그만 청으로 아테네의 한낱 시민으로 이 하늘과 땅 사이에서 호흡하게 해주십사 청하셨습니다. 그분의 청은 이상과 같습니다. 그리고 클레오파트라 여왕은 각하의 위대하심을 인정하시고 각하의 위엄과 권위 앞에 복종하시겠답니다. 그리고 이제 각하의 수중에 놓여 있는 프톨레마이오스 왕가의 왕관을 당신의 자손에게 물려주도록 해주십사고 애원하십니다.

카이사르 안토니우스의 청을 들어줄 아량을 나는 가지지 않았소. 그러나 여왕의 접견이나 희망은 거절하진 않겠소. 명예스럽지 못한 그자를 이집트에서 추방하든지, 아니면 목을 베어준다면 말이오. 이 일만 수행해주면 여왕의 청을 들어주겠소. 돌아가서 두 사람에게 그렇게 전하시오.

가정교사 그럼 전하, 행운이 함께하길 바라겠습니다.

카이사르 진중陣中을 통과시켜 보내라. (가정교사 퇴장. 타디아스에게) 타디아스, 이제야 자네의 능변을 시험할 때가 왔네. 어서 가서 안토니우스로부터 여왕을 빼앗게. 내 이름으로 여왕의 요청을 허락하게. 아니, 자네의 생각대로 더 좋은 조건을 제공해도 좋다네. 여자란 행운의 절정에 있을 때조차도 강하지 못한 법이니, 곤경에 빠지면 순결한 처녀라도 맹세를 깨뜨리거든. 그러니 자네의 계교를 시험해 보게. 수고에 대한 보수는 자네의 손으로 정하게. 그럼 난 그대로 실행해줄 테니까.

타디아스 각하, 그럼 다녀오겠습니다.

카이사르 안토니우스가 이 역경을 어떻게 견디고 있는지, 그리고 그 사람의 일거수일투족이 무엇을 뜻하는지 잘 관찰하게.

타디아스 카이사르 각하, 그렇게 하겠습니다. (모두 퇴장)

제13장
알렉산드리아, 클레오파트라의 대궐

클레오파트라, 이노바르부스, 차아미안, 아이래스 등장.

클레오파트라 이봐, 이노바르부스, 어떻게 해야 좋겠나?
이노바르부스 깊이 생각하고 번민하다 죽는 거죠.
클레오파트라 이번 일은 안토니우스와 나 중 어느 쪽의 잘못이지?
이노바르부스 안토니우스만의 잘못입니다. 그분은 이성을 욕정의 노예로 삼았으니까요. 양군 함대가 서로 상대방을 위협하는 대해전을 치르고 있을 때 여왕님이 달아나신다고 그분마저 달아나시다니. 천하를 다투는 싸움을 하시면서 욕정 때문에 지휘관의 임무를 포기하실 수 있습니까? 이 전쟁의 총책임자이신 분이 어처구니없이 우리 함대를 내버려두고 도주하는 여왕님의 깃발을 따라가시다니, 그건 패전일 뿐만 아니라 치욕입니다.
클레오파트라 제발, 아무 말도 하지 마라.

안토니우스가 가정교사와 함께 등장.

안토니우스 그것이 그 사람의 대답이오?

가정교사 예, 장군님.

안토니우스 그렇다면 나를 넘겨주면 여왕을 환대하겠다는 것이군.

가정교사 예, 그런 대답이셨습니다.

안토니우스 여왕께 그렇게 알려라. 이 반백의 머리를 애송이 같은 카이사르에게 보내기만 하면 그자가 영토를 당신 욕심대로 줄 거라고.

클레오파트라 당신의 머리를?

안토니우스 다시 가서 이렇게 전해라. 그자는 지금 인생이 활짝 핀 꽃이므로, 세상은 그자에게서 비범한 공훈을 보고자 할 거라고. 그자의 화폐, 함대, 군단 등은 겁쟁이라도 가질 수 있다. 그자가 지휘하는 장군들도 그자의 지휘 아니라 어린애의 지휘 아래서도 승리를 거둘 만한 자들이다. 그러니 그 화려한 장식들은 집어치우고, 몰락한 나와 단둘이서 결투를 하잔다고 전하라. 편지를 써주겠으니 이리 따라오라. (가정교사를 데리고 들어간다)

이노바르부스 (방백) 음, 그래, 대군단을 거느린 카이사르가 일개 검투사와 맞서서 구경거리가 돼줄 리가 없지! 사람의 분별력은 각자의 운명과 특별한 관계여서 불운한 외부의 조건들이 내면을 잡아당겨, 분별력을 다 못 쓰게 만드나 봐. 원, 경중輕重을 다 알고 있으면서, 충만한 카이사르가 텅 빈 자기와 결투를 하리라고 몽상을 하다니! 카이사르여, 당신은 그분의 분별력까지 정복했군요.

하인 등장.

하인 카이사르의 사자가 왔습니다.

클레오파트라 아니, 예절을 다 잊었느냐? 봐라, 애들아, 봉오리 앞에서는 무릎을 꿇던 무리들이 피어버린 장미 앞에서는 코를 막는구나. 사자를 들어오게 해라. (하인 퇴장)

이노바르부스 (방백) 내 명예심이 나와 싸우기 시작하는구나. 바보 한테 충성을 하면 그 충성이 바보짓같이 보일 뿐이지. 하지만 몰락한 주인을 충실히 따를 수 있는 자는 그 주인을 정복한 사람을 정복하는 것이 되지. 그리고 역사에 이름을 남기게 될 것이다.

　　타디아스 등장.

클레오파트라 카이사르의 뜻은?

타디아스 단둘이 되면 말씀드리겠습니다.

클레오파트라 염려 말고 말해보오, 측근들뿐이니.

타디아스 그렇다면 이 사람들은 안토니우스에게도 측근일 텐데요.

이노바르부스 그야 안토니우스에게도 카이사르만큼 측근이 필요합니다. 아주 필요 없게 되지 않은 한. 카이사르만 좋으시다면 우리 주인은 뛰어가서 항복을 하실 겁니다. 그리고 우리들은 물론 주인이 섬기는 분의 부하가 되지요. 즉 카이사르의 부하가 되는 것이지요.

타디아스 글쎄요…… 고명하신 여왕님, 카이사르께서 하신 말씀은 오직 카이사르를 신뢰하시고 다른 생각은 마시라는 것뿐입니다.

클레오파트라 어서 계속하오, 제왕다운 말씀이오.

타디아스 카이사르께서는 잘 알고 계십니다. 여왕께서는 사랑보다 두려움 때문에 안토니우스를 거두는 것이라고.

클레오파트라 오!

타디아스 그러니까 이번 여왕님의 명예의 손상은 마땅히 받으실 것이 아니라 강요당한 치욕이라는 점을 카이사르는 동정하고 계십니다.

클레오파트라 카이사르는 신이시고 진실을 알고 계시는군요. 내 명예는 내 손으로 포기한 것이 아니라, 순전히 폭력으로 정복당한 것이었소.

이노바르부스 (방백) 그게 사실인지 안토니우스께 물어봐야지. 아, 이토록 모진 풍랑에는 장군님도 침몰할 수밖에 없다. 가장 사랑받는 분조차 곁을 떠나니 말이야. (퇴장)

타디아스 여왕님의 뜻을 카이사르께 전하리까? 여왕님의 요구가 있으시기를 카이사르는 바라고 계십니다. 여왕께서 카이사르의 행운에 의지하신다면, 카이사르는 대단히 만족하실 겁니다. 그리고 안토니우스를 버리고 천하의 주인이신 카이사르의 보호를 받으신다는 뜻을 전해 들으시면 대단히 기뻐하실 겁니다.

클레오파트라 당신의 이름은?

타디아스 타디아스라고 합니다.

클레오파트라 수고스럽지만 위대하신 카이사르께 나를 대신하여 이렇게 좀 전해주시오. 이 클레오파트라는 정복자 카이사르의 손에 키스를 한다고. 그리고 또 왕관을 당신의 발밑에 바치고 무릎을 꿇겠으며, 세계를 지배하시는 그분의 그 소중한 입으로 이집트 여왕의 운명을 듣겠노라고.

타디아스   가장 현명한 생각이십니다. 지혜와 운명이 맞서더라도 지혜가 전력을 다하여 싸우면, 운명도 지혜를 이기지 못합니다. 제가 경의를 표하게 해주십시오.

클레오파트라   카이사르의 선친께서는 여러 왕국의 공략을 구상하는 중에도, 이 하찮은 손에 소낙비 같은 키스를 쏟곤 하셨지요. (손을 내준다)

안토니우스와 이노바르부스 다시 등장.

안토니우스   키스의 은총을 베푸는군! 제기랄, 뇌성의 신이여! 대체 넌 누구냐?

타디아스   가장 원만하시고, 가장 훌륭하시고, 천하를 군림하시는 분의 명령을 집행하고 있는 사람입니다.

이노바르부스   (방백) 넌 매를 좀 맞아야겠어.

안토니우스   (큰 소리로) 누구 없느냐! (클레오파트라에게) 갈보 같은 년! (잠시 뒤에) 아, 제기랄! 이제 내 위엄은 녹아 없어졌구나. 얼마 전만 해도 내가 "여!" 하고 소리를 지르면 여러 나라의 왕들이 밤톨을 쟁취하려고 모여드는 소년들처럼 앞을 다투어 뛰어와서는 "무슨 용무십니까?" 하곤 했는데. (시종들 황황히 등장) 귀가 먹었느냐? 나는 아직도 안토니우스다. 이 녀석을 끌고 나가서 혼을 내줘라.

이노바르부스   (방백) 다 죽어가는 이 늙은 사자보다는 새끼 사자하고 노는 것이 낫겠는걸.

안토니우스   제기랄! 저 녀석을 매질해라! 카이사르한테 조공을 바치는 20개국의 국왕이라 해도 감히 불손하게 이 여자의 손을 만진단 말이냐! 이 여자 이름이 뭐지? 전에는 클레오파트라라고 했는데. 여봐라, 이 녀석을 때려라. 아이처럼 울상이 되어 큰 소리로 용서를 청할 때까지. 어서 이 녀석을 끌고 나가라.

타디아스 마르쿠스 안토니우스……

안토니우스 끌어내서 매를 실컷 때리고, 다시 끌고 들어오너라. 카이사르의 이 종놈한테 내 답장을 들고 가게 하겠다. (시종들이 타디아스를 데리고 나간다) 내가 만나기 전에 당신은 절반쯤 시들은 여자였소. 허! 내가 주옥같은 현녀를 로마의 독수공방에다 적자도 낳지 못하게 버려두고, 놈팡이에게 호의를 베푸는 계집에게 속다니!

클레오파트라 여보……

안토니우스 너는 원래 바람이 잔뜩 든 여자였다. 하지만 우리는 차차 악덕으로 굳어지게 되었고…… 아, 슬픈 일이로다! 현명한 신들은 우리의 눈을 가리고, 우리의 명석한 분별력을 구덩이로 밀어넣고 자신의 과실을 숭상케 하여 파멸을 향해 뽐내며 가고 있는 우리를 비웃는군.

클레오파트라 아, 왜 그렇게 말씀하세요?

안토니우스 처음 만났을 때 당신은 대카이사르가 접시 위에 남긴 식은 음식이었소. 아니, 폼페이우스가 먹다 남긴 찌꺼기였지. 이 밖에도 세상의 악평에 오르지는 않았지만 음란한 치정 속에 얼마나 많은 시간을 보냈는지 헤아릴 수 없을 정도요. 당신은 정숙이 어떤 것인지 짐작은 하겠지만, 실제로 어떠한 것인지는 알지도 못하오.

클레오파트라 어떻게 그런 말씀을?

안토니우스   상을 받고자 "당신께 신의 은총이 내리시길"이라고 말할 녀석 따위에게 나의 장난감인 그 손을 함부로 내주다니. 여러 왕으로부터 마음의 맹세를 받은 그 훌륭한 손을! 오, 차라리 나는 바산 언덕에 올라가서 뿔 돋친 가축들도 무색할 정도로 큰 소리를 질러봤으면! 난 미칠 것만 같구나. 그러니 날더러 점잖게 말하라는 건, 사형수보고 집행리에게 멋지게 교수해주는 데 대해 치사를 하라는 것과 같지. (시종들이 타디아스를 데리고 다시 등장) 매질을 했느냐?

시종 1   예, 힘껏 때렸습니다.

안토니우스   울더냐? 그리고 용서를 빌더냐?

시종 1   예, 은혜를 간청했습니다.

안토니우스   네 아비가 아직 살아 있거든, 너를 딸로 낳지 못한 것을 후회하라고 해라. 그 사람을 따른 탓으로 매를 맞은 것이니까. 이제부터는 여자의 흰 손만 보면 학질에 걸린 듯 부들부들 떨거라. 카이사르에게 돌아가서 네가 받은 대우를 보고해라. 그리고 내가 그 사람에게 화를 내더라고 잊지 말고 꼭 전해라. 그 사람은 과거의 나를 잘 알면서 무시해버리고 현재의 내 처지만을 생각하여 오만 불손하게 구는구나. 그 사람이 나를 화나게 했다. 하긴 그렇게 하기에는 지금이 가장 좋을 테지. 전에는 나를 지켜주고 이끌어주던 행운의 성신들도 지금은 궤도를 비워두고 떠나서, 그 빛을 지옥의 심연 속에 몰아넣고 말았으니까. 만약 내 말과 행동에 불만이 있거든 내가 풀어준 노예 히파르쿠스가 그쪽에 가 있으니, 그놈을 때리든지 목을 조르든지 고문을 하든지 마음대로 해서 보복을 하라고 전해라. 상처를 지닌 채 어서 돌아가라! (타디아스 나간다)

클레오파트라 이제 다 끝나셨어요?

안토니우스 아, 나의 지상의 달님이 이제 월식을 하는군. 이건 바로 이 안토니우스의 멸망의 징조지.

클레오파트라 나는 참고 기다릴 수밖에.

안토니우스 카이사르에게 아첨하기 위해 카이사르의 바지 끈을 매주는 놈에게까지 추파를 보내다니!

클레오파트라 그래도 제 마음을 잘 모르십니까?

안토니우스 냉정한 마음 말이오?

클레오파트라 아, 만약 그렇다면 하늘이여, 그 냉정한 마음을 독을 넣은 우박으로 만들어주시고, 첫 덩어리를 제 목덜미에 내려주소서. 그리고 그것이 녹아내림과 동시에 내 목숨도 녹게 해주소서! 다음엔 카이사르의 목에 내려주소서! 그리고 내 자궁이 낳은 씨들은 물론이고 이집트 국민 전체도 우박들이 녹아내림과 동시에 무덤도 없이 쓰러뜨려, 마침내는 나일 강의 파리와 각다귀들 뱃속에 매장되게 하소서!

안토니우스 이제 됐소. 카이사르는 알렉산드리아에 진을 치고 있소. 나는 그곳에서 결전을 하겠소. 우리 육군은 여전히 건재하고, 패하여 뿔뿔이 흩어진 해군 또한 다시 집결하여 해상에 위풍 당당하게 떠 있소. 어디에 갔는가, 내 용기는? 여보, 내 말을 듣고 있소? 전장에서 살아 돌아와 그 입술에 키스할 때의 나는 적의 피로 물들어 있을 것이오. 이 칼로써 역사에 이름을 남기리라. 아직도 희망은 있소.

클레오파트라 아, 훌륭한 말씀이십니다. 나의 안토니우스 님.

안토니우스 평소보다 세 배나 강한 체력과 심장과 호흡을 가지고,

잔인하게 싸우겠소. 내 운명이 행복했던 시절에는 우스갯소리 한 마디만으로도 목숨을 구해주었소. 하지만 이제는 나를 방해하는 놈은 모조리 암흑으로 보내겠소. 자, 한 번 더 찬란한 밤을 가집시다. 우울한 부대장들을 불러들이시오. 다시 한 번 술잔을 채우고, 심야의 종을 조롱해줍시다.

클레오파트라 오늘이 제 생일입니다. 간소하게 지낼 생각이었으나, 당신께서 진정한 안토니우스로 되돌아오셨으니, 저 또한 다시 클레오파트라가 되겠습니다.

안토니우스 세계는 우리의 것이 될 것이오.

클레오파트라 (시종에게) 장군님 휘하의 훌륭한 부대장을 모두 불러들여라.

안토니우스 그렇게 해라. 그들에게 할 말이 있으니까. 오늘 밤은 그들의 상처에서 술이 새어나올 때까지 마시게 하겠다. 자, 여왕, 아직도 희망은 남아 있소. 다음에 싸울 때는 죽음의 신이 내게 반하게 만들겠소. (이노바르부스만 남고 모두 퇴장)

이노바르부스 저 눈초리에 번갯불도 무색하게 되겠군. 절망으로 발광하면 너무 겁이 나서 도리어 공포를 알지 못하거든. 저런 기분이면 비둘기도 타조에게 덤벼들지. 우리 대장님은 두뇌가 감퇴되더니 용기가 회복되는 모양이야. 하지만 용기가 분별을 잡아먹기 시작하면 마침내 용기는 연장인 칼마저 삼키고 말거든. 이젠 그 사람과 헤어질 길을 찾아야겠는걸.

제4막

제1장
알렉산드리아 부근, 카이사르의 진영

카이사르, 아그리파, 미시너스, 군대를 거느리고 등장. 카이사르가 편지를 읽는다.

카이사르 그 사람은 나를 애송이라고 부르고, 이집트에서 나를 격퇴할 힘이라도 가진 듯이 야단법석이군. 그리고 내 사자에게 심한 매질을 했소. 그리고 나와 단둘이 싸우자고 요구했구려. 안토니우스가 이 카이사르와! 나는 그런 방법이 아니더라도 죽는 방법을 많이 알고 있노라고 그 늙은 악당에게 알려줘야겠소. 그동안 우린 그 사람의 도전을 비웃어줍시다.

미시너스 카이사르 각하, 신중히 생각하셔야 합니다. 그렇게 큰 인물이 날뛰기 시작하면, 쓰러질 때까지 쫓는 법이니까요. 숨 쉴 여유조차 주지 말고 이 순간을 이용하십시오. 성난 자는 자기 자신을 지켜내지 못하는 법입니다.

카이사르 휘하 병사들에게 알리오. 내일 마지막 결전을 할 생각이라오. 우리 군졸 중에는 얼마 전까지 마르쿠스 안토니우스의 지휘하에 있던 자들이 많이 있소. 그 사람들만으로도 그자를 충분히 생포할 수 있소. 그렇게 명령을 전달하고, 전군에게 주연을 베푸시오. 그들은 큰 대접을 받을 만하오. 불쌍한 안토니우스 같으니! (모두 퇴장)

제2장
알렉산드리아, 클레오파트라의 대궐

안토니우스, 클레오파트라, 이노바르부스, 차아미안, 아이래스, 알렉사스, 그 밖의 사람들 등장.

안토니우스 이노바르부스, 그자는 왜 나와의 승부를 피하는 것일까?
이노바르부스 싸우지 않을 겁니다.
안토니우스 왜 싸우지 않을까?
이노바르부스 그 사람은 스무 배나 운이 좋으니까, 자기가 스무 배는 훌륭하다고 생각하고 있거든요.

안토니우스 용사, 내일은 해륙 양면 작전을 펼 거라네. 그때 나는 살아남든가, 아니면 죽어서 명예를 피에 잠기게 하여 이름을 역사에 남기겠네. 자네도 분투해주겠지?

이노바르부스 분투하고말고요. "마지막으로 결판을 내자"라고 외치겠습니다.

안토니우스 좋은 말이야. 내 하인들을 불러주게. 오늘 밤은 큰 잔치로 그들을 실컷 먹게 해줘야겠어.

　　　　하인 서너 명 등장.

　　　　　　　이봐, 손을 다오. 그대는 충성을 다해주었어. 그대도 그랬고, 그대도, 그리고 그대와 그대도. 그대들은 모두 잘 봉사해주었어. 그리고 여러 국왕들이 그대들의 동료였었지.

클레오파트라 (이노바르부스에게) 무슨 뜻일까?

이노바르부스 (클레오파트라에게) 슬픈 마음에서 튀어나오는 일종의 괴상한 변덕입니다.

안토니우스 그리고 그대도 충실했어. 차라리 나는 그대들 하나하나로 변신하고, 그대들은 하나로 뭉쳐서 이 안토니우스가 되었으면 좋겠어. 그대들이 시중들어준 만큼 내가 보답할 수 있도록 말이야.

모두 천만의 말씀이십니다.

안토니우스 음. 여보게들, 오늘 밤은 내 시중을 들어다오. 술잔은 상관하지 말고 실컷 술을 따라다오. 내 제국이 그대들같이 내 명령대로 움직이던 때처럼.

클레오파트라　(이노바르부스에게) 어쩌자는 걸까?

이노바르부스　(클레오파트라에게) 하인들을 울려보자는 것입니다.

안토니우스　오늘 밤은 내 시중을 들어라. 이것이 그대들의 마지막 충성이 될 것이다. 앞으로는 나를 만나지 못할 것이다. 만나게 되더라도 만신창이가 된 시체를 보게 될 것이다. 그대들은 내일부터 다른 주인을 섬기게 될 것이다. 난 지금 마지막 작별 인사를 하고 있네. 성실한 그대들을 내가 쫓아내지는 않겠네. 아니, 나는 그대들의 충성과 부부의 연을 맺은 주인이니 죽는 날까지 같이 있겠네. 오늘 밤 두어 시간만 시중을 들어라. 그 이상은 바라지 않을 테니. 그 보답은 신들이 내려주실 거야!

이노바르부스　각하, 왜 이렇게 사람들을 불안 속으로 몰아넣으십니까? 보십시오, 울고 있습니다. 저 역시 바보같이 눈물이 나옵니다. 수치스럽습니다. 제발 저희들을 허약한 사람으로 만들지 마십시오.

안토니우스　하, 하, 하! 내가 그럴 생각이었다면 벼락을 맞아도 좋지! 그대들 눈물이 떨어지는 곳에 신들의 은혜가 내리시길! 그대들은 내 말을 너무 슬픈 뜻으로 받아들였구나. 난 그대들을 위로하고자 그런 말을 한 거야. 그리고 오늘 밤은 밤새도록 횃불을 밝혀주기 바란다. 내일에 큰 희망을 걸어보자. 명예로운 죽음보다는 살아서 승리의 길을 가도록 해보자. 자, 잔치를 열고, 시름은 술 속으로 처넣어버리자. (모두 퇴장)

제3장
같은 장소. 대궐 앞의 망대

일군의 병사들 등장.

병사 1 여, 형제, 잘 있었나. 내일이면 마침내……
병사 2 어쨌든 결판은 날 걸세. 다시 만나세. 그런데 거리에서 이상한 소문을 듣지 못했나?
병사 1 전혀 못 들었는걸. 대관절 무슨 소문인데?
병사 2 괜한 뜬소문이겠지. 잘 있게나.
병사 1 아, 잘 가게.

다른 병사들 등장.

병사 2 여보게, 착실히 경계를 하게.
병사 3 자네도 잘하게. 그럼 잘 가게, 잘 가.

무대 네 구석에 각각 가서 선다.

병사 4 난 여기 있겠네. 내일 우리 쪽 해군이 이기면 육군도 틀림없이 무사할 거야.

병사 3 그야말로 용감무쌍한 육군이거든. (이때 무대 밑에서 기묘한 음악 소리가 들려온다)

병사 4 쉬! 저 소리는?

병사 1 어디, 들어보세!

병사 2 조용히들!

병사 1 하늘에서 들려오는군.

병사 3 아냐, 땅 밑에서 들려오네.

병사 4 좋은 징조가 아닐까?

병사 3 웬걸.

병사 1 제발 조용히! 도대체 무슨 징조일까?

병사 2 이건 우리 장군님이 사랑하시는 헤라클레스 신이 장군님 곁에서 떠나는 징조인가 봐.

병사 1 저리 가서 물어보세. 다른 파수병들에게도 같은 소리가 들리는지를.

병사 2 여, 여보게들!

일동 여! 여! 자네들에게도 저 소리가 들리나?

병사 1 들었어. 참 이상하지 않나?

병사 3 여보게들, 들리는가? 자네들에게도 들리는가?

병사 1 망대 끝까지 저 소리를 쫓아가서 저 소리가 어떻게 그치는지 알아보세.

모두 그렇게 하세. 참 이상도 하지.

제4장
클레오파트라의 대궐

안토니우스, 클레오파트라, 차아미안, 그 밖의 시종 등장.

안토니우스 이로스! 내 갑옷을 가져오게, 이로스!
클레오파트라 좀 주무세요.
안토니우스 여보, 걱정 마오. 이로스, 내 갑옷을 가져오라니까, 이로스!

이로스, 갑옷을 들고 등장.

안토니우스 자, 그 갑옷을 좀 입혀주게. 만약 오늘 행운이 함께하지 않는다면, 그건 우리가 그 행운에 도전했기 때문이겠지, 자!
클레오파트라 저도 같이 거들어드리겠어요. 이건 어떻게 하는 거죠?
안토니우스 아, 그만두시오, 그만두시오! 당신은 내 심장에 갑옷을 입혀주는 사람이니까. 아냐, 아냐, 이거요, 이거.
클레오파트라 아, 제가 거들어드리죠. 이건 이렇게 해야겠죠?
안토니우스 음, 음. 이번엔 우리가 승리할 거야. 어떤가, 이로스, 내 모습이? 자네도 가서 갑옷을 입고 오게.

이로스 예, 곧 입고 나오겠습니다.

클레오파트라 죔쇠는 이렇게 매는 편이 좋지 않을까요?

안토니우스 참 훌륭하오, 훌륭해. 쉬기 위하여 내 손으로 이걸 손수 풀기 전에 이 죔쇠에 손대는 놈은 폭풍을 만날 것이다. 이로스, 자넨 솜씨가 서툴어. 자네보다는 우리 여왕님이 훨씬 더 솜씨 있게 시중을 드는군. 어서 서두르게. 여왕, 오늘이야말로 내가 싸우는 모습을 당신께 보여주고 싶구려! 진짜 용사가 어떠한 것인가를 말이야!

무장을 한 병사 등장.

안토니우스 아침 일찍 잘 왔다. 넌 군인의 직책에 충실한 병사 같구나. 좋아하는 일에는 일찍 일어나서, 즐거운 마음으로 뛰어나가기 마련이니까.

병사 장군님, 아직 이른 아침이지만, 천 명의 군사가 완전 무장을 하고 성문 앞에서 대기하고 있습니다. (환성, 나팔 소리)

부대장들과 병사들 등장.

부대장 좋은 날씨입니다. 밤새 안녕히 주무셨습니까, 장군님!

모두 안녕히 주무셨습니까, 장군님!

안토니우스 음, 화창한 날씨구나. 마치 공명을 세우려고 결심한 젊은이의 심장 같다. (이로스에게) 음, 음, 그걸 다오. 이리 다오…… 아, 그래야지! 여왕이여, 잘 있으시오. 내가 어찌 되든 이건 용사의 키스요. (클레오파트라에게 키스한다) 쓸데없는 인사로 이 이상 지체하면 비난과 수치스런 비방만 살 뿐이오. 강철 같은 대장부답게 이만 작별하겠소. 그럼 싸울 결심을 한 용사들은 나를 따르라. 전쟁터로 나가자. 출발이다. (클레오파트라와 차아미안을 남겨두고 모두 퇴장)

차아미안 여왕님, 안으로 들어가시지요.

클레오파트라 그래, 그러자꾸나. 용감하게 출전하시는구나. 그분과 카이사르 단둘이 승부를 결판내면 얼마나 좋겠니! 그러면 안토니우스가…… 아냐, 어서 들어가자. (두 사람 퇴장)

제5장
알렉산드리아, 안토니우스의 진영

나팔 소리. 안토니우스와 이로스 등장. 병사 한 명이 등장하여 두 사람과 마주친다.

병사 오, 신이시여, 오늘은 안토니우스 장군님께 행복한 날이 되게 해주소서!

안토니우스 너와 나의 상처가 권하는 대로 육지에서 싸웠더라면 좋았을걸.

병사 그러셨더라면 반역한 여러 국왕들과 오늘 아침 탈주한 그 군인도 여전히 장군님의 뒤를 따르고 있을 것입니다.

안토니우스 오늘 아침에 탈주하다니, 누가?

병사 누구냐고요? 항상 장군님 곁에 있던 사람이지 누굽니까. 이노바르부스를 불러보십시오, 대답이 없을 것입니다. 아니, 카이사르의 진영에서 "이제 난 당신의 부하가 아니오" 하고 대답해올 것입니다.

안토니우스 그게 정말이냐?

병사 예, 카이사르에게로 갔습니다.

이로스 행장과 소지품은 안 가지고 갔습니다.

안토니우스 정말 가버렸단 말이냐?

병사 정말 가버렸습니다.

안토니우스 이로스, 그자의 소지품을 보내주게, 어서. 하나도 남기지 말고, 부디 다 보내주게. 그리고 편지를 써 보내게. 내가 서명을 하겠어. 가서 잘 지내라고 하게. 그리고 다시는 주인을 바꾸는 일이 없기를 바란다고 하게. 아, 내 불운이 정직한 사람들까지 부패시켰구나! 급히 서둘러라. 아, 이노바르부스가! (모두 퇴장)

제6장
알렉산드리아, 카이사르의 진영

나팔 소리. 카이사르, 아그리파, 이노바르부스가 허둥지둥 등장.

카이사르 아그리파, 진군하여 전투를 시작하오. 내 목적은 안토니우스를 생포하는 것이니 휘하에 그렇게 주지시켜요.
아그리파 카이사르 각하, 잘 알았습니다. (퇴장)
카이사르 천하태평의 시대가 다가왔다. 오늘 승리를 거두면, 세계의 구석구석에 월계수가 무성하게 될 것이다.

사자 등장.

사자 안토니우스가 이미 출진했답니다.
카이사르 가서 아그리파에게 전해라. 적군의 귀순병들을 최전선에다 배치하라고. 그렇게 하면 안토니우스는 자기가 자기를 치는 셈이 아니겠느냐. (이노바르부스만 남고 다들 허둥지둥 퇴장)
이노바르부스 알렉사스는 이렇게 반역을 했지. 안토니우스의 명령으로 유대에 가서는 헤롯 대왕을 설복하여 카이사르에게 마음을 기울게 하고 주인인 안토니우스를 버리게 했지. 그런데 카이사르는 그 공로로 그자를 교수형에 처했었지. 투항한 카니디우스 일당도 명예로운 직책은 얻었으나, 신임은 얻지 못하고 있잖은가. 내가 실수를 범했구나. 가책이 얼마나 심한지, 이제 나에게는 기쁜 날이 없을 것 같다.

  카이사르의 한 병사 등장.

병사 이노바르부스, 안토니우스가 당신의 짐을 모두 보내왔습니다. 게다가 선물까지. 사자가 내 초소로 찾아왔습니다. 그리고 지금 당신의 막사 앞에 있는 나귀 등에서 짐을 내리고 있는 중입니다.
이노바르부스 그건 당신이 가지시오.
병사 농담 마세요, 이노바르부스, 내 말은 정말입니다. 짐을 가지고 온 분을 진중 밖에까지 전송해주는 것이 좋을 것 같습니다. 볼일만 없다면 내가 직접 그렇게 해드렸으면 좋겠습니다만. 당신의 황제님은 여전히 주피터 신이구려. (병사 퇴장)
이노바르부스 나야말로 세상에서 가장 나쁜 놈이구나. 지금에야 그것을 뼈저리게 느낀다. 오, 안토니우스, 한없이 관대하신 양반. 내 좀 더 충성을 바쳤더라면 어떤 보수를 받았을는지, 내 배신조차 이렇게 황금의 영광을 받는 것을! 아, 가슴이 터질 것만 같구나. 회한에 이 가슴이 터지지 않는다면 보다 더 신속한 수단으로 당장 이 가슴을 때려 부숴야. 하지만 절망으로 가슴은 터지고 말 거야. 내가 그분과 맞서 싸우다니! 안 될 말이지. 어디 수렁이나 찾아가서 빠져 죽어버리자. 내 인생의 마지막엔 가장 더러운 곳이 알맞지 않나. (퇴장)

제7장
같은 곳, 안토니우스의 진영

경종 소리, 북과 나팔 소리. 아그리파가 부하 장병들과 등장.

아그리파 후퇴! 우리는 적진 속으로 너무 많이 밀고 들어왔어. 카이사르 각하도 고전 중이시군. 적의 공격이 예상했던 것보다 훨씬 강하구나. (모두 퇴장)

경종 소리. 안토니우스와 부상당한 스카루스 등장.

스카루스 오, 용감하신 황제 폐하, 정말 훌륭한 전투였습니다. 처음부터 이렇게 싸웠다면 적들은 이마에 붕대를 감은 꼴로 달아났을 것입니다.
안토니우스 자네, 출혈이 심하군.
스카루스 아까만 해도 상처가 T자 같았지만 이제는 H자 같이 되어버렸습니다. (후퇴 나팔 소리가 멀리서 들려온다)
안토니우스 적이 퇴각하는구나.
스카루스 놈들을 똥통으로 밀어넣읍시다. 내 몸은 아직도 여섯 군데는 더 상처 받을 여유가 있습니다.

이로스 등장.

이로스 적은 무너졌습니다. 이 기회를 잘 이용하면 승리는 우리 것입니다.

스카루스 자, 놈들의 등을 찔러 토끼를 잡듯이 등 뒤에서 때려잡읍시다. 달아나는 적을 때려잡는 건 신 나는 일입니다.

안토니우스 자네의 격려와 용감한 공로에 대해서는 후에 충분히 보답하겠네. 자, 가보세.

스카루스 발을 절면서라도 뒤따라가겠습니다. (모두 퇴장)

제8장
이집트, 클레오파트라의 대궐 밖

경종 소리. 안토니우스, 개선한 군대를 거느리고 스카루스와 더불어 돌아온다. 북소리, 나팔 소리.

안토니우스 드디어 적을 그들의 진영까지 밀어냈구나. 누가 달려가서 먼저 여왕께 우리의 전과를 알려라. 내일은 태양이 뜨기 전에, 오늘 달아난 놈들의 피를 흘리게 하겠다. 모두들 수고들 했소. 정말 용맹했소. 각자 충성을 위해서라기보다 자신을 위해서 잘 싸워주었소. 모두들 저 트로이의 용사 헥토르 같았소. 시내로 들어가서 아내와 친구들을 얼싸안고서, 오늘의 공훈을 얘기해주구려. 아마 그대들 상처에 얼룩진 피를 기쁨의 눈물로 씻어줄 거요. 명예스런 상처를 키스로 낫게 해줄 거요.

　　클레오파트라, 시종을 거느리고 등장.

　　　　　(스카루스에게) 자네 손을 이리 주게. 자네 공훈을 이 요정의 여왕에게 얘기해줌세. (클레오파트라에게) 여보, 이 세계의 태양인 여왕이여, 무장을 한 내 목에 매달려보오. 그리고 옷을 입은 채로 이 갑옷을 뚫고 내 심장으로 뛰어들어와서, 고동치는 그 심장 위에 당당하게 걸터앉아보시오!
클레오파트라　군주 중의 군주시여! 오, 용감한 용사여, 이 세상에서 가장 크나큰 덫에 걸리지 않으시고 웃으며 돌아오셨군요.
안토니우스　나의 소쩍새여! 우린 적을 무덤으로 몰아넣었소. 정말이지, 여보! 흰 머리칼이 젊은 머리칼과 좀 섞이긴 했어도, 아직은 근력을 북돋워 젊은이와 겨룰 만한 두뇌는 가지고 있소. 저 사람을 좀 보시오. 호의를 베풀어 당신 손에 저 사람이 입술을 갖다댈 수 있는 영광을 주시오. 용사, 거기에 입맞춤을 하게. 저 사람의 분투는 마치 신이 인류를 증오한 나머지 그의 모습으로 둔갑하여 마구 파괴를 하는 것만 같았소.
클레오파트라　그래? 그대에게 순금의 갑옷을 선사하겠어요. 그건 예전에 어떤 여왕의 소유물이었지요.

안토니우스 저 사람은 그 갑옷을 받을 만하오. 홍옥이 박힌 거룩한 태양신의 수레라도 말이오. 자, 손을 이리 주게. 만신창이가 된 방패들을 들고 알렉산드리아로 즐겁게 행진해 가자. 대궐 안에 이 군대가 다 들어갈 수 있으니, 주연을 열고 제왕의 흥망을 판가름할 내일의 운명에 대하여 축배를 들자. 나팔수들이여, 자, 드높은 놋쇠 소리로 시내 백성들의 귀를 찢고, 요란한 북소리와 합세하여 천지를 진동시키고, 우리의 입성을 찬양하여라. (모두 시내를 향하여 진군)

제9장
카이사르의 진영

보초 임무를 맡은 부대 등장. 그 뒤에 이노바르부스가 사색에 잠긴 표정으로 등장.

파수병 이제 교대를 해주지 않으면, 보초막사로 돌아가야겠어. 달이 밝군. 내일은 새벽 두 시경에 진을 친다는군.

보초 1 오늘은 우리 쪽이 혼이 났지.

이노바르부스 오, 증인이 돼다오, 밤이여……

보초 2 저 사람은 누굴까?

보초 1 가까이 가서 엿들어보자. (그들이 다가선다)

이노바르부스 내 증인이 되어주소서. 오, 축복받은 달님이여, 반역자들의 더러운 이름을 기록에 남기게 될 때에는, 이 불쌍한 이노바르부스가 그대 앞에서 후회를 하더라고 증언해주소서!

파수병 이노바르부스다!

보초 2 쉬! 좀 더 들어보자.

이노바르부스 오, 진실로 우울을 지배하시는 달님이여, 독을 품은 밤의 습기를 내리셔서, 내 본심을 반역한 이 목숨을 더 부지하지 못하게 해주소서. 이 심장을 부싯돌같이 단단한 내 죄과에 내던져, 슬픔으로 말라 있는 심장은 부수어 가루로 만들고, 더러운 생각일랑 뿌리를 뽑아주소서. 오, 안토니우스, 비열한 나의 반역 행위와는 달리 고결하신 분이여, 당신만은 날 용서해주소서. 그리고 세상은 나를 주인을 버리고 달아난 놈들의 명부에 기입해두오. 오, 안토니우스! 오, 안토니우스! (죽는다)

보초 1 말을 걸어보세나.

파수병 좀 더 들어보자고, 카이사르와 관계있는 말을 할는지 모르니까.

보초 2 그래. 하지만 잠이 들었나 봐.

파수병 아냐, 실신했나 봐. 글쎄 그렇게 흉한 기도를 하고서야 어디 잠인들 오겠어.

보초 1 옆으로 가보세.

보초 2 일어나시오, 여보시오. 일어나시오, 어디 말 좀 해보시오.

보초 1   우리 말이 안 들리오?

파수병   죽음의 신이 벌써 다녀가셨군. (멀리서 북소리) 저 봐! 엄숙한 북소리가 잠자는 사람들을 깨우고 있네. 이분을 보초막사로 업고 가세. 이분은 지위가 있는 분이네. 그리고 우리의 근무 시간도 다 끝났어.

보초 2   자, 그럼 그렇게 하세. 살아날지도 모르니까. (모두 시체를 지고 나간다)

제10장
두 진영의 중간 지점

안토니우스와 스카루스, 군사를 거느리고 등장.

안토니우스   오늘은 적이 해전을 준비하는군. 육상전은 싫은 모양이야.

스카루스   양쪽 다 싫을 겁니다, 장군님.

안토니우스   차라리 불속이나 공중에서 공격해주었으면 좋겠군. 어디서나 상대해줄 테다. 지금의 정세는 이러하네. 우리 보병은 시市에 이어진 저 언덕 위에 진을 치고 날 기다리기로 했어. 해군에도 명령을 내려놓았지. 벌써 출항을 했다네. 적의 장비를 충분히 볼 수 있는 저 언덕으로 진군하여, 적의 작전을 살피세. (진군하며 퇴장)

제11장
같은 장소

카이사르, 군사를 거느리고 등장.

카이사르 적의 공격이 있기 전까진 우린 육지에서 꼼짝하지 말고 있어야 한다. 아마 공격은 없을 것이다. 적의 정예부대는 함대에 투입되어 있으리라. 계곡으로 진군하여 가장 유리한 지점을 점령하라. (안토니우스와 반대 방향으로 진군)

제12장
알렉산드리아에 인접한 언덕

안토니우스와 스카루스 등장.

안토니우스 아직 접전하지 않는구나. 저기 저 소나무가 서 있는 곳으로 가서 보면 환히 보일 테지. 전황을 보고 곧 오겠다. (안토니우스 퇴장)

멀리서 해전의 경종 소리.

스카루스 제비들이 클레오파트라의 어선에다 집을 지어놓았는데, 점쟁이들도 모른다, 알 수 없다고만 하는군. 그리고 우울한 표정을 하고, 알아도 감히 말을 입 밖으로 내지 않아. 안토니우스 님께서 용감하다가도 낙심하곤 하시는군. 행운과 불운이 엇갈릴 때마다 희망을 갖다가도 금방 미래를 두려워하고 계셔.

안토니우스 다시 등장.

안토니우스 다 글렀어! 저 악마 같은 이집트 계집이 날 배신했어. 우리 함대는 적에게 항복을 했어. 그리고 모자를 높이 던지면서 오랜만에 만난 친구들처럼 같이 축배를 들고 있어. 세 번이나 남자를 갈아치운 매춘부 같으니! 그래 풋내기한테 날 팔아먹는단 말인가. 내 마음은 오직 네년만을 상대로 싸우고 있다. 다들 달아나라지! 그래, 난 저 요부한테 복수만 하면 다른 소원은 없어. 다들 달아나라지, 모두 다! (스카루스 퇴장) 오, 태양이여, 이제 나는 네가 뜨는 것도 영영 보지 못하겠구나. 운명과 안토니우스는 여기에서 작별해야 하는구나. 바로 여기에서 작별의 악수를 하는구나! 결국 이렇게 되고 마는구나! 내 발꿈치에 아첨하던 무리들에게 나는 그들의 소원대로 해줬건만, 이제 그들은 행운이 한창인 카이사르한테 달콤하게 녹아드는구나. 그리고 그것들 위에 높이 솟은 소나무는 껍질을 벗고 마는구나. 난 속았어. 아, 저 비열한 이집트 계집 같으니! 지독한 요부 같으니! 그 계집의 눈짓에 전군을 내보내기도 하고 불러들이기도 했는데. 그 계집의 가슴은 나의 면류관이요, 나의 목표였는데. 그런데 진짜 집시처럼 교묘한 술책으로 날 카이사르에게 몰아넣고 말았어. 여봐라, 이로스, 이로스!

클레오파트라 등장.

안토니우스 오, 마녀 같으니! 당장 꺼져!
클레오파트라 아니, 무슨 일로 저에게 이렇게 화를 내시나요?
안토니우스 꺼져버려. 그렇게 하지 않으면 카이사르의 개선 장식물인 너를 꼴 보기 싫게 만들어줄 테다. 그 작자의 개선 행진을 따라간 너를 아우성치는 평민들 속에 내던져 여성 전체의 치욕을 대표하게 하겠다. 그럼 천하에 둘도 없는 괴물 같은 구경거리나 되고, 가슴속에 오랜 한을 품은 옥타비아의 손톱이 네 낯짝을 할퀼 것이다. (클레오파트라 퇴장) 살고 싶거든 그렇게 물러가야지. 그렇지만 내 분노에 쓰러지는 편이 더 나을 것이다. 한 번 죽으면 또다시 죽진 않을 테니까. 여봐라, 이로스! 독이 든 저 네수스의 옷이 내게 입혀진 거다. 나의 조상 헤라클레스여, 리즈여, 당신의 분노를 가르쳐주소서. 내가 당신의 시종인 리카스를 내던져서, 초생달의 뿔에 꽂히게 하소서. 세상에서 가장 무거운 몽둥이를 쥔 당신의 그 손으로, 훌륭한 혈통을 받은 이 사람을 때려 부숴주소서…… 그 마녀를 죽여야지. 그년이 날 로마의 풋내기 녀석한테 팔아버렸지. 그래서 난 그 음모 아래 쓰러지고 마는구나. 그 보복으로 그년을 죽여야지. 여봐라, 이로스! (화를 내며 퇴장)

제13장
알렉산드리아, 클레오파트라의 대궐

클레오파트라, 차아미안, 아이래스, 마르디안 등장.

클레오파트라 날 좀 도와줘! 아, 아킬레스의 갑옷이 탐나서 발광했다는 저 텔라몬 이상으로 그분은 발광하고 계셔. 테살리아의 산돼지도 그렇게는 발광하지 않았어.

차아미안 종묘로 가세요! 가서서 자물쇠를 거시고, 돌아가셨다고 그 어른께 소식을 전하세요. 위대한 분이 권력을 잃을 때는 영육靈肉이 분리될 때보다 더 무서운 법이랍니다.

클레오파트라 종묘로 가자! 마르디안은 그분한테 가서 내가 자살했다고 전해라. 그리고 마지막에 "안토니우스" 하고 불렀다고 말해라. 그 말은 애달프게 해라. 가봐라, 마르디안. 그분이 내 죽음을 어떻게 받아들이는지 보고 오너라. 종묘로 가자! (모두 퇴장)

제14장
같은 장소, 다른 방

안토니우스와 이로스 등장.

안토니우스 이로스, 네 눈엔 내가 멀쩡하게 보이느냐?
이로스 예, 장군님.
안토니우스 어느 때는 구름이 용처럼 보이고, 어느 때는 곰이나 사자, 우뚝 솟은 성, 쑥 나온 암석, 갈라진 산 또는 수목이 푸른 곳같이 보이기도 하지. 그것은 하계를 내려다보며 공중에서 우리의 눈을 속이니까. 그런 형상을 보았겠지. 그것은 저녁노을이 보여주는 광대놀이란다.

이로스 예, 장군님.

안토니우스 방금 말같이 보이던 구름이 어느새 흩어지고 희미해지거든. 물속에 녹아 사라지듯이 말이야.

이로스 예, 그렇습니다, 장군님.

안토니우스 이로스, 지금 네 대장의 상태가 바로 그렇다. 지금은 내가 안토니우스지만, 이제는 이 모습을 지탱해갈 수가 없구나. 이번 전쟁은 이집트 여왕을 위해서 했지. 여왕의 마음은 내 것인 줄만 알고 있었지. 내 마음이 여왕의 것이 돼 있었으니 말이야. 지금은 잃고 없으나 내 마음이 내 것이던 시절엔 백만 명의 마음을 모으기도 했었지. 그런데 그 여왕은 카이사르에게 좋은 승부를 던져주어, 내 명예를 적의 투전에 팔아먹었어. 아, 울지 마라, 이로스. 사람은 제 자신을 스스로 사라지게 하는 방법이 남아 있으니까.

마르디안 등장.

오, 네 비열한 여주인이 날 맨손으로 만들어놓았구나.

마르디안 아니옵니다, 안토니우스 장군님. 여왕님은 장군님을 사랑하시고 그 운명은 장군님의 운명과 완전한 일체이셨습니다.

안토니우스 썩 물러가라, 무례한 내시야, 입 닥쳐! 여왕은 나를 배반했어. 사형에 처해야 마땅해.

마르디안 죽음은 한 번밖에 치를 수 없습니다. 그런데 여왕께서는 이미 죽음을 치르셨습니다. 장군님께서 소망하신 대로 끝나고 말았습니다. 여왕은 마지막으로 "안토니우스! 훌륭하신 안토니우스!" 하고 말씀하셨습니다. 찢어지는 듯한 신음에 안토니우스의 이름은 입 밖에 채 나오지도 못하고, 가슴과 입 사이에서 끊어졌습니다. 장군님의 이름을 가슴속에 묻은 채 숨을 거두셨습니다.

안토니우스 그럼, 죽었단 말이냐?

마르디안 예, 돌아가셨습니다.

안토니우스 이로스, 갑옷을 벗겨다오. 기나긴 하루의 일은 끝이 났으니 이제 잠이나 자야겠다. (마르디안에게) 무사히 돌려보내주겠으니, 그것만으로도 과분한 수고 값으로 알아라. 어서 꺼져. (마르디안 퇴장) 벗겨라, 벗겨! (이로스가 가슴 받침을 풀어준다) 에이작스의 일곱 겹 방패도 이 심장의 고통을 견뎌내지 못하지. 오, 찢어져라, 옆구리야! 심장아, 늑골보다도 강해져서 그 약한 집을 박살내다오! 어서 해, 이로스! (갑옷 벗기는 일이 끝난다) 이젠 용사가 아니로구나. 만신창이의 갑옷아, 잘 가라. 지금까지 훌륭한 역할을 해왔었지. 잠깐 물러나라. (이로스 퇴장)

안토니우스 클레오파트라여, 나도 곧 당신을 따라가서 눈물로 용서를 빌리라. 그 길밖엔 도리가 없지. 이젠 사는 것도 모두 고통이요, 횃불이 다 탔으니 몸을 누이자. 더 이상 헤맬 것도 없고 이제 와서 허덕인들 모두 헛수고지. 아무리 발버둥쳐도 제 스스로 올가미를 씌울 뿐이니까. 자, 운명은 결정되었으니 모든 것을 마치자꾸나. 이로스! 내 곧 가리다, 여왕. 이로스! 여왕, 날 좀 기다려주오. 영혼이

꽃밭에 누워 휴식을 취하는 그곳으로 가서 손을 맞잡고, 흥겹게 놀며 유령들을 놀라게 해줍시다. 디도와 아이네이스를 받드는 무리들을 모두 우리의 시종으로 삼읍시다. 이로스, 이로스!

이로스 다시 등장.

이로스 무슨 일이십니까?
안토니우스 클레오파트라는 죽었는데, 내가 이런 치욕 속에서 연명하고 있다니, 신들도 나의 비열함을 증오하실 것이다. 칼로 세계를 나누고, 푸른 해양에다 함대로 도시를 만들던 나는 일개 여인의 용기만큼도 가지지 못했단 말인가…… 죽음으로 "나는 내 자신의 정복자다"라고 카이사르에게 알려준 일개 여인보다도 나는 비열하단 말인가. 이로스, 너는 맹세를 했다. 사태가 급박하고 불가피한 치욕과 공포가 임박한 경우엔 내 명을 받아 네가 날 죽여준다고 맹세를 했다. 지금이 바로 그 경우다. 그렇게 해다오, 때가 왔으니. 그건 날 치는 것이 아니라, 카이사르를 골탕 먹이는 것이니라. 자, 용기를 내라.
이로스 신들이여! 저 파르티아 놈들이 던지는 창조차 빗나가고 맞히지 못했는데 제가 어떻게 감히 손을 대겠습니까?
안토니우스 이로스, 너는 대로마 거리의 창가에 서서 이렇게 팔짱을 끼고, 네 주인이 굴복하여 고개를 수그리고 뼈저린 치욕에 얼굴을 들지 못하는 꼴을 보겠단 말이냐. 네 주인이 행운아인 카이사르의 전차 뒤로 수치의 낙인이 찍혀 끌려가는 꼴을 보겠단 말이냐?

이로스 그럴 리가 있습니까!

안토니우스 그럼 자, 나는 상처를 입어야만 마음이 낫는다. 그 정직한 칼을 빼라. 나라를 위하여 그렇게도 유용하게 차고 다니던 그 칼을.

이로스 아, 각하!

안토니우스 내가 널 자유의 몸으로 해방시켰을 때 너는 맹세하지 않았느냐? 내가 명령을 내리면 그렇게 하겠다고. 어서 해라, 하지 않으면 지금까지의 네 충성은 다 뜻 없는 우연이라고 생각할 수밖에 없다. 어서 빼라.

이로스 그럼 그 고귀한 얼굴, 온 천하의 숭배가 담긴 그 얼굴을 돌려주십시오.

안토니우스 (얼굴을 돌린다) 이러면 됐느냐!

이로스 칼을 뺐습니다.

안토니우스 그럼 칼을 뺀 목적을 당장 실행하라.

이로스 주인님, 대장님, 황제님, 제가 무참한 짓을 하기 전에 작별 인사나 하게 해주십시오.

안토니우스 참 그렇구나…… 그럼 잘 있거라.

이로스 안녕히 가십시오, 대장님. 그럼 실행할까요?

안토니우스 그래라, 이로스.

이로스 그럼 자, 이렇게…… 이렇게 난 안토니우스의 죽음을 보는 슬픔을 면하는구나. (자살한다)

안토니우스 나보다는 몇 배나 더 고결한 위인이구나! 아, 용감한 이로스! 너는 내게 가르쳐주었구나. 내가 해야 할 일과 네가 할 수 없는 일을. 여왕과 이로스는 용감한 교훈으로 나를 능가하는 이름을 기록에 남겨놓았다. 그러나 나도 죽음의 신랑이 되어서, 애인의 침실로 달려가듯이 죽음으로 달려가야겠다. 그럼 네 주인은 네 제자로서 죽는다. 자, 이건 (칼 위에 쓰러지면서) 너한테 배웠지. 아니! 죽지 않았나? 어째서 죽지 않았지? 여, 위병! 아, 어서 좀 나를 처치해다오!

더세터스와 위병들 등장.

위병 1   웬 소리가!
안토니우스   부하들이여, 나는 서투른 짓을 했다. 오, 제발 끝맺어다오.
위병 2   별은 떨어지고 말았구나.
위병 1   세상도 종말이 왔구나.
모두   아, 슬프다!
안토니우스   누가 날 사랑한다면 좀 죽여다오.
위병 1   전 못합니다.
위병 2   저도 못합니다.
위병 3   저도. (모두 달아난다)
더세터스   죽음의 운명까지 이 지경이니 부하들도 도망치는군. 이 소식과 함께 저 칼을 카이사르께 가져가면 난 그분의 사랑을 받게 될 거야. (칼을 뺀다)

더세터스 퇴장하려고 돌아서자, 디오메데스 등장.

디오메데스 안토니우스 님은 어디 계시오?

더세터스 (안토니우스의 칼을 자기의 외투 밑으로 감추면서) 저기 계시오, 저기.

디오메데스 그분이 살아 계시오? 더세터스, 빨리 대답해보시오? (더세터스 살그머니 퇴장해버린다)

안토니우스 오, 디오메데스, 거기 있나? 네 칼을 가지고 날 죽게 해다오.

디오메데스 황제 폐하, 저는 클레오파트라 여왕님의 명을 받고 왔습니다.

안토니우스 명을 받고 오다니, 언제?

디오메데스 바로 지금.

안토니우스 여왕은 어디 계시냐?

디오메데스 종묘 안에 자물쇠를 채워놓고 계십니다. 이런 일이 있지나 않을까 여왕님은 염려하셨습니다. 여왕님은, 사실 무근인 얘기입니다만, 실은 카이사르와 결탁했다는 의심을 받고 노여움을 씻겨드릴 길이 없을 것 같아 자살하셨다는 소식을 보내셨던 것입니다. 그러나 만일을 우려하셔서 저를 시켜 사실을 알리도록 하신 것입니다. 제가 너무 늦게 왔나 봅니다.

안토니우스 너무 늦었다, 디오메데스. 위병들을 불러다오.

디오메데스 황제 폐하의 위병들아! 위병들이여, 황제께서 부르신다.

안토니우스의 위병 네댓 명 등장.

안토니우스 너희들이 클레오파트라가 있는 곳으로 날 좀 데려가다오. 내가 너희들에게 내리는 마지막 명령이다.
위병 1 아, 슬퍼라. 충성을 다 받지 못하시고 먼저 가시다니.
모두 너무나 가슴 아픈 일입니다!
안토니우스 아니다, 그렇게 슬퍼하면 심술궂은 운명이 좋아할 뿐이다. 우리를 벌주려고 찾아오는 운명을 환영하고 가볍게 넘기는 것이, 도리어 우리가 운명을 벌주는 셈이 된다. 날 좀 메고 가다오. 지금까지 내가 너희들을 끌고 다녔으니 이번에는 너희들이 나를 좀 데려가다오. 내 너희들에게 감사하겠다. (모두 안토니우스를 방패에 태우고 퇴장)

제15장
알렉산드리아, 클레오파트라의 종묘

종묘는 네모난 석조 건물이고 외곽 담 중앙에 있는 문은 엄중하게 빗장이 걸려 있다. 클레오파트라, 차아미안, 시녀들 안에서 밖으로 통하는 계단으로 지붕 위로 나온다.

클레오파트라 오, 차아미안, 난 이곳에서 영원히 나가지 않겠다.
차아미안 안심하세요, 여왕님.
클레오파트라 아니다, 영원히 나가지 않을 테다. 이상한 일과 무서운 일은 무엇이나 환영할 테다. 그러나 위안은 필요 없다. 슬픔의 원인이 큰 만큼 슬픔도 커야 할 게 아니냐. (디오메데스가 아래에서 올라온다) 어떠냐? 장군님은 살아 계시느냐?
디오메데스 위독하십니다만 아직 살아 계십니다. 종묘 저쪽을 좀 보십시오. (손가락으로 가리킨다) 위병들이 지금 저렇게 모시고 오는 중입니다.

안토니우스, 위병들에게 운반되어 아래에 등장.

클레오파트라 오, 태양이여, 운행하고 있는 그대 궤도에서 타버려라! 변화하는 세상의 구석구석도 암흑이 되어버려라! 오, 안토니우스, 안토니우스! 도와드려라, 차아미안, 도와드려라. 아이래스, 도와드려라. 아래에 있는 사람들도 같이 도와서 장군님을 이리 모셔오도록 해라.
안토니우스 쉬! 카이사르의 용맹이 이 안토니우스를 쓰러뜨린 것이 아니라 안토니우스의 용맹이 승리를 거둔 것이오.
클레오파트라 그렇고말고요. 안토니우스를 정복할 사람은 안토니우스 자신밖에 없으니까요. 하지만 아, 슬픈 일이다.
안토니우스 이집트 여왕, 이제 나는 죽을 거요. 그러나 남은 생명이 잠시 동안인 게 안타깝구려. 수천 번 키스를 해왔으나 애석하게도 이젠 마지막 키스를 당신 입술에다 남겨놓아야 하니 말이오.

클레오파트라 용서해주세요. 문을 열어드릴 수가 없어요. 사로잡힐 우려가 있으니까요. 저 행운아 카이사르의 개선의 장식물이 되진 않겠어요. 칼에 날이 있고, 독약에 효력이 있고, 독사의 침이 있는 한은 나는 안전합니다. 얌전한 눈매와 무언의 관찰력을 가진 당신의 아내 옥타비아가 통쾌하게 날 응시하는 기쁨을 갖게 하지는 않겠어요. 하지만, 자, 안토니우스. 시녀들아, 좀 도와다오. 이리 올려 모셔야겠다. 자 다들 도와다오. (줄을 늘어뜨려서 안토니우스가 타고 있는 방패에 맨다)

안토니우스 아, 빨리 해라, 나는 죽어가고 있으니. (위에서 끌어올리기 시작한다)

클레오파트라 이건 꼭 낚시질을 하는 것 같군요. 당신은 무겁기도 하지. 우리들의 힘은 슬픔 속에 빠지고 없어서 더욱 무거운 거야. 내가 주노 신의 힘만 가졌다면 힘센 날개를 가진 저 메르쿠리우스 신을 시켜 당신을 받들어 올려다가 주피터 신 옆에 모시게 하겠건만. 어쨌든 좀 더 가까이 오세요. 마음속으로만 바라는 자는 천생 바보지. 아, 자, 자, 오세요. (시녀들이 안토니우스를 클레오파트라 곁으로 끌어올린다) 참 잘 오셨어요! 당신이 살던 내 가슴속에서 운명하세요. 아니, 키스로 소생하세요. 내 입술에 그런 힘이 있다면 이 입이 다 닳도록 이렇게 키스를 하고 싶어요. (둘이 키스를 한다)

시녀들 아, 가엾어라.

안토니우스 여보, 이집트 여왕, 나는 이제 곧 죽을 거요. 술을 좀 주시오. 그리고 말하게 해주시오.

클레오파트라 안 됩니다, 말은 내가 하지요. 저 부정한 말괄량이 같은 운명의 여신이 내 악담에 분개하여 자기 수레바퀴를 제 손으로 부술 만큼 지독하게 욕설을 해주고 싶어요.

안토니우스 한 마디만, 여왕이여. 카이사르한테 청하여 명예나 안전을 보장받구려, 아!

클레오파트라 그 두 가지는 양립할 수 없어요.

안토니우스 여보, 여왕, 카이사르 측근들 중에서 프로쿨리스 이외에는 절대로 믿지 마시오.

클레오파트라 나는 내 결심과 두 손만을 믿겠어요. 카이사르 측근도 다 필요 없어요.

안토니우스 나의 최후의 이 비참한 모습을 비탄하지 말아주시오. 오히려 나의 과거의 행운을 회상하며 기뻐해주시오. 천하의 최대 군주요, 최고 영웅이던 내가 천하게 죽지는 않겠소. 비겁하게 투구를 같은 나라 국민 앞에서 벗지는 않을 것이오…… 로마인이 로마인과 용감하게 싸워 쓰러졌소. 지금 내 영혼은 이 세상을 떠나겠소. 이젠 쉬고 싶소.

클레오파트라 인간 중에 가장 훌륭하신 분이여, 이제 숨을 거두시겠습니까? 나를 이대로 혼자 내버려두실 작정이십니까? 당신이 없는 돼지우리만도 못한 이 지루한 세상에 나 혼자 남아 있으란 말이십니까? 아, 얘들아…… 천하의 면류관은 녹는구나. 아, 전쟁의 화환은 시들고 용사의 별은 떨어지고 말았다. 이제는 애송이와 계집아이들도 어른과 차이가 없어졌어. 그리고 하계를 내려다보는 달님 아래에는 특출한 것이 아무것도 없구나.

차아미안 아, 진정하세요, 여왕님! (클레오파트라 기절한다)

아이래스 우리 여왕님께서도 돌아가셨나 봐.

차아미안 여왕님!

아이래스 여왕님!

차아미안 오, 여왕님, 여왕님, 여왕님!

아이래스 이집트 여왕님, 여왕님! (클레오파트라 꿈틀한다)

차아미안 쉬, 쉬, 아이래스!

클레오파트라 이제 나는 한낱 평범한 여자밖에 안 된다. 천한 감정을 가진 것으로 보아 소젖을 짜는 천덕꾸러기 계집이나 다를 바 없구나. 내 홀笏을 저 심술꾸러기 신들에게 팽개치고 내 보석을 잃어버리기 전까지는 이 세계도 너희들 신의 세계와 동등했노라고 말하고 싶다. 이제 모든 것은 허무하고, 인내는 바보짓이며, 조바심은 미친개의 수작이다. 죽음이 닥치기 전에 먼저 죽음의 비밀을 알려 한다고 죄가 된단 말인가? 왜 그러니, 얘들아? 아, 아, 기운을 내라! 아니, 왜 그래, 차아미안! 훌륭한 시녀들아! 아, 얘들아, 봐라, 내 등불은 다 타고 꺼졌잖니! 얘들아, 용기를 내라. 우선 장례를 모셔드려야지. 그러고 나서 용감하게, 훌륭하게 로마의 고상한 격식대로 처신하여, 죽음의 신이 자랑스럽게 나를 잡아가도록 해야지. 자, 저리들. 저 거대한 영혼의 집이 이젠 차디차구나. 아, 얘들아, 얘들아! 자, 이제는 결심과 신속한 행동밖에는 아무것도 없구나. (모두 안토니우스의 시체를 운반하며 퇴장)

제5막

제1장
알렉산드리아, 카이사르의 진영

카이사르, 아그리파, 돌라벨라, 미시너스, 프로쿨리스, 참모들 등장.

카이사르   돌라벨라, 그 사람한테 가서 항복을 권하시오. 그렇게 패배하고 망설이는 건 가소로운 일이라고.
돌라벨라   예, 그렇게 하겠습니다. (돌라벨라 퇴장)

더세터스가 안토니우스의 칼을 들고 등장.

카이사르   웬일이냐? 너는 누구이기에 감히 여기 나타났느냐?
더세터스   더세터스라고 합니다. 마르쿠스 안토니우스의 부하였던 사람이옵니다. 안토니우스는 충성을 받을 만한 분이셨습니다. 그분이 살아 계실 때는 저는 그분을 주인으로 섬기고 이 목숨을 바쳐 그분의 적과 싸웠습니다. 각하께서 저를 거두어주신다면, 그분께 봉사했듯이 충성을 바치겠습니다. 만일 싫으시다면 이 목숨은 각하께 인도하겠습니다.

카이사르 무슨 의미냐?

더세테스 오, 카이사르 각하, 안토니우스는 운명하셨습니다.

카이사르 그렇게 위대한 자의 파멸에는 굉장한 반향이 있었어야 할 게 아니냐. 이 둥근 지구는 진동하여 사자 떼들을 평온한 거리에 풀어내고, 시민들을 그것들 굴 속으로 몰아넣어야 되는 거 아니냐. 안토니우스의 죽음은 한낱 개인의 죽음이 아니고, 그자의 이름에는 세계의 절반이 걸려 있으니까.

더세테스 그분은 돌아가셨습니다. 카이사르 각하, 정의의 공적 집행에 의해서나 암살자의 칼에 의해서가 아니라, 이름이 후세에 남도록 심장이 주는 용기를 가지고 자신의 손으로 자기의 심장을 찌르셨습니다. 이것이 그분의 칼인데, 그분의 심장에서 뽑은 것입니다. 보십시오, 그분의 고귀한 피가 이렇게 묻어 있습니다.

카이사르 그대들은 슬픈 모양이군. 그럴 테지. 이런 소식이라면 여러 국왕들의 눈도 눈물로 적시게 될 테니까.

아그리파 참 이상합니다. 오랫동안 추구한 결과인데 슬퍼하지 않을 수 없으니 말입니다.

미시너스 그분은 흠과 덕을 반반씩 지닌 사람이었습니다.

아그리파 지도자로서 희귀한 인물이었지요. 그러나 신들은 우리에게 무언가 결점을 주어 우리를 인간에 그치게 하시지요. 카이사르 각하가 감동하고 계시는군.

미시너스 그렇게 훌륭한 거울을 눈앞에 갖다 놓으니 자신을 비춰 보지 않을 수 없는 일이죠.

카이사르 오, 안토니우스! 내 그대를 추격하여 그곳까지 도달케 했구려. 그러나 인간은 병을 고치기 위하여 제 몸을 스스로 잘라야 할 때도 있는 법. 내 낙조를 그대에게 보이든가, 그대의 낙조를 내가 보든가 할 수밖에 없는 운명이었소. 천하는 넓지만 같이 살 수는 없는 일이었소. 하지만 심장의 피처럼 소중한 눈물을 흘리며 애도하게 해다오. 나의 형제여, 최고의 정책 경쟁자여, 제국을 통치하는 나의 짝이여, 전선에 있어서는 나의 친구이자 동료여, 내 육체의 팔이여, 나의 마음에 불을 붙이는 심장이던 그대여, 동등한 우리 두 사람의 운명의 별이 양립하질 못하고 이 지경이 되고 말다니. 아, 여보게들.

이집트인 등장.

아냐, 내 얘긴 좀 더 적당한 기회에 말하기로 하겠다. 저자가 내게 무슨 용무가 있나 보군. 저자의 이야기를 들어보기로 하자. 그래, 어디서 왔느냐?

이집트인 이제는 불쌍한 한낱 이집트인이 되고 만 여왕은 자기의 소유로서 마지막 남은 종묘 안에 몸을 가두시고, 각하의 의향을 기다리고 계시는데, 명령대로 처신할 각오랍니다.

카이사르 안심하시라고 전해라. 곧 사신을 보내서, 명예를 존중하여 친절히 대우해드리겠다고 알려드릴 생각이었다. 이 카이사르는

안토니우스와 클레오파트라

절대로 난폭한 행동은 하지 못하는 사람이다.

이집트인 신의 보호를 받으소서! (절하고 퇴장)

카이사르 프로쿨리스, 가서 전하시오. 나는 여왕께 치욕을 주지는 않겠다고. 그리고 여왕의 슬픔이 요구하는 위안은 무엇이든 제공하겠다고. 정신이 강한 여자니만큼 무슨 치명적인 수를 써서 우리의 계획을 좌절시킬 우려가 있으니까. 여왕을 로마로 생포해가는 것은 우리 개선에 영광이 될 것이오. 어서 가서 여왕의 대답과 여왕의 상황을 알아오너라.

프로쿨리스 예, 카이사르 각하. (퇴장)

카이사르 갈루스, 그대도 같이 가시오. (갈루스 퇴장) 돌라벨라는 어디 있느냐, 프로쿨리스를 보좌해야 할 텐데.

모두 돌라벨라!

카이사르 내버려둬라. 참, 그 사람은 다른 일을 맡고 있다. 그 일은 시간이 좀 걸릴 것이다. 자, 내 막사로 들어갑시다. 내 얼마나 부득이하게 이번 전쟁에 말려들었는가를 얘기하리다. 내가 항상 얼마나 온건하게 서면으로 조율했었는가를. 자, 같이 가서 증거를 봅시다. 보여줄 테니. (모두 퇴장)

제2장
알렉산드리아, 종묘

클레오파트라, 차아미안, 아이래스, 마르디안이 종묘 문살 사이로 보인다.

클레오파트라 나의 이 비참한 처지가 더 좋은 인생을 출발시켜줄 것이다. 카이사르가 되면 뭐해. 카이사르는 운명의 신이 아니라, 다만 운명의 종이며 운명의 대행자밖에 되지 못하는데. 위대함이란 온갖 행위를 끝내게 함을 두고 말하는 것. 그래서 사고는 미리 방지되고, 변화도 저지되지. 그 뒤에는 영면, 그러면 저 추한 땅의 음식을 더 이상 맛볼 것도 없지, 거지와 카이사르를 다 같이 길러주는 저 음식을.

프로쿨리스 등장. 그는 문살 사이로 클레오파트라에게 말을 한다. 갈루스와 병사들이 안에서 안 보이도록 사닥다리를 타고 종묘 지붕으로 해서 안으로 내려간다.

프로쿨리스 카이사르께서 이집트 여왕께 보내신 인사 말씀 아뢰오.
클레오파트라 당신 이름은?
프로쿨리스 프로쿨리스라고 합니다.
클레오파트라 안토니우스가 당신을 말씀하시며 신뢰할 만한 사람이라고 하신 적이 있었소. 그러나 지금의 나로서는 기만을 당하더라도 대수로운 일은 아니오. 당신 주인께서 일국의 여왕에게 구걸하라 하셨다면 가서 이렇게 전하시오. 여왕은 위엄을 지켜야 할 것이니만큼 왕국 말고는 구걸하지 않는다고. 그리고 만약 점령한 이집트를 내 아들을 위하여 하사하신다면 나는 무릎을 꿇고 감사하며 나의 것을 그대로 받겠다고.

프로쿨리스 안심하십시오. 여왕께선 제왕다운 분의 수중에 계시니, 두려워하실 것이라곤 없으십니다. 거절하지 마시고 소망을 저의 주군께 청하십시오. 주군께서는 후덕하신 분이라 도움을 청하는 자에게는 누구에게나 은혜를 베풀어주십니다. 기꺼이 의지하시겠다는 여왕님의 의향을 가서 보고하겠습니다. 주군께서는 무릎을 꿇고 은혜를 구하는 자에게는 자비를 베푸는 정복자이십니다.

클레오파트라 가서 이렇게 전하시오. 나는 그분의 행운의 하인이며, 그분에게 정복당한 대권을 바치겠노라고. 그리고 시시각각 복종하는 방법을 습득해가지고 기꺼이 배알하러 가겠다고.

프로쿨리스 그렇게 보고 올리겠습니다, 여왕님. 안심하십시오, 카이사르는 여왕님의 이 같은 처지를 만든 당사자이시면서, 여왕을 동정하고 계시니까요.

갑자기 문이 활짝 열리고 잘 꾸며진 방이 드러난다. 갈루스와 병사들이 클레오파트라와 시녀들 뒤에 나타난다.

갈루스 이렇게 쉽게 여왕을 포로로 삼을 수 있다니. 카이사르께서

오실 때까지 잘 보호하시오. (갈루스 퇴장)

아이래스 여왕님!

차아미안 아, 클레오파트라 여왕님! 포로가 되었어요, 여왕님!

클레오파트라 그럼, 어서 손아! (단도를 뺀다)

프로쿨리스 그러지 마십시오. 여왕님, 자. (단도를 빼앗아버린다) 그런 포악한 수단은 쓰지 마십시오. 이번 일은 도와드리는 것이지 배신하는 것이 아닙니다.

클레오파트라 아, 마음대로 죽지도 못하는군. 개도 스스로 죽어서 고민을 청산하는 것을!

프로쿨리스 클레오파트라 여왕님, 자살로써 저의 주인님의 은혜를 욕보여선 안 되십니다. 그분의 높은 덕을 세상이 알도록 하셔야 합니다. 여왕께서 죽어버리신다면 그분의 높은 덕도 세상을 보지 못하고 마니까요.

클레오파트라 죽음아 어디 있느냐! 이리 오너라, 어서! 빨리 와서 여왕을 잡아가거라. 아기들과 거지들을 수없이 잡아가는 것처럼 나를 잡아가라!

프로쿨리스 진정하십시오, 여왕님!

클레오파트라 이젠 나는 먹지도 마시지도 않겠소. 그리고 한 마디 더 쓸데없는 소리를 한다면, 잠도 자지 않을 거요. 어차피 한 번 죽을 이 육체를 내 손으로 파괴하겠소. 카이사르가 어떻게 하든 간에. 여보, 나는 당신 주인에게 끌려가서 날개를 잘리고, 저 멍청한 옥타비아의 멸시 아래 순종하고 있지는 않을 테요. 그래, 나를 들어올려 사납게 아우성치는 저 로마의 군중들에게 구경시킬 심산인가? 내 무덤으로는 그보다 이집트의 도랑이 훌륭하지…… 차라리 나일 강의 진흙에 벌거숭이로 내던져지고 그 위에 뭇 파리들이 알을 낳아 보기 싫게 썩게 하라지! 아니면 이 나라의 높은 피라미드를 교수대 삼아 나를 쇠사슬에 매달아라!

프로쿨리스 여왕님은 카이사르께서 상상도 않는 일들로 지나치게 두려워하고 계십니다.

 돌라벨라 등장.

돌라벨라 프로쿨리스, 당신이 하신 일을 카이사르 각하께서 들으시고, 이렇게 나를 파견하셨소. 여왕은 내가 경호하겠소.

프로쿨리스 그렇게 하시오, 돌라벨라. 그것이 가장 좋을 것 같소. 여왕께 친절히 대하시오. (클레오파트라에게) 제게 명하신 모든 것을 카이사르께 전하리다.

클레오파트라 나는 죽고 싶소, 그렇게 전하시오. (프로쿨리스 퇴장)

돌라벨라 지고하신 여왕님, 소생의 소문을 들으셨는지요?

클레오파트라 글쎄.

돌라벨라 확실히 소생을 알고 계실 것입니다.

클레오파트라 내가 알든 모르든 상관없는 일이요. 아이들이나 여인네들이 꿈 얘기를 하면 당신네는 늘 비웃었지. 그것이 당신네들 버릇이 아니오?

돌라벨라 뜻을 잘 알아듣지 못하겠는데요.

클레오파트라 나는 꿈에 안토니우스라는 황제를 보았소. 아, 한 번 더 그런 잠을 청하여 그와 같은 분을 만나보았으면!

돌라벨라 실은 죄송하오나……

클레오파트라 그분 얼굴은 마치 하늘과 같았소. 해와 달이 그 궤도를 돌며, 이 조그만 지구를 비추고 있었소.

돌라벨라 여왕님께 아뢰오……

클레오파트라 두 다리는 대양을 걸쳐 딛고, 번쩍 든 팔은 이 세계를 장식했소. 친구들을 대하실 때의 음성은 천체의 음악과 같았소. 그러나 세계를 요란하게 진동시키려 하시자, 흡사 천둥이 우르릉거리는 것만 같았소. 그 은혜로 말하자면 겨울이라곤 없고, 수확을 할수록 결실이 풍부해지는 가을철만 같았소. 흥겨워지면 돌고래 같았소, 해수에 살고 있으면서 등은 항상 수면 위로 드러내고 있는 돌고래 말이오. 왕관이며 면류관을 쓴 왕후들은 그분의 종자들이요, 영토며 섬들은 그분의 주머니에서 은전 뿌려지듯 수두룩하게 뿌려졌소.

돌라벨라 클레오파트라 여왕님……

클레오파트라 내가 꿈에 본 그런 분이 실제로 존재했다고 생각하오. 또는 존재할 수 있다고 생각하는데, 당신은 어떻소?

돌라벨라 저는 그렇게 생각하지 않습니다.

클레오파트라 그 거짓말은 신들의 귀에까지 들릴 것이오. 그러나 설사 그런 분이 실제로 존재한다 하더라도, 또는 존재했다 하더라도 꿈에서도 상상할 수 없는 분이지. 기묘한 형태를 만드는 상상은 자연으로도 표현하지 못한다지만, 그래도 안토니우스 같은 분은 자연의 걸작으로, 그림자 같은 상상의 산물 같은 건 완전히 압도해버리는 분이오.

돌라벨라   제발 들어보십시오, 여왕님. 여왕님의 상심은 신분이 위대하신 만큼 크실 겁니다. 여왕님의 비탄이 제게 영향을 미쳐서 저의 마음속 깊이까지 찌르는 것을 느끼지 못한다면, 저는 지금까지 추구해온 성공을 놓쳐버리는 것이 낫습니다.

클레오파트라   고맙소. 그래, 카이사르가 나를 어떻게 할 작정인지 당신은 아오?

돌라벨라   알려드리고는 싶지만, 말씀드리기가 거북합니다.

클레오파트라   아냐, 어서 말해봐요.

돌라벨라   카이사르께서는 명예를 존중하시는 분이긴 합니다만……

클레오파트라   날 개선 행진에 끌고 다닐 생각이겠죠.

돌라벨라   예, 그러신 것 같습니다. 분명히. (나팔 소리)

안에서 "길을 비켜라! 카이사르 각하시다" 하고 함성 소리가 들린다. 카이사르, 갈루스, 프로쿨리스, 미시너스, 그 밖의 시종들 등장.

카이사르   이집트 여왕은?

돌라벨라   황제 폐하십니다, 여왕님. (클레오파트라 무릎을 꿇는다)

카이사르   일어서시오, 무릎을 꿇지 마시오. 자, 일어서시오, 이집트 여왕.

클레오파트라   아닙니다. 이렇게 하는 것은 신들의 명령입니다. 나의 주인이며 군주이신 분께 복종해야 하니까요.

카이사르 과히 나쁘게 생각하지는 마오. 여왕이 내게 준 손해는 내 육체에 새겨져 있으나, 단지 운명으로 알고 있겠소.

클레오파트라 세계에서 유일하신 군주님, 제 자신의 입장을 변명할 만큼 충분한 설명을 할 수는 없습니다. 하지만 이것만은 말씀드리 겠습니다. 흔히들 여성을 치욕에 몰아넣곤 하던 약점으로 저는 과오를 저질렀나이다.

카이사르 클레오파트라, 나는 당신을 책망하려 하기보다는 상황을 이해할 생각이오. 여왕이 나의 계획에 따른다면, 그것은 여왕께 가장 관대한 처벌이며 명예가 회복되는 일이 될 것이오. 만일 안토니우스 같은 행동을 취하여 내게 잔악한 자라는 누명을 씌운다면 나의 호의를 스스로 박탈하는 것일 뿐만 아니라, 의지하며 보호를 받아야 할 자녀들까지 파멸로 이끄는 결과가 될 것이오. 그럼, 이만 실례하겠소.

클레오파트라 황공하옵니다. 온 세계는 각하의 것. 각하의 방패나 승리의 기호품 같은 것은 의향대로 어디에다 걸어놓으셔도 좋습니다. 이걸 좀 받아보십시오. (쪽지를 내민다)

카이사르 클레오파트라에 관한 일이라면 뭐든지 다 들어드리겠소.

클레오파트라 이건 제가 소유하고 있는 금화와 은그릇과 패물들의 목록입니다. 정확한 가치도 기입해두었습니다. 다만 하찮은 물건들은 기입하지 않았습니다. 셀레카스는 어디 있느냐?

셀레카스 등장.

셀레카스 예, 여기 있습니다.

클레오파트라 저의 재무관입니다. 저 사람에게 물어보시고 거짓이 있으면 엄벌을 내리십시오, 저는 무엇 하나 수중에 두지 않았습니다. 셀레카스, 사실대로 말해봐라.

셀레카스 여왕님, 제가 거짓을 말하여 엄벌을 받느니보다는 차라리 입을 다물고 있겠습니다.

클레오파트라 아니, 내가 뭘 감춰놓았단 말이냐?

셀레카스 예, 분부하신 물건들을 사는 데 충분할 만큼.

카이사르 아니오, 낯을 붉히지 마시오. 클레오파트라, 그건 현명한 행위임을 내가 인정하오.

클레오파트라 보십시오, 카이사르 각하! 오, 보십시오. 권력에 아부하는 무리를! 제 신하가 지금은 각하의 신하가 되고자 하는군요. 그러나 두 사람의 위치가 바뀌면, 각하의 신하가 저의 신하가 되기를 원하지 않겠습니까. 이 셀레카스의 배반은 날 미치게 하는군요. 이 노예 같은 것. (위협하면서) 돈으로 산 나라보다 더 믿지 못할 녀석 같으니! 아니, 달아나려고? 오냐, 달아날 테지. 네 눈을 놓치지 않으리라, 날개가 돋친 눈이더라도. 노예 같은 것, 얼빠진 녀석, 개 같은 놈! 온 천하에서 가장 비열한 놈 같으니! (때린다)

카이사르 여왕, 그러지 마시오.

클레오파트라 오, 카이사르 각하, 이 무슨 지독한 수치인가요. 주군이신 각하께서 이 역경에 처한 사람에게 명예를 내리시는 마당에 제 자신의 신하가 나의 치욕에다 악의를 한술 더 보태놓다니! 카이사르 각하, 하찮은 장난감이며, 그저 친구들에게 선사할 그런 하찮은 물건들을 간수해놓은 것을, 그리고 옥타비아에게 중재를 부탁하려고 좀 더 고상한 물건들을 따로 간수해놓은 것을, 기르고 있던 신하가 폭로를 하다니! 오, 신이여! 이건 내가 지금 당하고 있는 역경보다 더 원망스럽구나. (셀레카스에게) 썩 물러가라. 망설이고 있다간 이 여왕의 타다 남은 정신이 운명의 재액을 뚫고라도 나타나는 꼴을 보고 말리라. 네가 대장부라면 나를 동정해야 할 게 아니냐.

카이사르 물러가라, 셀레카스. (셀레카스 퇴장)

클레오파트라 보십시오, 제왕은 신하의 행위로 인해 오해를 받고, 몰락할 때는 신하의 죄를 짊어지니 불쌍한 일이 아닙니까!

카이사르 클레오파트라, 당신이 간수해둔 물건이나 내놓은 물건들을 나는 전리품 목록에 넣지 않겠소. 그냥 수중에 두고 마음껏 사용하오. 카이사르는 장사치들이 판 물건들을 가지고 여왕과 흥정할 사나이는 아니오. 그러니 안심하오. 자신의 상상으로 스스로 감옥을 만들지는 마오. 안심하오, 여왕. 나는 여왕의 소원대로 여왕을 대우할 생각이오. 편안한 마음으로 지내시오. 나는 여왕의 처지를 마음속 깊이 동정하고 배려를 아끼지 않으며 항상 당신을 친근하게 대하리다. 그럼 잘 있으시오.

클레오파트라 나의 주인, 나의 군주님! (무릎을 꿇는다)

카이사르 (일으키면서) 이러지 마시오. 그럼 안녕히. (나팔 소리, 카이사르와 그의 일행 퇴장)

클레오파트라 카이사르는 입으로 날 기만하는구나. 나로 하여금 고상한 최후를 맞이하지 못하게 말이다. 네 귀를 이리, 차아미안. (귀에 대고 소곤댄다)

아이래스 어서 결단을 내리세요, 여왕님. 밝은 날은 지나고 이제는 암흑 길을 갈 수밖에 없습니다.

클레오파트라 한 번 더 가봐라. 내 이미 얘기를 했으니, 준비되어 있을 거야. 가서 서두르라고 일러라.

차아미안 예, 알겠습니다.

돌라벨라 다시 등장.

돌라벨라 여왕님은 어디 계시오?

차아미안 (나가면서) 저기 계십니다.

클레오파트라 돌라벨라?

돌라벨라 여왕님, 당신의 명령에 따라 맹세했기 때문에 저는 복종의 의무로 말씀드립니다. 카이사르께서는 시리아를 거쳐 개선하실 계획이며, 사흘 내로 여왕님과 아드님을 먼저 떠나보내실 예정이십니다. 부디 최선의 선택을 하십시오. 이제 저는 여왕님이 바라시는 대로 약속을 이행했습니다.

클레오파트라 돌라벨라, 호의는 영원히 잊지 않겠소.

돌라벨라 저는 여왕님의 하인입니다. 안녕히 계십시오, 여왕님. 이제 카이사르 님께 돌아가야겠습니다.

클레오파트라 잘 가오, 고맙소. (돌라벨라 퇴장) 아이래스, 넌 어떻게 생각하느냐? 너는 이집트의 꼭두각시인 나와 함께 로마에서 구경거리가 될 것이다. 기름 묻은 앞치마를 두르고 잣대나 망치를 든 직공 녀석들이 우릴 들어올려 구경거리로 삼을 거란 말이다. 우린 냄

새가 고약한 천한 음식을 먹은 입의 독한 입김에 싸여 그 독기를 들이켤 수밖에 없을 것이다.

아이래스 아, 그런 일들을 당하게 된다니!

클레오파트라 그래, 아이래스, 반드시 그렇게 된단다. 교만한 관리들은 창녀처럼 우리를 붙잡고, 상스러운 음유시인들은 우리를 조롱하며 장단에도 맞지 않는 노래를 지을 테지. 그리고 재치 있는 희극 배우들은 우리 신세를 즉흥극으로 엮어서 흥청거리는 알렉산드리아의 향연의 장면을 무대에 올릴 테지. 안토니우스는 주정뱅이로 등장하게 되고, 갈대 같은 음성을 한 소년 배우는 이 클레오파트라의 위엄을 창녀와 같은 자태로 보여주겠지.

아이래스 아, 신이여!

클레오파트라 그래, 반드시 그렇게 될 거야.

아이래스 저는 절대로 그런 꼴을 보지 않겠어요! 제 손톱은 눈보다 힘이 세니까요.

클레오파트라 그것도 하나의 방법이겠구나. 그들의 계획을 조롱해 주고 그들의 어리석은 의도를 좌절시킬 수 있는 데는 말이야. 차아미안! 애들아, 나를 여왕의 모습으로 단장해다오. 어서 가서 가장 화려한 옷을 가져오너라. 시드누스 강으로 돌아가서 저승의 마르쿠스 안토니우스를 만나야겠다. 아이래스, 어서. 차아미안, 어서 빨리 끝내자. 그리고 이 일을 도와다오. 이 일이 끝나면 최후의 날까지 휴식을 취하도록 해주마. 자, 내 왕관과 나머지를 모두 가져다다오. (아이래스 퇴장. 사람들 소리가 크게 들려온다) 웬 소리냐?

위병 등장.

위병 시골뜨기 한 명이 찾아와서 여왕님을 꼭 만나야겠답니다.
클레오파트라 그래, 어서 안내해라. (위병 퇴장) 하찮은 물건으로 훌륭한 일을 할 수 있지! 그자는 내게 자유를 가져온 거야. 이미 결심은 굳혔고, 연약한 여자들이 느끼는 감정은 조금도 없다. 이젠 머리에서 발끝까지 대리석처럼 견고하다. 이제 저 줏대 없는 달은 나의 운성隕星이 아니다. (황금 의자 위에 앉는다)

바구니를 든 시골뜨기를 위병이 데리고 들어온다.

위병 이 사람입니다.
클레오파트라 그자를 놔두고 너는 그만 물러가거라. (위병 퇴장) 그래 나일 강의 귀여운 뱀은 가지고 왔느냐, 물려도 고통을 느끼지 않고 죽을 수 있는 독을 가진 그 뱀을?
시골뜨기 예, 가지고 왔습니다. 하지만 여왕님께서 그놈을 만지는 것을 저는 바라지 않습니다. 물리면 죽으니까요. 죽으면 좀처럼, 아니 영원히 살아나지 못합니다.
클레오파트라 물려 죽은 사람이 있다는 것을 들었느냐?
시골뜨기 예, 무척 많이 알고 있습니다. 남자뿐 아니라 여자도 많습니다. 바로 어제도 어떤 여자가 당했다고 하더군요. 아주 얌전한 여자였는데, 거짓말도 곧잘 했다더군요. 어쨌든 이놈한테 물려서 죽었다느니 아파했다느니 하는 얘기를 하던데요. 정말 그 뱀 얘길 근사하게 하더군요. 하지만 여자들 얘기를 죄다 믿다간, 아니 그 절반이라도 믿다간 천당엔 영영 못 가요. 어쨌든 이 뱀은 기묘한 뱀입니다.

클레오파트라 이제 됐으니 물러가거라.

시골뜨기 여왕님, 뱀은 뱀다운 짓을 한다는 걸 명심하십시오. (바구니를 의자 옆에 내려놓는다)

클레오파트라 잘 가거라.

시골뜨기 그리고 이 뱀은 현명한 사람이 다루지 않으면 안 될 놈입니다. 사실 이놈은 질이 별로 좋지 못한 뱀이니까요.

클레오파트라 조심할 테니 걱정하지 마라.

시골뜨기 잘 알았습니다. 그리고 제발 이놈한텐 아무것도 주지 마십시오. 기를 만한 가치는 전혀 없는 놈이니까요.

클레오파트라 이것이 나를 잡아먹을까?

시골뜨기 절 바보로 생각하시면 안 됩니다. 악마도 여자를 먹진 않습니다. 하긴 여자는 신들이 먹지요, 악마가 요리한 여자만 아니라면. 하지만 사실 저 망할 악마들은 여자들 일로 신들을 굉장히 귀찮게 하죠. 여자 열 명 중 다섯 명은 악마들이 망쳐놓거든요.

클레오파트라 이제 그만 물러가라, 어서.

시골뜨기 예, 그렇게 하겠습니다. 뱀을 조심하시기 바랍니다.

아이래스가 여왕의 옷과 왕관을 가지고 들어온다.

클레오파트라 그 화려한 옷을 다오. 그리고 왕관을 씌워다오. 어서 빨리 영원한 세상으로 들어가고 싶구나. 이제는 이집트 포도즙

이 이 입술을 적시지 못할 거야. 어서 빨리 아이래스, 안토니우스께서 부르는 소리가 들리는 것 같구나. 그분이 나의 훌륭한 행동을 칭찬하고자 일어서는 모습이 보이는구나. 카이사르의 요행을 비웃으시는 소리도 들리는구나. 요행이란 신들이 나중에 인간들에게 주는 변명이지 뭐냐. 오, 나의 남편이여, 이제 갑니다. 자, 용기야, 내가 그분의 아내임을 증명해다오! 나는 불과 공기가 되고, 나머지는 이 천한 세상에다 남겨둬야지. 그래, 이제 다 되었느냐? 그럼 이리 와서 내 입술의 마지막 온기를 받아라. 잘 있거라. 친절한 차아미안, 그리고 아이래스. 너희들과는 영원한 이별이다. (시녀들에게 키스를 한다. 아이래스가 쓰러져 죽는다) 내 입술에 독사의 독이 있었는가? 이렇게 쓰러져 죽다니. 네 생명이 이렇게 고요히 떠날 수 있다면 죽음의 벼락은 애인이 꼬집는 것처럼 아프긴 해도 즐거운 것일 테지. 그래, 이렇게 조용히 누워 있구나. 네가 그렇게 사라져버림으로써 이별의 인사조차도 필요 없다는 것을 세상에 가르쳐주는구나.

차아미안 짙은 구름아, 녹아라. 비야, 쏟아져다오. 신들조차 울고 있다고 말하고 싶다!

클레오파트라 나는 경박한 여자가 되고 말았구나. 아이래스가 저 고수머리 안토니우스를 먼저 만나면, 그이는 저 애에게 내 소식을 물어보고 키스를 해주실 게 아닌가. 내게는 천국인 그 키스를. 자, 죽음의 사자야, (독사를 가슴에 갖다댄다) 네 날카로운 이빨로 이 뒤엉킨 생명의 매듭을 단번에 풀어다오. 이 귀여운 독사야, 화를 내서 단박에 결판을 내다오. 아, 네가 말을 할 수 있다면 네가 능력도 지모도 없는 저 대카이사르를 비웃는 소리를 내가 들을 수 있을 텐데!

차아미안 오, 동방의 샛별이!

클레오파트라 쉬! 내 가슴에 아기가 있잖니? 젖을 빠는 동안 유모마저 잠들게 하는!

차아미안 아, 이 가슴이 터질 것만 같구나!

클레오파트라 향유같이 달콤하고, 공기같이 보드랍고 정다운, 오, 안토니우스! 자, 이놈도 (또 하나의 독사를 팔에 갖다댄다) 내 무엇에 마음을 두어 지체하랴…… (죽는다)

차아미안 이 천한 세상에 말이죠? 아, 안녕히 가세요, 여왕님! 죽음의 신아, 자랑을 하렴. 비할 데 없이 훌륭한 여성을 네 가슴에 품었으니. 보드라운 눈아, (눈을 감으면서) 창문을 닫아라. 이제는 황금빛 태양도 훌륭한 이 눈이 다시는 보지 못하리라! 여왕의 왕관이 비뚤어져 있구나. 제가 고쳐드리겠습니다. 그리고 저도 죽겠습니다……

위병들이 부산하게 등장.

위병 1 여왕은 어디 계시오?

차아미안 쉬! 조용히. 잠을 깨우지 말아요.

위병 2 카이사르의……

차아미안 사자가 너무 늦었어요. (독사를 자기 몸에 갖다댄다) 아, 어서 끝내다오. 이젠 느껴지는구나.

위병 1 여, 이리들 와! 일이 심상치 않아. 카이사르 님은 속으셨어.

위병 2 카이사르 님이 파견한 돌라벨라가 와 있을 테니, 부르시오.

위병 1 이게 웬일인가! 차아미안, 도대체 이게 무슨 짓인가!

차아미안 훌륭한 일이에요. 대대로 내려온 왕통의 후예로서 여왕에게 가장 알맞은 일이에요. 아, 병사여! (차아미안 죽는다)

돌라벨라 등장.

돌라벨라 도대체 무슨 일이오?
위병 2 다 죽었습니다.
돌라벨라 카이사르여, 각하께서 막으려고 그렇게도 노력하시던 이 무서운 결말을 기어이 보시게 되셨습니다.
외치는 소리 비켜라, 카이사르 각하의 행차시다!

카이사르, 시종들을 거느리고 진군의 태세로 등장.

돌라벨라 아, 각하는 정확한 예언자이십니다. 염려하시던 일이 그대로 일어났습니다.
카이사르 용감한 최후로다. 나의 의도를 간파하고 여왕답게 자신의 길을 갔구나. 그런데 어떻게 죽었는가? 피는 보이지 않는데.
돌라벨라 마지막으로 찾아온 사람이 누구였나?
위병 1 바보 같은 시골뜨기 한 명이 무화과 잎을 가지고 왔습니다. 이것이 그 바구니입니다.
카이사르 음독자살이구나.
위병 1 카이사르 각하, 저 차아미안은 조금 전만 해도 살아 있었습니다. 그리고 서서 우리와 말도 나누었습니다. 제가 왔을 때는 죽은 여왕의 왕관을 바로 씌우고 있었습니다. 그런데 갑자기 바르르 떨더니 쓰러졌습니다.

카이사르 아, 고결한 여인들이로다! 그들이 독을 마셨다면 몸의 외부에 부은 자국이 있을 텐데. 하지만 여왕은 잠을 자고 있는 것만 같구나. 마치 그 미美의 덫으로 제2의 안토니우스를 사로잡기라도 하려는 듯이 보이는구나.

돌라벨라 여기 여왕의 가슴이 다소 부어 있습니다. 팔에도 같은 자국이 있습니다.

위병 1 이건 독사가 기어간 자국입니다. 그리고 이 무화과 잎에는 점액이 묻어 있습니다. 독사는 나일 강의 동굴에도 이와 같은 자국을 내고 있습니다.

카이사르 전의典醫 말에 의하면 여왕은 안락하게 죽는 방법을 무수히 찾아왔다고 하는데, 독사에게 물려 죽었구나. 여왕을 침대에 눕혀라. 그리고 시녀들을 종묘 밖으로 내가거라. 여왕은 안토니우스와 나란히 묻어줘야겠다. 지구상의 어떠한 무덤도 이렇게 명성을 떨친 한 쌍은 품지 못할 것이다. 이와 같은 위대한 사건은 그 주동자를 감동시킬 수밖에 없도다. 이들의 이야기는 이런 결과를 얻은 당사자들에게는 영광이며, 세상의 동정을 받게 될 것이다. 나의 군대는 엄숙히 이 장례에 참석한 다음 로마로 개선하겠다. 돌라벨라, 그대는 이 위대한 장례식을 정중히 거행하라.

(모두 퇴장. 병사들 시체를 들어 내간다)

| 작품 해설 |

W. 셰익스피어의 삶과 문학 세계

― 생애와 작품

윌리엄 셰익스피어(William Shakespeare : 1564~1616)는 아름다운 자연에 둘러싸인 영국의 전형적인 소읍 스트랫퍼드어폰에이번에서 아버지 존 셰익스피어와 어머니 메리 아든의 장남으로 태어났다.

존 셰익스피어는 농산물 판매 사업으로 부유한 경제 기반을 잡는 데 성공, 이 고장의 행정에까지 깊이 관여한 유명 인사였다. 부유한 아버지 덕분에 윌리엄은 비교적 풍족한 어린 시절을 보냈으나 열세 살 무렵 아버지의 사업 부진과 여러 가지 법원의 소송 문제, 형 헨리와의 관계 등으로 가세가 기울어 부득이 학업을 중단하고 집안일을 도울 수밖에 없었다. 윌리엄은 열여덟 살 되던 해에 여덟 살 연상인 앤 해서웨이와 결혼, 삼 남매를 얻고 런던으로 가(정확한 연대 기록은 없다) 잡역을 하다가 희극 배우·극작가로 성공한다.

1590년을 전후한 시대는 엘리자베스 1세 여왕 치하에서 국운이 융성한 때였으므로 문화 면에서도 고도의 창조적 잠재력이 요구되던 때였다. 그런 이유로 그는 엘리자베스 여왕과 제임스 1세의 후

대를 받아 타고난 재주를 더욱 빛낼 수 있었다.

1590년 초 런던의 극장이 전염병으로 인해 일시적으로 폐쇄되었으나 그에게는 오히려 본격적인 활동의 기회가 주어져 최초로 그의 이름을 붙인 작품집 《비너스와 아도니스》가 출판되었다. 그의 소네트의 대부분도 이 시기에 씌어졌다.

극작가로서의 셰익스피어의 활동기는 1590년에서 1613년까지 대략 이십사 년간으로 볼 수 있으며, 그는 이 기간에 모두 37편의 작품을 발표하였다. 그의 작품을 시기에 따라 분류해보면 초기에는 습작 수준의 경향이 보였으며, 영국 사기英國史記를 중심으로 한 역사극에 집중하던 시기, 낭만 희극을 쓰던 시기, 화해和解의 경지를 보여주던 로맨스극 시기로 나눌 수 있다. 그가 다른 작가와 다른 점은 이처럼 시대적 구분이 뚜렷하다는 점이다.

그의 작품이 한층 깊이를 더한 것은 희극을 쓰고 난 뒤 비극 작품을 쓰면서부터였다. 그는 본격적인 비극 작품을 쓰기 전에 두 편의 작품 《타이터스 앤드로니커스》와 《로미오와 줄리엣》을 썼다. 이 작품의 명성과 인기는 대단했지만, 작품성으로는 4대 비극을 능가할 수 없었다.

4대 비극은 사색과 행동, 진실과 허위, 양심과 결단의 틈바구니에서 삶을 극복해보려는 주인공을 묘사한 《햄릿Hamlet》, 흑인 장군의 아내에 대한 애정이 일개 부하의 간계에 의해서 무참히 허물어지는 과정을 그린 《오셀로Othello》, 늙은 왕이 세 딸의 애정을 시험해보는 설화적 모티프를 바탕으로 한 《리어 왕King Lear》, 권력의 야망에 이끌린 한 무장의 왕위 찬탈과 그것이 초래하는 비극적 결말을 그런 《맥베스Macbeth》 등 네 작품으로, 셰익스피어 문학의 정수이자 세계문학의 금자탑이라는 평가를 받고 있다.

 그는 평생을 시인과 배우, 극작가로서 충실하게 보냈으며 《눈보라》라는 작품을 마지막으로 고향으로 돌아가 평화로운 여생을 보내던 중 1616년 4월 23일, 52세를 일기로 사망했다.

— 《베니스의 상인》에 대하여

이탈리아의 소설집 《일 페로코네》에 나오는 1597년에 초연된 5막의 희극이다.

 베니스의 상인 안토니오는 친구 바사니오로부터 벨몬트에 사는 포샤에게 구혼하기 위한 여비를 마련해달라는 부탁을 받아, 가지고 있는 배를 담보로 유대인 고리대금업자인 샤일록에게 돈을 빌린다. 그리고 돈을 기한 내에 갚지 못할 경우에는 벌금으로 자신의 살 1파운드를 제공하겠다는 조건의 차용증을 써준다. 포샤는 아버지의 유언에 따라 구혼자들에게 금, 은, 납으로 만든 세 개의 상자 중에 자신의 초상화가 들어 있는 상자를 선택하게 한다. 바사니오는 다른 구혼자들과 다르게 납으로 만든 상자를 골라 구혼에 성공한다. 하지만 안토니오는 그의 배가 파선되는 바람에 샤일록에게 빌린 돈을 기한 내에 갚지 못하게 되고, 따라서 생명을 잃을 위기에 처하게 된다. 안토니오가 보낸 편지로 이 사실을 알게 된 바사니오는 포샤로부터 빌린 돈의 몇 배나 되는 돈을 받아서 귀향한다. 재판정에서 발타자르라는 젊은 박사로 변장한 포샤는 피는 한 방울도 흘리게 하지 않고 정확하게 살만 1파운드 베어내라는 명판결을 내려 안토니오를 구해주며, 패소한 샤일록의 재산을 몰수하여 반은 안토니오에게, 나머지 반은 국가에 바치도록 한다. 안토니오는 자기에게 오기로 된 재산을 조건부로 샤일록에게 내놓는다. 그 조건은 샤일록이 사망하면 그 재산을 그의 딸 제시카와 그녀의 연인 로렌조에게 양도해야 한다는 것과 기독교로 개종해야 한다는 것이다. 샤일록은 이를 받아들인다. 그후 안토니오의 배는 무사히 돌아오고, 발타자르가 바로 포샤이며 바사니오가 발타자르에게 보답으로 준 반지가 바로 그들의 결혼 반지였던 것이 밝혀지며 끝이 난다.

로맨틱한 줄거리에 감미로운 장면이 풍부한 희극이지만 그 당시 런던 시민들이 품고 있던 반유대 감정을 배경으로 하고 있다는 점에서 당시 사회의 단면을 엿볼 수 있다. 또한 여기에 나오는 샤일록은 단순한 악당이 아니라 비극적인 인물로 묘사되고 있는 점이 주목을 끈다.

― **《안토니우스와 클레오파트라》에 대하여**

《플루타르크 영웅전》에서 소재를 얻어, 기원전 40년부터 30년까지의 사실史實을 다룬 사극이자 비극이며, 또한 로맨스극이라 할 수 있다.

브루투스 일파를 쓰러뜨리고 카이사르 및 레피두스와 삼두정치를 펴게 되면서 동방의 주인이 된 집정관 안토니우스는, 이집트 여왕 클레오파트라의 완벽한 미모에 사로잡혀 로마로 복귀하지 않고 이집트에 머무른다. 그런 안토니우스를 끌어내기 위해 내란을 일으킨 아내 풀비아의 죽음과 폼페이우스의 반란으로 로마로 돌아간 안토니우스는 정국을 안정시키고, 카이사르와의 불화도 그의 누이 옥타비아와 결혼함으로써 일시적으로 해소하게 된다. 그러나 클레오파트라를 잊지 못한 안토니우스가 다시 이집트로 돌아가자, 카이사르는 이를 구실로 안토니우스를 악티움의 해전에서 격파한다. 싸움에 진 안토니우스는 그 원인을 클레오파트라가 자신을 배반하고 카이사르와 손을 잡았기 때문이라며 클레오파트라를 냉대한다. 억울한 클레오파트라가 시종을 시켜 자신이 자살했다는 말을 안토니우스에게 전하게 하고 그 말을 믿은 안토니우스는 자살한다. 카이사르에게 포로가 된 클레오파트라 역시 독사에게 자신의 몸을 물게 하여 죽는다.

이 작품은 매혹적인 클레오파트라의 성격을 만들어냈고, 사랑의 세계와 정치의 세계, 정욕과 이성, 꿈과 현실을 이집트와 로마의 대립을 통해서 보여주고 있다. 원숙하고 스케일이 큰 비극적인 작품이다.

| 연보 |

윌리엄 셰익스피어

1564 4월 26일, 워릭셔 주 스트랫퍼드어폰에이번에서 부친 존 셰익스피어와 모친 메리 아든의 장남으로 출생.
1582 (18세) 11월 27일, 8세 연상의 앤 해서웨이와 결혼.
1587 (23세) 이때쯤 어느 극단을 따라 런던으로 갔을 거라는 설이 있음.
1590 (26세) 〈헨리 6세〉 제2부, 제3부 초연.
1592 (28세) 〈헨리 6세〉 제1부 초연. 〈리처드 3세〉 초연. 〈잘못투성이 희극〉 초연. 런던에 질병이 유행하여 이해 후반 극장이 폐쇄됨.
1593 (29세) 〈타이터스 앤드로니커스〉 초연. 〈말괄량이 길들이기〉 초연. 시집 《비너스와 아도니스》 출판. 《소네트집》에 수록된 대부분의 작품은 이해부터 1596년경 사이에 씌어졌음.
1594 (30세) 6월, 런던의 극장이 정식으로 문을 열어 극단이 재편성됨. 극단 일에 참여. 시집 《루크리스의 능욕》 출판. 〈베로나의 두 신사〉 초연. 〈사랑의 헛수고〉 초연. 〈로미오와 줄리엣〉 초연. 《타이터스 앤드로니커스》 출판.
1595 (31세) 〈리처드 2세〉 초연. 〈한여름 밤의 꿈〉 초연.
1596 (32세) 부친 문장 사용의 허가를 받음. 10월경 런던의 비숍스 게이트에서 템스 강 남안 서리 주로 이사감. 〈존 왕〉 초연. 〈베니스의 상인〉 초연.
1597 (33세) 고향의 호화스런 저택 뉴플레이스를 구입. 〈헨리 4세〉 제

1부, 제2부 초연. 《리처드 2세》 출판. 《리처드 3세》 출판. 《로미오와 줄리엣》(불량 텍스트) 출판.

1598 (34세) 〈헛소동〉 초연. 〈헨리 5세〉 초연. 《헨리 4세》 제1부 출판. 〈사랑의 헛수고〉 초연. 프란시스 미어즈의 《지혜의 보고》(셰익스피어에 관한 중요한 문헌) 출판.

1599 (35세) 〈줄리어스 시저〉 초연. 〈당신이 좋을 대로〉 초연. 〈십이야〉 초연. 《로미오와 줄리엣》(우량 텍스트) 출판. 글로브 극장 개장.

1600 (36세) 〈햄릿〉 초연. 〈윈저의 명랑한 아낙네들〉 초연. 《헛소동》 출판. 《헨리 4세》 제2부 출판. 《헨리 5세》(불량 텍스트) 출판. 《한여름 밤의 꿈》 출판. 《베니스의 상인》 출판.

1601 (37세) 부친 존 사망. 〈트로일러스와 크리시더〉 초연.

1602 (38세) 〈끝이 좋으면 모든 것이 다 좋다〉 초연. 《윈저의 명랑한 아낙네들》(불량 텍스트) 출판.

1603 (39세) 4월, 질병이 유행해 극장 폐쇄. 《햄릿》(우량 텍스트) 출판.

1604 (40세) 〈오셀로〉 초연. 〈자에는 자로〉 초연. 4월, 극장 재개.

1605 (41세) 〈리어 왕〉 초연.

1606 (42세) 〈안토니우스와 클레오파트라〉 초연. 〈맥베스〉 초연.

1607 (43세) 6월 5일, 장녀 스잔나, 스트래스포드의 의사 존 홀과 결혼. 〈코리올레이너스〉 초연. 〈아텐스의 타이몬〉 초연.

1608 (44세) 〈페리클레스〉 초연. 《리어 왕》 출판.
1609 (45세) 〈심벨린〉 초연. 《소네트집》 출판. 《트로일러스와 크리스티》 출판. 《페리클레스》 출판.
1610 (46세) 〈겨울이야기〉 초연. 이때 고향으로 돌아갔다는 설이 있음.
1611 (47세) 〈폭풍〉 초연.
1613 (49세) 6월 29일, 〈헨리 8세〉 초연 중 화재로 글로브 극장 소실. 존 플레처와 합작으로 〈2인의 고상한 연고자들〉과 〈카데니오〉 초연.
1616 (52세) 4월 23일, 사망. 4월 25일, 스트렛퍼드어폰에이번의 홀리 트리니티 교회에 매장됨.
1622 《오셀로》 출판.
1653 8월 6일 아내 앤 사망. 두 동료 배우 존 헤밍과 헨리 콘델의 편집에 의해 셰익스피어 최초의 단권 전집이 출판됨.

베니스의 상인

초 판 1쇄 발행 | 1993년 1월 10일
개정판 1쇄 발행 | 2013년 7월 1일

지 은 이 | W. 셰익스피어
옮 긴 이 | 정성국

발 행 처 | 홍신문화사
발 행 인 | 지윤환
출판등록 | 1972년 12월 5일(제6-0620호)
주   소 | 서울 동대문구 용두2동 730-4(4층)
전   화 | 02-953-0476
팩   스 | 02-953-0605

ISBN 987-89-7055-814-1 04840
ISBN 987-89-7055-800-4 (세트)

ⓒHong Shin Publishing Co. Printed in Korea

- 가격은 뒤표지에 있습니다.
- 잘못 만들어진 책은 바꿔드립니다.